LES PISSENLITS PAR LA RACINE

M.C. BEATON

Agatha Raisin enquête

LES PISSENLITS PAR LA RACINE

roman

Traduit de l'anglais
par Clarisse Laurent

ALBIN MICHEL

Ce livre est un ouvrage de fiction. Les noms, les personnages et les événements relatés sont le fruit de l'imagination de l'auteur ou sont utilisés à des fins de fiction.

Édition originale anglaise parue sous le titre :
PUSHING UP DAISIES

Ce livre est dédié à toute la famille Tapping :
Dave, Zoe, Rachael, Hannah et Harry.

1

Agatha Raisin, détective privée, aurait dû être une femme comblée. Elle possédait un joli cottage à Carsely, ravissant village des Cotswolds. Son agence était florissante. L'automne était splendide, chose rare en Angleterre. Mais le serpent de la jalousie sifflait à ses oreilles. C'était loin d'être la première fois mais jamais, au grand jamais, elle n'aurait imaginé avoir un jour pour rivale sa meilleure amie, Mrs Bloxby, l'épouse du pasteur.

Un certain Gerald Devere, ancien inspecteur de Scotland Yard, venait d'emménager au village et, contre toute attente, Mrs Bloxby semblait avoir succombé à son charme. Elle s'était fait teindre les cheveux d'une chaude nuance châtain et avait troqué ses habituels tailleurs informes contre des tenues seyantes.

Gerald affichait une petite cinquantaine d'années. Mince et athlétique, doué d'un visage intelligent et expressif, il avait des yeux gris magnifiques et de curieux sourcils en biais. Agatha était fermement décidée à faire sa conquête. Après tout, elle n'était pas mariée, elle, tandis que Mrs Bloxby était la femme du pasteur. D'ailleurs, c'est un service que je lui rends, se persuadait-elle, elle n'a sûrement pas envie de détruire son mariage.

Mais Gerald avait surpris Agatha en train de fureter autour de chez lui, et n'avait pas du tout apprécié. Rentrer dans ses bonnes grâces allait être une sacrée paire de manches…

Agatha téléphona à son ami l'inspecteur Bill Wong :

« Il y a quelqu'un qui vient de s'installer à Carsely, un ancien de Scotland Yard, à l'en croire. Vous en avez entendu parler ?

– Tout à fait. C'était un inspecteur au parcours impeccable. Il aurait pu monter en grade, mais il a préféré partir en retraite. Vous craignez la concurrence ?

– Aucun risque. C'est Mircester mon terrain d'opération à présent. Je ne travaille que sur de grosses affaires, en ville. Fini les petites histoires de village. »

Par ce beau dimanche matin ensoleillé, Agatha ne savait comment s'occuper. Elle serait volontiers allée à l'église mais y renonça : en voyant Mrs Bloxby radieuse et pomponnée, elle risquait de laisser échapper des propos fatals à leur précieuse amitié. Mieux valait s'abstenir. Elle se souvint alors que Mrs Bloxby lui avait demandé d'aider les villageois qui cultivaient des potagers à la sortie de Carsely : leur terrain était désormais menacé. Jadis administrées par une fondation, les parcelles étaient à présent aux mains de lord Bellington, qui projetait de les vendre à un promoteur immobilier. Ces « jardins ouvriers » remontaient à la période victorienne, où l'on y avait vu un moyen commode pour les indigents de faire pousser leurs propres légumes. Délaissés au fil du temps, ils étaient à nouveau en vogue, cette fois auprès d'un nombre surprenant de personnes aisées.

Agatha alluma son ordinateur et se mit en quête d'informations sur lord Bellington. C'était un baron. Pas n'importe qui, donc. Dans les contes de fées, les barons sont toujours méchants. Celui-ci résidait sur son domaine, tout près de Mircester. Elle décida de lui rendre visite, dans l'espoir de le convaincre d'épargner les jardins. Réprimant un petit frisson de peur, elle se souvint de sa dernière enquête, où elle avait failli finir enterrée vivante dans l'un d'eux. Mais l'idée que Mrs Bloxby avait peut-être également sollicité l'assistance de Gerald l'agaça prodigieusement. Elle allait montrer à cet inspecteur ce que valait un détective privé. « Vous êtes fantastique, Agatha », murmurait-il devant un souper aux chandelles en lui prenant la main.

Un coup de sonnette l'arracha à sa rêverie. Son ami sir Charles Fraith se tenait sur le seuil.

« J'allais sortir », avertit-elle en le faisant entrer.

Charles était vêtu avec la plus grande simplicité

– chemise bleue à col ouvert et pantalon marine –, mais, de ses cheveux blonds à la coupe impeccable jusqu'à la pointe de ses souliers parfaitement cirés, il était toujours d'une élégance irréprochable.

« Maquillage et toilette des grands jours, constata Charles en l'inspectant. Ta tenue de chasse à l'homme. Si c'est sur Gerald Devere que tu as des vues, abandonne. Laisse un peu Mrs Bloxby rêver en paix. C'est une très sainte femme et il n'y a aucune chance pour que ses rêves se réalisent.

– Eh bien, tu as tout faux. Je m'apprête à rendre service à Mrs Bloxby. Les jardins ouvriers du village sont menacés.

– Ah, oui, par le vilain lord Bellington.

– Tu le connais ?

– Je l'ai croisé.

– Je vais tenter d'en appeler à sa clémence.

– Je t'accompagne. Il a une brique à la place du cœur. »

Harby Hall, résidence de lord Bellington, se trouvait à quelques kilomètres de Mircester. La propriété était manifestement sous bonne garde. Ils durent montrer patte blanche à l'entrée. Un peu plus loin dans l'allée, ce fut un garde-chasse qui les arrêta de nouveau.

« Nous venons juste faire une visite de courtoisie », lui répondit Charles, avant de poursuivre leur chemin.

« Cette baraque est encore plus hideuse que la

mienne », commenta-t-il un peu plus tard devant la maison.

Dans le style néogothique qui avait fait fureur sous le règne de Victoria, la monstruosité architecturale – flanquée de tourelles et percée de vitres en losange – exhibait une façade alourdie par un gigantesque porche à colonnes. Ils se retrouvèrent devant une porte de chêne massive ornée de gros clous de cuivre. Charles sonna. Une jeune femme en maillot de bain, la chevelure noire ruisselante, leur ouvrit. Ses petits yeux également noirs semblaient perdus dans sa face de lune au teint blême, et son bikini minimaliste mettait en valeur une collection de bourrelets blafards ainsi que des jambes velues.

« Qu'est-ce que vous voulez ? demanda-t-elle.

– Nous voudrions voir lord Bellington, répondit Charles.

– Papa est dans la piscine. Il vous connaît ?

– Bien sûr, affirma Charles.

– Bon. Venez. »

L'entrée était plongée dans la pénombre. Des armures s'alignaient contre les murs, des oriflammes en lambeaux pendaient du plafond. À la suite de la jeune fille ils franchirent une porte tout au fond du vestibule, descendirent un petit escalier de pierre, longèrent un corridor et débouchèrent dans une vaste pièce humide occupée par une grande piscine.

Assis sur une chaise près du bassin, un individu

à la carrure athlétique, poilu comme un singe et nu comme un ver, se séchait les pieds avec une serviette.

« Des amis à toi, papa », annonça sa fille avant de plonger.

Il avait l'air peu commode et ses petits yeux dardaient un regard méfiant sous d'épais sourcils broussailleux.

« On se connaît ?

– Je suis Charles Fraith. On s'est rencontrés l'année dernière au bal de la société de chasse.

– Ah, c'est ça. Votre femme ?

– Non. Puis-je vous présenter Agatha Raisin ? »

Le voilà qui s'essuie l'entrejambe, songea Agatha. Si seulement il voulait bien se rhabiller un peu !

« Montons boire un verre », lança lord Bellington en se levant et, au grand soulagement d'Agatha, en se drapant dans un large peignoir.

Ils le suivirent jusqu'à une pièce du rez-de-chaussée.

« Mon bureau, annonça-t-il en ouvrant une cave à liqueurs. Qu'est-ce que vous prenez ? »

Agatha demanda un gin tonic et Charles un whisky soda. Des bottes de chasse, des gibecières et des cannes à pêche encombraient la pièce. Un grand saumon naturalisé les contemplait mélancoliquement depuis sa vitrine. Un renard empaillé, juché sur une desserte, découvrait ses crocs comme s'il s'apprêtait à bondir pour les mordre. Les rayons du soleil ne filtraient que par intermittence à travers l'épais rideau de lierre qui voilait la fenêtre.

Charles et Agatha s'installèrent côte à côte sur un canapé délabré qui émit un craquement inquiétant. Lord Bellington prit place derrière un bureau sculpté, avala une copieuse lampée d'un liquide violacé et s'enquit du motif de leur visite.

« Il s'agit des jardins ouvriers de Carsely, commença Agatha. Si vous laissez construire ce lotissement, Carsely perdra son caractère villageois et deviendra une agglomération. Voilà des années que deux promoteurs sont sur le coup ; ils n'hésiteront plus après cela.

– Et vous croyez que je me soucie une seule seconde de ces enquiquineurs de villageois ?

– Vous avez besoin de cet argent ? questionna Charles.

– Les grands domaines sont des gouffres financiers, vous êtes bien placé pour le savoir. Vous pourrez dire à ces crétins de Carsely qu'il est hors de question que je renonce à mes projets.

– Et qui sont vos héritiers ? interrogea Agatha.

– Pourquoi, vous voulez me liquider ? C'est mon fils, Damian. Mais c'est une telle poule mouillée que je me demande si je ne vais pas refaire mon testament. Maintenant, fichez-moi le camp, je vais déjeuner. »

« Et voilà, conclut Charles. Nous pourrons au moins dire à Mrs Bloxby que nous avons essayé.

– Je n'ai pas pris de petit déjeuner. Si on s'arrêtait quelque part pour commander des œufs au bacon et des saucisses ?

– Bonne idée. »

Quand ils arrivèrent au presbytère, il y avait foule au salon.

« Nous nous sommes réunis pour discuter de la question des jardins », leur expliqua Mrs Bloxby, en robe fourreau rose et escarpins vernis noirs. Elle était soigneusement maquillée et sa nouvelle coupe de cheveux, plus moderne, la rajeunissait. Gerald Devere semblait présider la réunion. Agatha lui sourit et dit :

« Je suis désolée, mais nous avons de mauvaises nouvelles. Nous sommes allés voir lord Bellington : il campe sur ses positions.

– Vous auriez dû nous consulter d'abord, asséna Gerald, s'attirant un regard noir d'Agatha. Quelqu'un d'un peu plus diplomate aurait peut-être mieux réussi.

– Je connais lord Bellington, intervint Charles. Et la seule manière de résoudre le problème serait de le faire disparaître.

– Eh bien, moi, j'irai le voir », trancha une grande femme dégingandée.

Agatha la reconnut : c'était une certaine Miss Bunty Daventry.

« Je lui parlerai d'homme à homme.

– Je t'accompagnerai », promit son amie.

Comment diable s'appelait-elle déjà ? Son nom lui revint soudain. Josephine Merriweather, une petite femme remuante au museau de furet outragé.

« Faites de votre mieux, répondit Agatha, mais c'est sans espoir, je vous le garantis.

– Pourquoi ne pas déléguer Mr Devere pour nous représenter ? suggéra Mrs Bloxby. En tant qu'ancien inspecteur de Scotland Yard, il doit savoir s'y prendre avec ce genre de personne. Mettons cela aux voix ! »

La majorité de l'assistance, qui se composait d'un mélange de dames de la bourgeoisie et de vieux messieurs bourrus, vota pour Gerald.

« J'ai gagné le premier prix deux ans de suite pour mes courges, déclara l'un d'eux, dénommé Harry Perry. Il ne va quand même pas me voler la vedette comme ça !

– Écoutez ! intervint Agatha, qui détestait se voir reléguée à l'arrière-plan. Je vais alerter les journaux locaux et rallier des soutiens.

– Ça, c'est une bonne idée ! » approuva Gerald en la gratifiant pour la première fois d'un sourire.

Le visage rayonnant de Mrs Bloxby s'assombrit comme une prairie sur laquelle passe un nuage. La réunion touchait à sa fin et Gerald en profita pour demander à Charles comment se rendre chez lord Bellington.

« Ne partez pas tout de suite », murmura alors Mrs Bloxby à Agatha.

Bon sang, pensa Agatha, va-t-elle aborder la question Gerald ?

« Je suis très inquiète, déclara Mrs Bloxby lorsqu'elle se retrouva seule avec Charles et Agatha. Les esprits s'échauffent un peu trop.

– C'est bien compréhensible, répondit Charles. Quand Bellington vendra son terrain, tous ces gens perdront leurs parcelles.

– Ce n'est pas ça. Il y a eu une série de vols de légumes dans les jardins, et depuis la colère monte dangereusement. Miss Merriweather s'est plainte à la police, qui a refusé d'intervenir. Du coup, Miss Merriweather raconte à qui veut l'entendre que si elle met la main sur le coupable, elle lui règlera son compte.

– Ça pourrait être une femme, observa Agatha.

– Miss Merriweather estime que les femmes sont au-dessus de tout reproche. »

« Je fais un saut à Winter Parva », avertit le révérend Alf Bloxby en pénétrant dans la pièce. Puis, juste avant de sortir, il se retourna, contempla son épouse d'un air intrigué et demanda : « Avons-nous quelque chose de prévu ce soir ? Parce que je dois être à Ancombe pour l'office du soir.

– Non, chéri.

– Mais tu es sur ton trente et un ! Tu as fait quelque chose à tes cheveux ? »

Eh ben, pensa Agatha. Il était temps qu'il le remarque !

« J'avais envie de changer un peu. Sauve-toi vite, tu vas être en retard. »

Et là-dessus, devinant qu'Agatha allait ajouter un commentaire déplacé, Charles l'entraîna :

« Allons-nous-en, Mrs Bloxby a sûrement quantité de choses à faire pour la paroisse. »

« Si tu fais une seule allusion à son béguin pour Gerald, je ne t'adresse plus jamais la parole, attaqua-t-il férocement, sitôt qu'ils furent dehors.

– C'est pour lui éviter de souffrir !

– Ce n'est plus une petite fille et ça ne te regarde pas. À moins que tu n'aies toi aussi des vues sur lui ?

– N'importe quoi !

– Quand est-ce que tu décideras de mûrir un peu, Aggie ? Tu t'amouraches toujours d'hommes inaccessibles, comme une adolescente boutonneuse. »

Ils se fusillèrent du regard, puis Charles éclata de rire.

« Allez, viens. Allons boire un verre, et après cela, pourquoi ne pas faire un tour du côté de ces fichus potagers ?

– Tu m'as mal parlé, reprocha Agatha d'une toute petite voix.

– J'essayais juste de te mettre un peu de plomb dans le crâne. Allons au pub. J'espère que cet été indien va durer encore un peu – enfin, si on a encore le droit de parler d'été indien… Ou faut-il dire “été des peuples autochtones américains” ?

– Aucune idée. Et puis qu'est-ce que ça peut faire ? » grommela Agatha, qui lui en voulait encore un peu.

Mais une fois en voiture, sa bonne humeur revint : elle avait résolu de pardonner à Gerald et de ne pas s'immiscer dans la vie de Mrs Bloxby. Elle se sentait presque devenir une sainte.

Les parcelles se trouvaient à l'extérieur du village, non loin des logements sociaux.

« Ils vendent les produits de leur récolte dans les magasins de la commune, remarqua Charles. J'en rapporte souvent chez moi. »

Pouvait-on faire cuire des légumes au micro-ondes ? s'interrogea Agatha.

Ils trouvèrent certains jardiniers à l'œuvre, tandis que d'autres se doraient au soleil devant de petits cabanons.

« Quelle belle récolte ! s'extasia Charles. Des potirons, des poireaux, des betteraves, des carottes et même encore quelques tomates… »

Sur une parcelle en friche, une séduisante jeune femme en corsage vichy et jean moulant retournait la terre à l'aide d'un rotavor. Un ruban assorti à sa chemise retenait ses longs cheveux blonds. Elle avait les pommettes hautes et de grands yeux gris. Voyant qu'ils la regardaient, elle arrêta son engin.

« J'embaucherais volontiers un jardinier pour m'aider, mais les fanatiques du coin m'accuseraient de tricher… Bonjour ! Je suis Peta Currie, je viens de m'installer au village, et vous, vous êtes Agatha Raisin. J'ai vu votre photo dans les journaux.

– Charles Fraith, enchanté. »

Ils échangèrent une poignée de main. La concurrence devient rude, constata en son for intérieur Agatha, avant de poursuivre, à haute voix cette fois :

« Votre mari ne vous aide pas ?

– Je n'en ai pas. Je suis libre comme l'air, répliqua Peta en adressant un sourire à Charles qui s'empressa de le lui rendre.

– Et vous habitez quel cottage ? demanda Agatha.

– Celui de la psy assassinée. Vu le prix de l'immobilier dans la région, on ne fait pas la fine bouche s'il y a un cadavre dans le placard. »

Soudain, Agatha ressentit un pincement de frayeur. Elle aussi avait manqué de se faire tuer en élucidant le meurtre de la psychologue Jill Davent.

« Bon, j'y retourne », dit Peta.

Charles et Agatha se promenèrent encore un moment parmi les cultures.

« Mrs Bloxby m'a dit qu'ils payaient trois livres par an pour deux mille mètres carrés. Le prix a été fixé pendant la Première Guerre mondiale. Je n'ai pas franchement envie de m'embêter avec ces voleurs de légumes, je suis débordée en ce moment. Et apparemment, il n'y a rien à attendre du côté de lord Bellington – puisse-t-il pourrir sur place ! » pesta Agatha.

Mais en contemplant ce paysage si tranquille, elle eut le sentiment qu'elle s'était considérablement éloignée de son rêve initial, couler une paisible retraite dans les Cotswolds. Peut-être devrait-elle abandonner son agence pour se mettre au jardinage ?

Sur le chemin du retour, Charles déposa Agatha chez elle. Elle se demanda comment s'était passée l'entrevue entre Gerald et lord Bellington. Si l'inspecteur avait avoué franchement ses intentions, il n'aurait sans doute pas dépassé la grille d'entrée. Elle fut tentée de lui téléphoner, mais repoussa fermement cette idée. Devant Charles, elle s'était sentie stupide.

Dans la soirée, la solitude commença à lui peser. Hodge et Boswell, ses deux chats, batifolaient sur la pelouse et semblaient l'avoir complètement oubliée. Quels noms ridicules pour des chats ! Encore une idée de son ex-mari, James Lacey.

Elle fouilla dans son congélateur, à la recherche d'un plat à réchauffer au micro-ondes. Rien de tout cela n'était bien appétissant, au contraire. Autant aller dîner au pub local.

Décision qu'elle regretta sitôt franchi le seuil de l'établissement. Accoudés dans un coin, Gerald et Peta Currie étaient en grande discussion. Agatha commanda un *fish and chips* et demanda à être servie au jardin.

D'où venait donc Peta ? Quel était son parcours ? Elle avait une allure de mannequin. Si Gerald s'était entiché d'elle, Mrs Bloxby serait hors de danger.

« N'était-ce pas le limier du village ? demanda Peta à Gerald.

– Agatha Raisin. Si.

– Elle a l'air assez pugnace !

– Je n'aime pas les détectives privés, maugréa Gerald. Parlons d'autre chose. »

Son entrevue avec lord Bellington lui restait en travers de la gorge. On l'avait invité sans autre formalité à se mêler de ses affaires. Ce dur rappel à la réalité l'avait d'autant plus irrité qu'on l'avait toujours traité avec respect pendant sa carrière.

Brûlant d'envie de raconter à Agatha son entretien avec lord Bellington, il supporta d'une oreille distraite le bavardage de Peta à propos d'un film qu'elle venait de voir.

Lord Bellington estimait avoir passé une journée exécrable. Comme si les enquiquineurs de Carsely ne suffisaient pas, voilà que son fils Damian avait débarqué avec, plus que jamais, son air de chochotte, ce que son père ne s'était pas privé de lui signaler. Quant à sa fille, Andrea, elle était fagotée comme l'as de pique, il lui avait de plus ordonné de se mettre au régime parce qu'il la trouvait répugnante. Il maudit son ex-femme d'avoir divorcé en lui laissant sur les bras des rejetons aussi lamentables. Et par-dessus le marché, la veille, sa maîtresse, Jenny Coulter, l'avait planté là en le traitant de brute et de butor.

Il engloutit un copieux dîner arrosé de sauternes. Il avait une prédilection pour les vins moelleux et en ouvrait toujours une bouteille quand il était seul. Il termina par un verre de crème de menthe et décida d'aller se coucher de bonne heure. Il eut soudain un étourdissement. Au moment où il s'allongeait, il fut saisi de spasmes violents et de vomissements incontrôlables. Il appela au secours, mais son fils avait regagné Londres et sa fille était partie en discothèque. Sa gouvernante logeait dans un pavillon situé à l'autre bout du parc, et son chauffeur dans un studio au-dessus du garage. Personne ne l'entendit. Plié en deux de douleur, il perdit connaissance.

Agatha n'apprit la nouvelle qu'au bout de quelques jours en parcourant les notices nécrologiques du *Times*. Deux semaines plus tard, elle assista à une réunion des locataires des jardins ouvriers au presbytère. Une atmosphère de liesse régnait : l'héritier de lord Bellington, son fils Damian, avait annoncé qu'il renonçait à faire bâtir sur leurs parcelles.

« Comment est-il mort ? s'informa Agatha, sitôt les cris de joie calmés.

– Des vomissements, une attaque suivie d'une

défaillance du cœur et des reins, répondit Gerald, renseigné par ses contacts dans la police.

– Vraiment ? Symptômes classiques d'un empoisonnement à l'antigel… », remarqua Agatha.

Tous les yeux se fixèrent sur elle, puis le rire de Peta fusa.

« Vous n'avez donc pas assez de travail avec votre agence ? Il faut encore que vous inventiez des meurtres ?

– Je regarde beaucoup d'émissions et d'enquêtes policières, rétorqua Agatha d'un air pincé. Le nombre de gens liquidés à l'antigel est ahurissant, et on commence toujours par diagnostiquer une crise cardiaque. »

Mais le joyeux brouhaha des conversations avait repris. Seul Gerald éprouva un trouble soudain. Il s'était fait des amis au commissariat de police de Mircester. L'inspecteur Wilkes avait mentionné Agatha dans les termes les plus acerbes, mais l'inspecteur Bill Wong lui avait dit qu'elle se révélait parfois douée d'une intuition fulgurante.

Il s'éclipsa discrètement pour passer quelques appels téléphoniques. Plus tard la police interrogea Damian pour savoir si son père aurait pu être empoisonné. « Il est dans le caveau familial, répondit-il d'un ton désinvolte, avec un haussement d'épaules. Vous pouvez aller voir si vous voulez. »

Le dimanche suivant, la sonnette retentit au moment où Agatha glissait mélancoliquement un curry surgelé dans le micro-ondes. Peut-être James

Lacey ou Charles, spécula-t-elle. À sa grande surprise, c'était Gerald qui lui demanda s'il pouvait entrer. Elle l'invita avec empressement, non sans se désoler d'être simplement vêtue d'une jupe de coton, d'un T-shirt et de sandales plates.

Elle le conduisit au salon et lui offrit un apéritif. Il accepta un whisky soda, Agatha se servit un gin tonic et lui demanda le motif de sa visite.

« Vous aviez raison, lui dit-il. Je viens d'apprendre que lord Bellington a été empoisonné avec de l'antigel. Je dois vous emmener au commissariat pour que vous fassiez une déposition.

– Comment avez-vous découvert ça ?

– Vos propos me tracassaient. J'ai passé quelques coups de fil. Le fils a déclaré que son père était dans le caveau familial, dans un cercueil de pierre, que nous pouvions aller vérifier si nous voulions et il a signé les autorisations nécessaires. La police veut nous interroger, car nous avons tous deux rencontré la victime le jour de sa mort.

– C'est horripilant. Wilkes va encore me traiter comme si j'étais l'assassin et me retenir la moitié de la nuit. »

De fait Wilkes ne décolérait pas. Il ne pouvait comprendre comment Agatha avait pu soupçonner l'empoisonnement à l'antigel sans même avoir vu le corps. Elle devait donc être mêlée à cette mort. Après tout, elle s'était rendue le jour même chez lord Bellington. Agatha lui fit observer qu'il en allait de même de Gerald Devere, et que, par ailleurs, Charles l'avait accompagnée. Elle expliqua qu'elle regardait beaucoup de reportages et qu'elle était toujours frappée par le nombre d'homicides à l'antigel qui passaient inaperçus, jusqu'à ce que le meurtrier ou la meurtrière se trahisse en se débarrassant de son conjoint suivant.

Après un interminable entretien, elle fut hors d'elle lorsqu'on lui signifia qu'elle ne pouvait pas quitter le territoire.

Gerald l'attendait.

« Ils vous ont fait passer un sale quart d'heure ?

– Wilkes est un imbécile ! tempêta-t-elle.

– Il a l'impression que vous lui faites perdre la face. »

Gerald la ramena chez elle, mais refusa d'entrer boire un verre. Et ce n'était pas plus mal, se dit Agatha aigrement en découvrant Charles endormi sur le canapé du salon, les chats blottis sur ses genoux. Elle le réveilla d'une secousse.

« Bellington a été empoisonné et comme c'est moi qui ai suggéré l'hypothèse criminelle, Wilkes est bien décidé à me considérer comme la principale suspecte. Comment se fait-il qu'on ne t'ait pas cuisiné, toi aussi ?

– On l'a fait, à mon domicile. On m'a envoyé tout exprès Alice Peterson. Tu sais, cette charmante jeune policière.

– C'est à en devenir communiste ! Les gens de ton milieu ont droit à tous les égards, tandis que les prolos de mon espèce se font traîner au poste et interdire de sortir du territoire !

– Allons, du calme ! Assieds-toi et examinons la question. Ce n'est sûrement pas le fils qui a fait le coup, sinon il n'aurait pas si facilement accepté que l'on exhume son père du caveau pour une nouvelle autopsie. La fille, peut-être… Ou bien penses-tu que l'un de nos amateurs de jardinage ait pu assaisonner ses alcools ?

– Pas possible. Ils ont sûrement vérifié la liste de ses visiteurs avec le gardien. Attends…, rumina Agatha en repoussant les jambes de Charles pour s'installer à ses côtés sur le canapé, sourde aux protestations de ses chats. L'antigel devait déjà se trouver dans un liquide qu'il a bu. Quelqu'un pourrait fort bien avoir frelaté une bouteille de vin à l'avance et attendu tranquillement son heure. Il a du personnel ?

– Une gouvernante, un ou deux gardes-chasses, le gardien, un berger, un jardinier. Une entreprise de Mircester passe une fois par semaine faire le ménage. Quand il donne un dîner, il fait tout livrer par un traiteur. Il est aussi propriétaire du petit village ou plutôt du hameau de Harby et il a augmenté les loyers récemment, ce qui a suscité un profond ressentiment.

– Comment sais-tu tout ça ?

– J'ai passé quelques coups de fil. Laisse tomber, Agatha, les suspects sont légion. »

2

Pendant la semaine qui suivit, Agatha fut trop absorbée par son travail pour accorder une seule pensée au décès de Bellington. Le vendredi, elle reçut une visite de Damian, le fils de Bellington.

Il avait un visage dépourvu de caractère, aux traits presque féminins, sous une chevelure blonde artistement ondulée. Son costume de soie bleu pâle, à manches trois-quarts, découvrait une chemise de soie blanche entrebâillée sur un médaillon d'or. Le timbre grave de sa voix, très masculine, vous prenait par surprise.

« La police semble se tourner les pouces, et moi je veux savoir qui a assassiné mon père, déclara-t-il.

– Je compatis à votre douleur.

– Pas de quoi. Je détestais ce vieux sagouin. C'est bien le problème. Tout le monde m'a entendu récriminer contre lui et souhaiter sa mort. Je sens que si on me convoque pour un nouvel interrogatoire, je vais piquer une crise de nerfs. Voilà pourquoi je voudrais que vous trouviez qui a fait le coup.

– Je ferai de mon mieux. Ma secrétaire, Mrs Freedman, va vous faire signer les contrats nécessaires. Et maintenant, dites-moi si vous soupçonnez quelqu'un de particulier.

– Trop de personnes avaient une dent contre lui. Les gens du village, pour commencer, n'ont pas apprécié la hausse de leurs loyers. Et puis, il y a aussi les locataires des jardins ouvriers.

– À mon sens, avança prudemment Agatha, il ne peut s'agir que de quelqu'un de la maison, qui avait toute latitude pour trafiquer les boissons sans qu'on le remarque. Qu'en est-il de votre sœur ?

– Andrea ? Sûrement pas. Ce doit bien être la seule à le regretter. Il n'y avait qu'elle qui pleurait, hier, à l'enterrement.

– Et votre mère ?

– Bien trop à côté de ses pompes pour s'en soucier. Elle est ivre du matin au soir. Et elle ne l'a jamais revu depuis leur divorce il y a dix ans. Pourquoi il s'est battu comme un beau diable pour avoir notre garde, je n'en ai aucune idée. Mais je suppose qu'il adorait Andrea.

– Et vos employés ? J'aimerais les rencontrer.

– Venez demain matin, disons à dix heures. Je les réunirai. »

Après le départ de Damian, Agatha toucha un mot du nouveau client de l'agence à son équipe lors du point habituel du vendredi soir.

« Nous avons déjà tellement de travail… Pourquoi ne pas recruter un détective supplémentaire ? suggéra Toni Gilmour, une jolie blonde.

– Je vais y réfléchir », promit Agatha.

Peut-être que Gerald serait content qu'elle lui offre un emploi temporaire… Cela leur permettrait de devenir plus intimes, et il la demanderait en mariage et…

« Je pourrais nous trouver un détective en retraite, proposa Patrick Mulligan qui avait jadis été policier, interrompant tous ses rêves.

– On en reparlera lundi.

– Voulez-vous que je vous accompagne demain ? intervint le jeune Simon Black, son visage comique rayonnant sous sa tignasse sombre.

– Non, j'irai seule », décréta Agatha.

Phil Marshall, le plus vieux de ses détectives, qui habitait à Carsely, n'ignorait rien de ce qui concernait Gerald Devere et il devinait les projets d'Agatha. Chaque fois qu'un homme séduisant avait emménagé au village ou dans les environs, Agatha lui avait couru après.

Agatha se hâta de rentrer chez elle, enfila une robe de lainage noire fort ajustée, des escarpins à talons, s'aspergea généreusement de Miss Dior et prit la direction du cottage de Gerald.

Elle croisa en chemin Mrs Bloxby qui remontait la rue d'un pas pressé, la tête basse.

« Je voulais demander quelque chose à Mr Devere,

expliqua-t-elle d'un ton monocorde. Mais il était très occupé dans son jardin.

– J'allais justement le voir. Que faisait-il donc ?

– Je m'apprêtais à sonner à la porte quand j'ai entendu sa voix derrière la maison. J'ai fait le tour. Il était en train d'embrasser la nouvelle voisine, vous savez, Miss Peta Currie. Je me suis dépêchée de partir.

– Eh bien, ça n'a pas traîné, commenta Agatha amèrement. J'ai déjà aperçu cette Peta Currie avec Gerald. Je l'ai croisée aussi dans un des potagers.

– Elle s'est installée il y a quelques mois. Elle cultive une des parcelles. Elle aurait été mariée, mais se fait appeler Miss. »

Et voilà où nous en sommes, songea Agatha tristement. Deux femmes d'âge mûr, l'air aussi lamentable que deux amoureuses délaissées.

« Voulez-vous venir boire un verre à la maison ? proposa-t-elle.

– Non, merci. Il vaut mieux que je rentre au presbytère. »

Agatha avait finalement décidé d'emmener Toni. Damian les accueillit dans le vestibule : le personnel, annonça-t-il, les attendait dans la bibliothèque, et quand elles auraient fini, sa mère serait heureuse de les rencontrer.

« Elle est là ! s'exclama Agatha.

– Oui, je l'ai fait revenir. Maintenant le domaine

m'appartient, mais je ne vais pas m'embêter à le gérer. Mère a un excellent sens de l'organisation. »

Agatha, qui se souvenait que Damian lui avait décrit sa mère comme une alcoolique invétérée, s'étonna tout haut de cette contradiction.

« Elle a fait une cure de désintoxication, lui répondit-il. La clinique a bien fait le boulot, et puis c'est ma mère. Si j'étais vous, je commencerais par le régisseur, Giles Bennet. Il s'était disputé avec mon père. Papa l'a accusé de falsifier les comptes pour se remplir les poches et lui a donné un mois de préavis. Je l'ai gardé après avoir tout fait vérifier par des experts-comptables : ils n'ont trouvé aucune trace de malversation. »

Les entretiens furent une perte de temps. Soit qu'ils aient subi des pressions, soit qu'ils répugnent à médire d'un mort, tous, régisseur compris, affirmèrent que lord Bellington avait été un employeur modèle. Giles Bennet assura que le défunt avait la manie de le renvoyer à intervalles réguliers, à tel point que lui-même n'y prêtait plus attention. Monsieur avait une forte personnalité. Tandis que les éloges pleuvaient, Toni surprit une expression malicieuse sur les traits de Damian, laquelle disparut immédiatement quand il s'aperçut qu'elle l'observait.

On les mena ensuite à un boudoir où Olivia, lady Bellington, les attendait. Agatha pensait que seules les ex-épouses de pairs écossais avaient le droit de conserver leur titre, mais, avec un tact inaccoutumé, s'abstint de le signaler. De haute taille, décharnée, le visage émacié, Olivia avait les cheveux bruns et de grands yeux gris. Elle portait un jean et un corsage fané.

« Je vous suis infiniment reconnaissante, Miss Pruneau, fit-elle d'une voix languissante.

– Raisin. Je m'appelle Agatha Raisin.

– Désolée. Il me semblait bien que c'était un de ces fruits ratatinés. Prenez un siège. Je crains de ne pas vous être du moindre secours, car, comme vous le savez sans doute, cela faisait un bail que je n'avais pas vu Arthur.

– Vous n'avez jamais revu votre mari depuis votre divorce ?

– Niet, ma cocotte. Il se comportait comme un sauvage. L'horreur absolue.

– Si on a pu introduire de l'antigel dans une des bouteilles, ne pourrait-il pas y en avoir aussi dans d'autres ? questionna Toni.

– Oh, ma chère petite, répondit Damian, figurez-vous que les experts du service médico-légal ont passé la cave au peigne fin. Papa aimait les vins sucrés. Il avait bu du sauternes et de la crème de menthe. Mais vous croyez qu'on a retrouvé ces bouteilles ? Non. Même pas dans les ordures. Disparues sans laisser de trace.

– C'est forcément quelqu'un qui avait ses entrées ici qui a fait le coup, dit Agatha. Ça ne pouvait pas être un des villageois, par exemple.

– Si. Deux jours avant sa mort, il y avait

portes ouvertes au château. Vous voyez de quoi il s'agit ? Chapiteaux dressés sur la pelouse. Stands avec gâteaux maison et ce genre de trucs. Un vide-greniers. Totalement rasoir. Je n'étais pas là. Andrea m'a raconté.

– Votre sœur ? Est-il possible de lui parler ?

– Elle fait de la randonnée en Écosse. Je vous préviendrai à son retour.

– Est-ce que quelqu'un, au village, avait particulièrement mal pris l'augmentation des loyers ? demanda Toni.

– Oui, un vieux grincheux du nom de Humphrey Sanders. Il habite Pear Tree Cottage, près de l'étang. »

« Une pure perte de temps, conclut amèrement Agatha sur le chemin du village.

– Pas complètement, rectifia Toni. Damian semble se réjouir que nous soyons dans une impasse. »

Elle décrivit à Agatha l'expression qu'elle avait entrevue sur son visage.

« On n'engage pas un détective de mon calibre quand on est l'assassin, répliqua Agatha.

– C'est déjà arrivé. Les meurtriers l'avaient justement fait pour masquer leur culpabilité.

– C'était il y a des années, trancha Agatha d'un ton bourru. Si seulement je ne me faisais pas autant de souci pour Mrs Bloxby.

– Pourquoi ça ?

– Rien… Voilà le cottage, en route pour un autre entretien inutile. »

Le pasteur, plongé dans son journal, leva la tête quand sa femme entra au salon et se laissa tomber dans un fauteuil.

« Tu as l'air fatigué, dit-il.

– Vraiment ? répondit-elle avec amertume.

– Tu te donnes trop de mal, reprit le pasteur. Et pourtant, tu étais tellement en beauté ces derniers temps… Dis donc, et si nous allions dîner au restaurant qui vient d'ouvrir à Ancombe ? »

Un petit rayon de soleil perça la nuit lugubre qui pesait sur l'âme de Mrs Bloxby.

« Quelle idée merveilleuse ! »

« Pas intéressé, lança Humphrey Sanders en entrebâillant sa porte.

– Je suis détective privée, répondit Agatha en lui présentant sa carte. J'enquête sur le meurtre de lord Bellington.

– Bon débarras ! » rétorqua-t-il avant de leur claquer la porte au nez.

« J'en ai par-dessus la tête, déclara Agatha. Tâchons de trouver un pub. »

Le hameau ne possédait pas cet atout, mais, au village voisin, elles purent s'attabler en extérieur devant deux *fish and chips*.

« Ça va mieux, soupira Agatha en repoussant

son assiette vide. Quelle impression vous a fait Damian, Toni ?

– Efféminé, malintentionné : il cache quelque chose.

– Bellington envisageait de modifier son testament quand Charles et moi sommes allés le voir. Ça pourrait fournir un mobile. Pour la cent millième fois, si seulement j'avais les pouvoirs de la police ! »

Elle sortit son téléphone portable et appela Patrick : « Tâchez de savoir par un de vos contacts si Bellington avait décidé de modifier son testament. »

« J'ai oublié quelque chose, reprit-elle après avoir allumé une cigarette. La maîtresse de Bellington, Jenny Coulter. Il me faut son adresse.

– On retourne à Harby frapper à quelques portes ? proposa Toni.

– Pas aujourd'hui. C'est dimanche, et je vous ai déjà infligé cette expédition ! Vous aviez peut-être un rendez-vous ou d'autres projets…

– Non, pas en ce moment. »

Agatha contempla le visage harmonieux de son assistante. Toni n'avait pas profité de sa jeunesse. Emportée par ses ambitions, elle ne s'était guère souciée de se dénicher un petit ami.

« Vous n'avez jamais essayé ces sites de rencontres en ligne ? demanda-t-elle.

– Pas jusqu'à maintenant.

– En attendant, nous devrions retourner à Mircester et essayer de mettre la main sur Bill Wong. Avec un peu de chance, il sera en congé et acceptera de nous donner quelques renseignements. Au moins, l'assassinat n'a pas eu lieu dans les Cotswolds : les gens de Carsely ne pourront pas m'accuser d'être l'ange de la mort ! »

Un des jardins ouvriers s'était libéré après le décès, six mois plus tôt, du vieil homme qui l'exploitait. Bunty Daventry, Josephine Merriweather et Harry Perry se le disputaient, mais Tommy Bennet, le président du comité d'attribution des parcelles, résistant à leurs pressions, avait décrété que le lopin serait attribué à un nouveau venu.

« Voyez-moi un peu ça ! ragea Bunty. C'est plein de mauvaises herbes. Un vrai scandale. Mais dites donc, regardez ! On a creusé un trou. » Elle pénétra sur le terrain.

« On dirait une tombe ! s'étonna-t-elle.

– Probablement, acquiesça Harry en empoignant sa pelle. Vous n'imaginez pas le nombre de gens qui veulent enterrer eux-mêmes leur animal. C'est récent, on dirait. Je vais rouvrir et si je reconnais la bestiole, je m'en vais la balancer dans leur jardin. »

Il creusait énergiquement, avec une grimace de concentration sur son visage ridé comme une vieille pomme.

« Il y a quelque chose de mou ici. »

Il se mit à quatre pattes et commença à creuser la terre à pleines mains. D'autres jardiniers amateurs s'attroupèrent, curieux. Brusquement, il tomba à la renverse, tandis que Bunty hurlait de terreur. Les traits livides de Peta Currie venaient d'apparaître. Une petite brise s'était levée et de la terre roulait comme des larmes sur ses joues sans vie. Bunty, qui s'était toujours targuée d'être aussi solide qu'un homme, s'évanouit. Des téléphones mobiles jaillirent de toutes les poches, dans un brouhaha de voix réclamant qui la police, qui une ambulance.

Agatha et Toni, loin de se douter de ce drame, étaient assises dans un pub de Mircester avec Bill, qu'elles avaient intercepté à sa sortie du commissariat, où il était de service.

« Vous savez bien que je n'ai pas le droit d'aborder les affaires en cours avec vous, se défendait-il.

– Mais vous pouvez certainement nous dire si Bellington avait bien l'intention de déshériter Damian », plaida Agatha en scrutant le visage de Bill.

Une petite lueur passa brièvement dans ses yeux en amande.

« Alors c'est bien ça ! s'écria Agatha gagnée par l'une de ses intuitions déconcertantes.

– Je n'ai pas dit ça, protesta Bill, dont le téléphone se mit à sonner. Excusez-moi, je dois répondre à un appel. » Il s'éloigna.

« Carsely ! l'entendirent-elles s'exclamer. Vous

êtes sûr ? Bon, j'arrive. » Il revint vers elles. « Il faut que j'y aille, annonça-t-il.

– Qu'est-ce qui s'est passé à Carsely ? demanda Agatha.

– Rien d'important. À bientôt, merci pour la bière. »

Agatha suivit la voiture de Bill jusqu'à Carsely, le cerveau en ébullition. Cela ne la concernait pas directement, sans quoi il l'aurait emmenée. Était-ce en rapport avec l'assassinat de Bellington ? Plusieurs véhicules de police la dépassèrent à vive allure.

« Ils foncent tous vers les jardins ouvriers, nota-t-elle aux abords du village. Qu'est-ce qui peut bien se passer ? Si nous n'avions pas quitté Damian à l'instant, j'aurais cru qu'il lui était arrivé malheur. »

Elle se gara derrière les voitures de police et se précipita, flanquée de Toni, pour se heurter aussitôt à un agent.

« Halte là !

– Mais il y a plein de monde ! s'insurgea Agatha.

– Ils étaient tous sur place. Ils doivent être interrogés.

– Pourquoi ? Qu'est-ce qui s'est passé ?

– Circulez et occupez-vous de vos affaires. »

Elles s'écartèrent un peu, et ce fut alors qu'Agatha aperçut Mrs Bloxby qui arrivait en toute hâte, accompagnée de Gerald.

« C'est terrible, n'est-ce pas ? déplora-t-elle en les rejoignant. Cette pauvre Miss Currie !

– Quoi ? Ne me dites pas qu'on l'a tuée !

– Il semble qu'on l'ait assommée par-derrière, puis enterrée sur une des parcelles.

– Comment êtes-vous au courant ? demanda Toni.

– Deux des locataires ont téléphoné au presbytère dès que le corps a été découvert. »

Les petits yeux d'ourse d'Agatha se vrillèrent dans ceux de Gerald.

« La police va vouloir savoir quelle est la dernière personne à l'avoir vue en vie.

– Naturellement, répondit Gerald avec raideur. C'est la procédure normale. Excusez-moi. Il faut que je rentre. J'ai oublié quelque chose. »

Mrs Bloxby posa la main sur le bras d'Agatha en la regardant fixement. Elle ne veut pas que je dise qu'elle l'a vu embrasser Peta la nuit dernière, pensa Agatha. Diable ! Pourquoi ?

Par loyauté envers son amie, elle se tut et se borna à suivre des yeux Gerald qui s'éloignait d'un pas rapide.

« Encore un meurtre, fit dans son dos une voix familière – celle de Charles. Qui a-t-on trucidé, cette fois-ci ?

– Peta Currie. Tu te souviens, on l'a déjà croisée. On vient de la trouver enterrée dans l'une des parcelles. »

Charles détailla les occupants des potagers.

« Voilà un bel échantillon représentatif de la composition sociale du village, remarqua-t-il. Il y a les spécimens de la vieille garde. Certains ont l'air tout droit sortis de *La Planète des singes.* On voit ce genre de visages sur les clichés de l'ère victorienne. Ces grandes bouches simiesques… Au XXe siècle, c'était devenu si inconvenant que les femmes qui en étaient affligées peignaient de petites lèvres en bouton de rose dessus… Il y a aussi quelques dames de la bourgeoisie à l'allure de militantes véganes et une poignée d'authentiques jardiniers. Et tenez, là-bas ! Il y a même une vigne qui appartient à deux charmantes personnes. Vous les connaissez ?

– L'une est une photographe extrêmement talentueuse, le renseigna Phil Marshall qui venait de les rejoindre. Et son amie est professeure de tennis.

– Ils sont tous absolument fascinants, commenta Charles. Je me demande ce que Peta a bien pu fabriquer pour s'attirer une telle fin. Aurait-elle piétiné les poireaux chéris de l'un d'entre eux ?

– J'ai fait quelques recherches à son sujet hier soir, intervint Mrs Bloxby. Je ne pouvais pas dormir et j'ai regardé sur Google. Lorsqu'elle avait une vingtaine d'années, c'était un mannequin célèbre. Elle s'est mariée et a divorcé trois fois.

– Tu es battue, Aggie, glissa Charles. Tu n'as que deux maris à ton actif.

– Avait-elle un lien avec lord Bellington ? demanda Agatha.

– Son premier époux, le député Nigel Farraday, était un cousin de lord Bellington.

– Mieux vaut en avertir Bill », décida Agatha.

Elle se dirigea vers l'entrée des jardins. « Prévenez l'inspecteur Wong qu'Agatha Raisin a une information importante à lui communiquer au sujet du meurtre », ordonna-t-elle au policier en faction. Celui-ci se détourna et prononça quelques phrases dans un micro-émetteur fixé au revers de sa veste.

Agatha attendit avec impatience. Au bout d'un moment, Bill arriva en courant. Elle le mit au courant.

« Le rapport est ténu, commenta-t-il. Venez avec moi, Mrs Bloxby, nous allons prendre votre déposition. Agatha, je passerai chez vous plus tard. »

Rouge de confusion, Mrs Bloxby suivit Bill à travers les parcelles. Je me demande comment elle va pouvoir justifier son intérêt pour Peta, se dit Agatha. Elle se tourna vers Charles : « Rentrons à la maison pour attendre Bill. Et vous, Phil, Toni ? »

Toni préférait retourner à Mircester et Phil, muni de son appareil photo équipé de lentilles d'agrandissement, souhaitait prendre le plus de clichés possible des occupants des jardins.

Agatha et Charles s'installèrent dans la cuisine. Ils avaient d'abord pensé au jardin, mais les rafales de vent froid, qui chassaient de petits nuages noirs devant le soleil, les en avaient dissuadés. « Regarde-moi ces feuilles d'automne qui volent en tous sens, se lamenta Agatha. Quel dommage ! Le temps semble passer si vite ! Ça me donne envie d'aller les recoller aux branches. »

Elle posa son ordinateur sur la table de la cuisine et l'alluma.

« Tu cherches des informations sur Peta ? demanda Charles.

– Non, sur la maîtresse de Bellington, Jenny Coulter. Voyons… Zut, il n'y a rien à son sujet, il faut que je demande son adresse à Damian. On parle bien toujours de "maîtresse", de nos jours ? »

Charles haussa les épaules :

« On utilise plutôt le mot "compagne", ou l'expression "la personne qui partage la vie de… ». Dans le *Times* il y avait une lettre très drôle de quelqu'un qui disait qu'en Australie on présente souvent son amant ou sa maîtresse comme Mrs ou Mr *de facto*. »

Agatha téléphona à Damian qui lui donna l'adresse de Jenny Coulter. Elle en profita pour lui apprendre la mort de Peta Currie.

« Qui est-ce ? demanda-t-il.

– Une ex-épouse d'un cousin de votre père, Nigel Farraday.

– Il me semble que j'ai rencontré Nigel une fois quand j'étais petit. Aucun souvenir de cette Peta. Je vérifierai ça si vous voulez. Mais ces jardins potagers sont de perpétuelles sources de conflits. On en a quelques-uns au hameau. L'an dernier, quelqu'un a oublié de fermer le robinet ; le comité a décrété que chacun irait chercher l'eau à une borne, au lieu de brancher les tuyaux d'arrosage à la prise d'eau. Tout ça à cause de l'étourderie d'un seul. Cela a provoqué des chamailleries sans fin. »

On sonna. Charles alla ouvrir. Agatha reconnut la voix de Bill et raccrocha en précisant à Damian qu'elle le rappellerait.

Bill entra dans la cuisine, suivi par sa jolie collègue Alice Peterson. Il interrogea minutieusement Agatha sur sa visite à Harby Hall, puis sur les racontars qui visaient, dit-il, Mrs Bloxby.

« Quels racontars ? s'émut Agatha, sur la défensive.

– Le bruit court, du côté des jardins ouvriers, que Mrs Bloxby a un petit faible pour Gerald Devere et que ledit Gerald Devere flirtait avec Peta.

– Sottises.

– Il paraît que Mrs Bloxby s'affichait très souvent en sa compagnie, qu'elle s'est mise à porter des tenues chic, à se pomponner, et à se teindre les cheveux.

– Oh, ça, c'est de ma faute, mentit Agatha sans vergogne. Ça faisait une éternité que j'insistais pour qu'elle soigne davantage son apparence, et elle a fini par m'écouter. Et puis elle consacre beaucoup de temps aux nouveaux arrivants, elle les aide à s'acclimater. Allons, Bill, Mrs Bloxby est une sainte !

– Il n'empêche que sitôt que j'aurai terminé avec vous, je retournerai la voir. Où est donc passé Charles ?

– Il était là à l'instant, assura Agatha en regardant autour d'elle. Croyez-vous qu'il y ait un rapport entre l'assassinat de Peta et celui de lord Bellington ?

– C'est trop tôt pour le dire. »

Charles s'était esquivé discrètement et avait filé au presbytère. Par chance, le pasteur était sorti. Il annonça à Mrs Bloxby, atterrée, la visite imminente de Bill, et ses motifs.

« Mais qu'est-ce que je vais lui dire ? s'affola-t-elle.

– Exactement ce qu'Agatha vient de lui raconter : elle insistait depuis longtemps pour que vous preniez davantage soin de votre apparence, et vous avez fini par l'écouter. Gerald venait souvent vous voir, parce qu'il ne connaissait personne à Carsely. Vous l'aidiez à s'acclimater. D'accord ?

– Mais ce serait un mensonge.

– Vous préférez mettre votre mari dans tous ses états ? Que se passera-t-il s'il rentre pendant que Bill est là ? Je crains bien que tout le village ne bourdonne de rumeurs sur vos relations avec Gerald.

– J'ai été sotte, avoua Mrs Bloxby tout bas. Mr Devere multipliait les compliments. C'était si agréable d'être l'objet d'attentions. Je pensais que mon mari ne s'intéressait plus à moi. Mais en fait, hier soir, il m'a emmenée dîner au restaurant ! Et il m'a dit que je me fatiguais trop et qu'il fallait que je prenne une femme de ménage.

– Savez-vous depuis combien de temps durait l'idylle entre Gerald et Peta ? »

Elle secoua la tête.

« Je ne me doutais de rien avant de les surprendre en train de s'embrasser. Mrs Raisin vous a raconté ?

– Pas encore. Vous savez, je pense que les hommes de l'espèce de Devere passent leur temps à séduire les femmes qu'ils rencontrent pour conforter leur amour-propre. Si seulement quelqu'un pouvait le supprimer ! »

On sonna à la porte.

« Voilà Bill, je me sauve par le cimetière ! »

3

Lorsque Charles rejoignit Agatha dans la cuisine, elle lui apprit que Damian l'avait rappelée pour lui communiquer l'adresse de Jenny Coulter.

« Elle habite Mircester. Épatant ! Allons voir si elle est chez elle.

– Agatha, la journée a été longue. Ça ne peut pas attendre demain matin ?

– Elle travaille vraisemblablement. De nos jours, ces prétendues « femmes entretenues » travaillent toutes.

– Tu parles d'expérience ?

– J'aimerais bien. Tu sais, Charles, ces jardins ouvriers ont beaucoup d'agrément.

– Comme les cadavres, par exemple ?

– Non, ce que je veux dire, c'est que je me verrais bien assise devant un de ces cabanons, un beau jour d'été, à regarder pousser mes récoltes.

– La seule chose que tu risques de récolter, c'est une déprime. Tu sais, Aggie, tu te perds si souvent dans des rêves improbables que je peine parfois à comprendre comment tu parviens à reprendre pied dans la réalité pour élucider des affaires compliquées.

– N'importe quoi ! rugit Agatha. Et d'abord, arrête de m'appeler Aggie. D'accord, on ira lundi. Tu passes me chercher au bureau ?

– Non. J'ai une vie, moi aussi. Je dois superviser les préparatifs de la fête des moissons. Sympathique, bucolique et sans cadavres. »

Après son départ, Agatha fit rentrer ses chats, qui la toisèrent, car il s'était mis à pleuvoir. C'en était fini du beau temps. Elle jeta un coup d'œil à la pendule. Dix heures du soir ! Et elle n'avait toujours pas dîné ! Elle ouvrit le congélateur et considéra lugubrement le monceau de plats surgelés avant de le refermer sans douceur.

On sonna. Agatha regarda ses deux matous. Si cela avait été Bill ou Charles, ils se seraient précipités à la porte, guidés par leur curieuse prescience, mais tous deux poursuivaient tranquillement leur toilette.

Ce fut Gerald qu'elle aperçut par le judas. Elle ouvrit avec réticence à celui qui n'était plus qu'un rêve brisé.

« Il est trop tard ? demanda-t-il.

– Non, entrez, je vous en prie. »

Elle le précéda dans la cuisine. Elle ne ressentit pas la moindre envie de s'éclipser pour monter rafraîchir son maquillage. Elle avait fait une croix sur ce rêve-là.

« Un café ? Ou quelque chose de plus fort ?
– Non, merci, rien du tout.
– Bien, alors quel est le problème ? Car je suppose qu'il y en a un. »

Gerald s'assit avec un soupir et Agatha s'attabla en face de lui.

« C'est étrange comme être dans la police vous protège du monde extérieur. Il y a d'un côté les nôtres, de l'autre les civils. Mais maintenant je ne suis plus qu'un civil parmi d'autres. Ma vanité en a pris un sérieux coup. Peta s'est jetée sur moi avec enthousiasme ; ça m'a réconforté et flatté. Et voilà qu'elle s'est fait assassiner et que je me retrouve, apparemment, principal suspect !
– Avec Wilkes, on se sent toujours dans la position du principal suspect, rétorqua Agatha avec amertume. Qu'attendez-vous de moi, exactement ?
– Je voudrais recommencer à travailler. J'espérais que vous auriez besoin d'un détective supplémentaire. »

Agatha faillit refuser, car elle lui gardait rancune d'avoir rendu Mrs Bloxby malheureuse. Mais son bon sens lui vint en aide. Suspect ou non, Gerald posséderait des informateurs dans la police mieux placés encore que ceux de Patrick.

« Passez au bureau demain matin à neuf heures pour signer les papiers. J'irai voir ensuite Jenny Coulter, l'ancienne maîtresse de Bellington, et vous pourrez m'accompagner.
– Merci beaucoup.

– Une dernière chose, lança Agatha, ses petits yeux d'ourse braqués sur ceux de Gerald. Plus question de conter fleurette à Mrs Bloxby et de lui tourner la tête.

– Je vous promets de ne plus m'approcher du presbytère.

– Oh que si, mais quand son mari sera là. Ce serait blessant d'ignorer cette femme complètement. Invitez-les tous les deux à dîner.

– C'est d'accord. Que devez-vous penser de moi…

– En tant qu'homme, pas grand-chose, répliqua Agatha avec un sourire. En tant que détective, j'aimerais voir ce que vous valez. »

Quand il fut parti, Agatha sentit de nouveau ses vieux fantasmes romantiques l'envahir. Elle secoua la tête, comme pour en éjecter cette absurdité, et alla se coucher. Mais avant de sombrer dans le sommeil, elle se prit à espérer que Charles serait fortement contrarié de découvrir que Gerald avait rejoint son agence.

Le lendemain matin, elle le présenta à son équipe et nota, lorsqu'il serra la main de ses nouveaux collègues, qu'il s'attardait un peu trop sur celle de Toni. Après quoi, ils se chamaillèrent sur le parking : Gerald voulait absolument qu'ils prennent sa voiture, mais Agatha tenait à imposer d'emblée son autorité, et ce fut elle qui l'emporta. Elle s'empara du volant et laissa le siège du passager à un Gerald plutôt grincheux.

« Elle habite dans un des logements sociaux à la sortie de la ville. Je m'attendais à ce qu'elle vive dans un endroit plus chic.

– Bellington lui assurait peut-être un toit, qu'elle n'a pu garder quand il est mort. » Une fois garés, ils se dirigèrent vers l'entrée de l'immeuble. « Je me demande à quoi elle ressemble, poursuivit Gerald. Un de mes anciens contacts m'a envoyé par mail des photos de Bellington lors de diverses apparitions publiques. Son ex figure sur la plupart des plus anciennes, mais il n'y a aucun indice de vie sentimentale sur les plus récentes. »

Agatha éprouva une pointe de jalousie. Évidemment, il ne pouvait qu'avoir des contacts mieux renseignés que les siens. Qu'est-ce que ça l'exaspérait d'être tenue à l'écart des enquêtes policières et privée des résultats des expertises médico-légales !

Jenny Coulter logeait au quatrième et dernier étage d'un petit immeuble. « En panne », indiquait un écriteau sur la porte de l'ascenseur. Lorsqu'elle atteignit le dernier palier, Agatha était hors d'haleine et avait mal aux pieds. Oh, mon Dieu, se dit-elle, ça y est. Finis, les cigarettes et les talons hauts. Je suis condamnée.

« Un problème ? demanda Gerald.

– Comment ? Non, non, ça va très bien. Allez-y, sonnez. »

Gerald pressa la sonnette. Il y eut un grand silence, excepté le gémissement du vent qui s'était levé dehors. Mais aucun des bruits habituels des immeubles : vacarme des téléviseurs, pleurs de nourrissons ou scènes de ménage. Il n'y avait que deux appartements par étage.

« J'essaye celui d'en face », décréta Agatha.

Ils le crurent d'abord vide, mais juste au moment où Agatha tournait les talons, un très vieux monsieur appuyé sur deux cannes leur ouvrit.

« Qui est-ce, grand-père ? lança une voix derrière lui.

– Les témoins de Jéhovah, je crois. Écoutez, je ne crois pas en Dieu, je n'y ai jamais cru et je ne...

– Nous sommes détectives privés ! cria Agatha. Savez-vous quand votre voisine, Miss Coulter, sera là ?

– Je ne suis pas sourd, protesta-t-il en la fixant de ses yeux délavés et larmoyants. Elle est chez elle en général, mais elle ne répond pas si elle n'attend personne.

– Merci quand même », marmonna Agatha, vexée d'avoir été prise pour un témoin de Jéhovah.

Elle sortit une de ses cartes de visite professionnelles, la glissa dans la boîte à lettres de Jenny Coulter et sonna de nouveau. Au bout de quelques minutes, juste au moment où elle allait renoncer, la porte s'ouvrit devant une femme plantureuse et grisonnante.

« J'aurais désiré m'entretenir avec Miss Coulter, dit Agatha.

– C'est moi. C'est à propos de cette vieille canaille ?

– Oui, si c'est de lord Bellington que vous voulez parler.

– Entrez. »

Ils la suivirent dans le salon et Agatha lui présenta Gerald. La pièce contenait quelques beaux meubles anciens, ainsi qu'un canapé et des fauteuils de style typiquement Sheraton.

« Quand j'ai quitté cette vieille canaille, j'ai fait passer les déménageurs pendant la nuit, expliqua Jenny avec un grand sourire en remarquant qu'Agatha examinait la déco. J'ai laissé un mot pour lui dire que s'il voulait récupérer son fourbi, il n'avait qu'à me faire un procès.

– Avez-vous la moindre idée de qui aurait pu l'empoisonner ?

– Je parie que c'est son fils. Un taré. Toute la famille est tarée. Est-ce que le poison se trouvait dans un de ses abominables breuvages sirupeux ?

– Oui, répondit Gerald. Soit dans le vin moelleux, soit dans la crème de menthe. L'assassin est forcément quelqu'un qui savait qu'il aimait les alcools doux.

– Il a organisé une kermesse ou quelque chose de ce genre, intervint Agatha. L'un des villageois a pu entrer dans la maison. Je suis certaine que les invités ont utilisé les toilettes.

– Il était conscient que ses boissons favorites étaient démodées. Il n'y a que la famille proche qui était au courant de ses goûts.

– Et quand il recevait ?

– On ne servait que les meilleurs vins et en fin de repas du porto. J'ai déjà raconté tout ça à la police. Ils n'ont pas été longs à me retrouver. J'ai un alibi pour la nuit de sa mort, mais ils m'ont fait remarquer que la boisson avait pu être empoisonnée à l'avance, n'importe quand.

– Vous habitez un logement social, observa Agatha. Vous avez eu du mal à l'obtenir ?

– Je l'ai depuis toujours. Je l'avais gardé au cas où. Je n'aurais jamais pensé que les choses tourneraient mal aussi vite, mais voilà. Asseyez-vous. »

Agatha était intriguée. Elle s'était attendue à une créature similaire aux quelques épouses décoratives de Carsely : blonde, cosmétiquée et avec un coach dans les parages. Or Jenny, avec sa poitrine opulente et ses hanches généreuses, aurait certainement fait le bonheur d'un gentleman des années 1900. Elle possédait certes de grands yeux bruns, mais de profonds sillons encadraient sa bouche et de fines ridules rayonnaient autour de ses lèvres et de ses yeux. Agatha en conclut que Jenny avait dû être un beau brin de fille en son jeune temps.

« Comment avez-vous rencontré lord Bellington ? demanda-t-elle.

– Voyons. C'était il y a cinq ans. Je travaillais chez un bijoutier en ville. Il est venu acheter un pendentif pour sa fille. Nous avons bavardé et il m'a invitée à dîner. C'est de là que tout est parti. Je vivais seule, mon précédent compagnon était devenu radin et brutal. Au début, Bellington se montrait très généreux et c'était amusant de vivre dans une grande maison. Et puis, devinez quoi ? Bellington est devenu radin et brutal. Ah, les hommes !

– Avez-vous toujours été… euh… la maîtresse de quelqu'un ? demanda Gerald.

– Mais oui, je crois bien ! J'ai eu les avantages du mariage avec en plus la liberté de me tirer quand ça me chantait. »

Agatha l'examina avec curiosité. Qu'est-ce qu'elle pouvait bien *faire* pour être autant désirée ? C'était un mystère.

« Avez-vous déjà rencontré Nigel Farraday ? questionna-t-elle.

– À l'occasion.

– Voyez-vous, Peta Currie a été assassinée à Carsely. Elle a été mariée avec lui autrefois.

– Oui, j'ai lu ça dans le journal. Jamais vu cette fille. C'était avant moi, et d'ailleurs je n'aimais pas Nigel. Il me traitait comme une moins que rien, et sa femme est inbuvable.

– J'ai cherché leur adresse, dit Gerald. Ils habitent à Iddington Loxby. Est-ce près de Harby ?

– À environ huit kilomètres. Au fait, je ne vous ai rien offert. Un café, autre chose ?

– Non, merci, il est temps que nous partions. Il est député, n'est-ce pas ?

– Oui, député sans étiquette. Il était conservateur, avant, mais il a eu peur de perdre son siège et a quitté le parti pour se présenter comme indépendant, en promettant tout à tout le monde avec la nostalgie en plus. Vous savez, l'Angleterre aux Anglais, dehors les immigrants, le droit de fumer où on veut et le doublement des retraites. Et comme il n'a aucune chance d'arriver vraiment au pouvoir, il peut dire tout et n'importe quoi. »

« Je m'attendais à ce qu'elle ait plus de classe, s'étonna Agatha en reprenant le volant.

– Oh, elle est canon, répondit Gerald.

– Je ne m'en suis pas aperçue », rétorqua Agatha d'un ton âpre.

Que le monde était donc bizarre ! Les magazines féminins recommandaient talons hauts, parfum, extensions capillaires et faux cils pour appâter la gent masculine, alors que cette femme-là avait l'air d'une respectable mère de famille. Agatha se demanda si elle-même connaîtrait un jour une passion romantique et érotique. James Lacey était plutôt du genre vite fait bien fait ; Charles était un amant accompli, mais ne se livrait jamais.

« Autant se mettre à la colle avec un chat.

– Quoi ? » s'étonna Gerald, et à sa grande horreur Agatha comprit qu'elle avait parlé tout haut.

« Rien, je pensais à une vieille affaire. »

En arrivant à Iddington Loxby, ils s'arrêtèrent sur la place du village, où Gerald se fit indiquer la résidence de Mr Farraday.

« Il vit à Cobbend Manor, lui répondit-on. Retournez un peu sur vos pas, tournez à gauche au panneau marqué Cobbend, et vous verrez bientôt les grilles. Il y a des ananas en plâtre sur les piliers. »

Ils ne tardèrent pas à remonter une longue allée étroite bordée d'épais fourrés. La voiture franchit en tressautant une grille à bétail. D'immenses champs qui s'étendaient à perte de vue remplacèrent bientôt les arbres. Agatha contourna de vastes écuries anciennes, passa sous une arche et déboucha dans une cour remplie de véhicules.

« On dirait qu'il a des invités, constata Gerald. Regardez, il y a une place là. Allez-y en marche arrière.

– Cette voiture ne va que de l'avant, elle ne sait pas reculer », répliqua Agatha, qui détestait les marches arrière. Elle se gara entre une Rolls et une Bentley.

« Ce devait être une jolie maison XVIIIe, avant qu'on ne lui greffe toutes ces annexes victoriennes hétéroclites. Et regardez tout ce lierre ! Cela doit ronger la pierre. »

La porte était grande ouverte. Gerald tira par le bras Agatha, qui s'apprêtait à entrer.

« Il vaudrait mieux sonner et nous faire annoncer par le majordome, non ?

– Je pense qu'il n'y a plus guère que les gens très riches qui ont des majordomes aujourd'hui. Allez, venez. »

Ils suivirent un corridor qui à son extrémité donnait sur deux couloirs, l'un partant sur la droite et l'autre sur la gauche.

« Nous aurions peut-être dû téléphoner, murmura Gerald.

– En tant qu'ex-flic, vous devriez savoir qu'il est en général plus efficace de prendre les gens au dépourvu », trancha Agatha.

Gerald s'arrêta net, grimaçant de colère.

« J'en sais plus long sur les techniques d'enquête que vous n'en saurez jamais ! tonna-t-il.

– Oh, fermez-la, crétin prétentieux ! » vociféra Agatha.

Une femme surgit au bout du corridor. Elle ressemblait tant à Peta que le cœur d'Agatha manqua un battement.

« Qui diable êtes-vous ? demanda la femme, et qu'est-ce que vous faites chez moi ? »

Agatha s'avança avec un sourire d'excuse.

« Permettez-moi de me présenter : Agatha Raisin, détective. J'enquête sur le meurtre de Peta Currie. Il nous serait utile d'en savoir un peu plus à son sujet. Mr Farraday pourrait-il nous recevoir ?

– Cela tombe très mal. Nous avons des invités. »

Un homme survint.

« Qu'est-ce qui se passe, chérie ?

– Cette femme, répondit son épouse d'un ton glacial, veut t'interroger à propos de Peta Currie. Je lui ai dit d'aller se faire voir ailleurs. »

L'homme s'approcha. Il était grand, avec une épaisse chevelure blanche, une figure blafarde marquée de rougeurs et un gros nez aux pores dilatés.

« Ne t'en fais pas, mon chou. Va t'occuper de nos

invités. Entrez, ajouta-t-il à leur adresse en poussant la porte d'une pièce poussiéreuse et manifestement peu utilisée. Asseyez-vous, je vous en prie. »

Agatha et Gerald prirent place sur un vieux canapé d'où s'échappa un nuage de poussière. Nigel attrapa une chaise, la retourna, s'y installa à califourchon et s'accouda au dossier.

« Ma tenue de barbecue, indiqua-t-il en désignant sa chemisette sans col et son short flottant. Et maintenant, à qui ai-je l'honneur ? »

Après avoir fait les présentations, Agatha le questionna sur Peta.

« Sa vie se résumait à ses vêtements, son maquillage et une passion dévorante pour l'argent. Mais elle était très séduisante, je vous l'accorde. Seulement elle ne voulait pas d'enfant. Pour un homme politique, c'est un atout d'avoir une famille. Mon épouse suivante ne valait pas mieux. Mais avec l'actuelle, j'ai tiré le gros lot. Deux petits garçons. Et vous deux ? Vous avez des gosses ?

– Gerald n'a pas voulu, déplora Agatha d'une voix dolente.

– Ma pauvre ! Vous avez passé l'âge, maintenant. Mais vous pourriez en adopter.

– Assez ! rugit Gerald. Sachez que je suis inspecteur honoraire de Scotland Yard, employé par l'agence Agatha Raisin. Nous ne sommes pas mariés. Mais enfin, Agatha, qu'est-ce qui vous a pris ?

– C'est une petite coquine. Moi, ça me plaît bien… », commenta Nigel, l'œil grivois.

Agatha le gratifia d'un sourire qu'il lui rendit en se lissant les cheveux.

« Dites-m'en davantage. Elle était fidèle ?

– Pas à la fin de notre mariage. Une chance pour moi, j'ai pu engager un détective privé et récolter assez de preuves pour ne pas avoir à lui verser une tonne de fric au moment du divorce.

– Mais avait-elle des ennemis, des fréquentations dangereuses ? Se droguait-elle ? Des amants jaloux, peut-être ? Ou quelque chose de ce genre ?

– J'étais trop occupé par les élections au moment où elle a commencé à me tromper. Écoutez, Agatha, je peux vous appeler Agatha ?

– Mais je vous en prie.

– Que diriez-vous de dîner ensemble un de ces soirs ? D'ici là, j'aurai eu le temps de me creuser la mémoire pour vous retrouver quelque chose d'utile.

– Bien volontiers. »

Avant de remonter en voiture, Agatha remit les chaussures plates qu'elle utilisait pour conduire et lança ses escarpins à talons à l'arrière.

« Tout ce qu'il a en tête, c'est de vous mettre dans son lit, lui dit Gerald.

– Il n'est pas le premier. Mais le temps qu'il découvre qu'il s'est trompé d'adresse, j'en aurai peut-être tiré quelques éléments intéressants. »

Gerald, assis à côté d'elle, la lorgna d'un œil neuf. Il remarqua ses longues jambes sous la jupe courte, ses cheveux soyeux, et le léger parfum français qui l'enveloppait.

« Je n'ai pas embrassé Peta, dit-il. C'est m'a sauté au cou. Elle s'est assise sur mes et m'a embrassé avant que j'aie compris ses intentions.

– Et vous l'avez repoussée en lui disant : "Je ne suis pas ce genre d'homme !"

– Non. Je n'avais rien vu venir. N'importe quel homme aurait été surpris !

– J'ai un ami qui l'aurait vue venir des kilomètres à la ronde », répondit Agatha, qui pensait à Charles.

Où était Charles ? Elle prit conscience qu'elle aurait préféré sa compagnie à celle de Gerald et se tapa mentalement sur les doigts. Charles entrait et sortait de sa vie avec le flegme et le détachement d'un chat.

« Allons voir si Damian est chez lui, décida Agatha. Il a sûrement entendu des commérages sur Peta. Et je voudrais bien interroger sa sœur. »

À sa grande surprise, quand elle eut garé sa voiture, Gerald se précipita pour lui tenir la portière. Ils sonnèrent et attendirent. La porte s'ouvrit sur lady Bellington, qui gratifia Agatha d'un : « Quelle plaie ! D'abord la police et maintenant vous ! Enfin, si Damian tient à vous employer, je n'ai qu'à en prendre mon parti. »

Elle tourna les talons sans refermer la porte.

« Où est Damian ? cria Agatha au dos qui s'éloignait.

– Jardin ! », lança par-dessus son épaule lady

Bellington, et elle disparut en claquant une autre porte derrière elle.

« Plutôt que de nous perdre dans ce véritable labyrinthe, faisons le tour de la maison », proposa Agatha à Gerald.

Un soleil capricieux s'amusait à travers le lierre qui couvrait le bâtiment. Une brise froide s'était levée. Agatha regretta de ne pas avoir de manteau. Puis elle remarqua qu'elle portait toujours ses chaussures basses. Elle se sentit diminuée, et pas seulement en taille. Mais le sentier gravillonné qui contournait la demeure aurait été difficile à négocier en talons hauts, aussi continua-t-elle en essayant d'oublier ses complexes.

Damian paressait dans une chaise longue sur la terrasse à l'arrière de la bâtisse. Une rafale envoya une brassée de feuilles d'automne rouges et dorées tourbillonner autour de lui. Il en saisit une au vol et la brandit :

« L'une des enfants perdues de l'année expirante », déclama-t-il.

Que répondre à cela ? se demanda Agatha.

« Venez donc vous asseoir », les convia-t-il.

Agatha opta pour un siège métallique à dos droit, et Gerald se percha sur le bord d'un transat, de l'autre côté de Damian.

« Alors, qui est l'assassin ? demanda-t-il.

– Un peu tôt pour le dire, répliqua Agatha. Où est votre sœur Andrea ?

– Elle est rentrée hier. On enterre notre père

demain, enfin ce qui restera de ce pauvre cher papa quand ils auront fini de le charcuter et d'en extraire les fluides.

– Vous n'étiez pas très attaché à votre père, n'est-ce pas ? questionna Gerald.

– Il pouvait être pénible. Le *Spectator* a publié un de mes poèmes quand j'avais seize ans. J'étais fier comme tout. Je le lui ai montré. Il m'a envoyé un coup de poing en pleine figure et traité de tapette, puis il a menacé de me couper les vivres s'il me reprenait à écrire de la poésie. Ça a été terminé.

– Si vous éprouviez si peu d'affection pour lui, s'étonna Agatha, pourquoi tenez-vous tellement à savoir qui l'a tué ?

– Oh, il n'y en a pas deux comme vous, ma puce ! Pour le congratuler chaleureusement, bien sûr ! pouffa Damian. Non, sérieusement, je suis le principal suspect, et ce que je veux, c'est que vous me débarrassiez de la police.

– Est-ce qu'Andrea hérite de quelque chose ? demanda Gerald.

– Elle continue à toucher sa pension, qui est follement généreuse. Mais j'aimerais bien qu'elle s'en aille au lieu de rester à traîner ici comme une âme en peine.

– Nous souhaiterions lui parler, déclara Agatha.

– Si ça peut vous faire plaisir, mon chou. »

Il se renversa en arrière dans sa chaise longue et appela : « Mrs Dinky ! » Le nom évoquait une sémillante soubrette, mais ce fut une petite femme à l'air hargneux qui parut à la porte-fenêtre.

« Allez chercher Andrea, voulez-vous ? ordonna Damian.

– C'est votre femme de chambre ? demanda Agatha.

– Tout à fait.

– Mais ce n'est pas la personne que j'ai interrogée !

– Virée. Bien trop médisante. Dinky vient du village et sait tenir sa langue, elle, d'autant plus que c'est moi le propriétaire de son cottage. Ah, voici ma très chère sœur, je vous laisse.

– Oh, c'est vous ! maugréa Andrea en fusillant du regard les deux détectives. On m'a dit qu'une *dame* et un *monsieur* voulaient me voir. Quelle blague ! »

Quoique ses humbles origines se soient récemment ébruitées dans tout Carsely, Agatha conservait la hantise que les gens ne décèlent, sous la façade qu'elle s'était construite à coups de vêtements chic et d'accent légèrement snob, le taudis de Birmingham où elle avait grandi.

« Nous cherchons à découvrir qui a assassiné votre père, fit Agatha en prenant sur elle. Si vous pouviez nous dire qui, à votre avis, désirait particulièrement sa mort, nous vous en serions très reconnaissants. »

Andrea tourna les talons, et leur jeta par-dessus son épaule en s'éloignant :

« Je sais qui l'a tué.

– Attendez ! lui cria Agatha. Qui est-ce ?

– Damian, voyons. »

4

« Attendez ! » cria Agatha, mais Andrea rentra en courant.

Damian surgit de nouveau par la porte-fenêtre. Son sourire sardonique indiquait clairement qu'il avait tout entendu.

« Alors, c'est vraiment vous qui avez tué votre père ? demanda Agatha.

– Non, mais Andrea aimerait bien le croire. Vous paraissez tout chose tous les deux. Ne l'écoutez pas, ou vous ne découvrirez jamais qui a liquidé le paternel.

– Mais pourquoi Andrea voudrait-elle que ce soit vous ?

– Parce qu'à ce moment-là le monstre que je suis ne pourrait pas profiter de son crime et c'est elle qui récupérerait tout l'héritage.

– Je souhaiterais parler à la femme de chambre que vous avez renvoyée.

– Dans l'espoir qu'une ex-employée rancunière vous déballera tout notre linge sale ? Comme je vous l'ai dit, elle s'appelle Mrs Bull et elle habite Ivy Cottage, juste sur la place. Impossible de vous tromper.

– Avons-nous une chance de revoir votre sœur ? demanda Gerald.

– Pas l'ombre d'une ! Allez, ouste, filez donc jouer les limiers ailleurs. »

Grande et maigre, Mrs Bull avait tout d'une gargouille : des oreilles si décollées qu'elles formaient un angle droit avec son crâne, un long nez, un perpétuel rictus, et des yeux tout aussi glauques que des tessons de bouteille polis par la mer. Agatha fit les présentations.

« Entrez donc, dit-elle. J'ai deux ou trois petites choses à raconter sur ces gens-là. »

Elle les introduisit dans un petit salon très sombre. Le cottage portait bien son nom : le lierre interceptait l'essentiel du jour qui filtrait par les fenêtres. La pièce était encombrée de bibelots de porcelaine, de photographies encadrées, de magazines et de bouquets de fleurs séchées. Mrs Bull leur désigna un canapé en crin, alluma le feu de bois factice dans la cheminée et s'assit d'un air guindé sur le bord d'une lourde chaise pseudo-Renaissance.

« Pourquoi vous a-t-on congédiée ? questionna Agatha.

– J'ai causé à un des journalistes et Mr Damian m'a virée.

– Vous n'avez pas peur qu'il vous reprenne votre logement si vous nous parlez ? demanda Gerald.

– Il peut pas. Il est à moi. Le vieux me l'a donné. "En remerciement de mes bons et loyaux services." Bien la première fois que j'entends appeler comme ça des parties de galipettes, gloussa-t-elle.

– Vous voulez dire..., commença Agatha.

– Il me sautait comme un malade quand il était saoul.

– Et Mr Bull ne protestait pas ?

– Il n'y a pas de Mr Bull. C'est moi qui me fais appeler Mrs.

– Mais il avait une maîtresse, Jenny. Qu'en pensait-elle ?

– C'est une futée, celle-là. Elle s'en fichait. Disait que ça lui faisait une nuit de congé.

– Alors vous ne soupçonnez personne de l'assassinat de lord Bellington ?

– Son ex-femme. Je vais vous dire pourquoi. Je l'ai pincée un soir en bas dans les caves avec une seringue à la main.

– C'est une ancienne alcoolique, remarqua Agatha, et probablement toxicomane aussi. Peut-être qu'elle était descendue là juste pour se piquer. Une minute ! D'après mes informations, elle n'est revenue au château qu'après la mort de Bellington, quand Damian l'a invitée.

– C'est bien ça que je dis, triompha Mrs Bull. Elle avait rien à faire là.

– Et qu'a dit lord Bellington quand vous lui avez raconté ?

– Je lui ai pas raconté. »

Les yeux d'ourse d'Agatha se vrillèrent sur les siens :

« Elle vous a graissé la patte pour que vous vous taisiez !

– Ben, je pensais qu'elle ne faisait rien de mal, et l'argent tombait à pic.

– Quand était-ce ?

– Une semaine avant qu'il casse sa pipe.

– Vous l'avez mentionné à la police ?

– Je voulais pas m'attirer d'embrouilles.

– Alors pourquoi nous en parlez-vous ? intervint Gerald.

– J'ai reçu un coup de fil juste avant que vous arriviez qui disait que j'avais intérêt à la boucler.

– Un homme ou une femme ?

– Aucune idée. Une voix avec un timbre métallique.

– Mais pourquoi n'avez-vous pas signalé à la police l'épisode de lady Bellington et de sa seringue ? demanda Gerald.

– Je vous l'ai dit, non ? Je veux pas d'histoires avec la police. »

Quelque part dans le fond de la maison, la sonnerie stridente d'un téléphone retentit.

« Faut que j'aille répondre, s'excusa-t-elle, je reviens tout d'suite. »

Gerald murmura : « Nous allons devoir prévenir la police.

– Je pense qu'elle ment. Pourquoi Bellington aurait-il voulu coucher avec quelqu'un tout droit sorti d'un film d'horreur ?

– Il était ivre et il l'avait sous la main. Chut, la voilà.

– Partez, leur enjoignit Mrs Bull. Tout de suite.

– Qui vous a appelée ? demanda Agatha.

– Des amis du village. Et maintenant, dégagez vite fait ! »

« Agatha, dit Gerald une fois qu'ils furent hors du hameau, il faut absolument avertir la police. Ils pourront mettre ses communications téléphoniques sur écoute. On l'a menacée. Cet appel l'a complètement terrorisée.

– Je vais voir si Bill Wong est chez lui, concéda Agatha sans enthousiasme. La dernière personne à qui j'ai envie d'avoir affaire, c'est Wilkes. Je crois que ce fichu bonhomme n'aime rien tant que me cuisiner. »

Ils réussirent à soutirer à Mrs Wong l'information que son fils était de service jusqu'à quatre heures de l'après-midi.

« Nous allons l'attendre sur le parking du commissariat et nous lui parlerons quand il sortira, décida Agatha.

– Pourquoi perdre notre temps avec un simple sous-fifre ? protesta Gerald.

– Parce qu'il est intelligent et qu'il sait écouter. »

Bill émergea du commissariat en compagnie d'Alice Peterson. Tous deux bavardaient en riant, mais Bill se rembrunit sitôt qu'il vit Agatha s'approcher.

« J'ai découvert un élément important, lui dit-elle. Il faut absolument que je vous parle.

– Bon, répondit Bill à regret. Allez-y. »

Gerald vint les rejoindre. Bill écouta avec grande attention Agatha lui rapporter les propos de Mrs Bull.

« Venez avec moi faire une déposition et ensuite je me rendrai directement là-bas, dit-il, le récit achevé.

– Il va falloir que je voie Wilkes ?

– Non, c'est son jour de congé. Quand j'aurai noté vos déclarations, je passerai chez Mrs Bull. »

« On dirait bien que nous avons élucidé ce crime, et c'est encore la police qui récoltera tous les lauriers à notre place, maugréa Agatha en reprenant le chemin de Carsely. Damian va être furieux, s'il s'avère que l'assassin est sa propre mère.

– Il nous reste le meurtre de Peta à éclaircir, rappela Gerald.

– Oui, et pour celui-là, nous travaillons à l'œil. »

Ils arrivaient au village.

« Tiens, la cheminée de James fume. Il doit être

chez lui, commenta-t-elle en s'engageant dans Lilac Lane.

– Et Toni attend sur le seuil de votre porte, compléta Gerald en se lissant les cheveux.

– Elle souhaite sans doute discuter de problèmes féminins. Il vaudrait mieux que vous nous laissiez en tête à tête », le congédia Agatha, qui se souvenait que Toni, par le passé, avait trahi un certain penchant pour des hommes bien plus âgés qu'elle.

Elle se gara devant chez elle. Gerald descendit prestement et alla glisser un mot à Toni, qui secoua sa tête blonde.

« Qu'est-ce qu'il vous voulait ? lui demanda Agatha après le départ de Gerald.

– M'inviter à dîner.

– Vieux satyre, grommela Agatha. Qu'est-ce qui vous amène ?

– Je n'avais rien de particulier à faire ce dimanche, donc je me suis dit que j'allais faire un saut pour voir où vous en étiez.

– Entrez, je vais vous raconter. »

Agatha terminait à peine son compte rendu quand Simon Black sonna à sa porte :

« J'ai eu envie de passer vous dire bonjour.

– Vous voulez dire que vous êtes à la poursuite de Toni. Laissez tomber, Simon.

– Oh, si c'est comme ça que vous le prenez... Et d'ailleurs, vous vous trompez. C'est juste que je m'ennuyais.

– Allez, entrez, elle est à la cuisine. »

La sonnette tinta de nouveau. Cette fois, c'était son ancien employé Roy Silver, suivi de James Lacey.

« Ça tourne vraiment à la surprise-partie ! » s'exclama Agatha.

Elle raconta à nouveau ses dernières aventures à son auditoire, réuni dans la cuisine.

« La presse est dans les parages ? demanda avidement Roy.

– Non, Roy, si c'est pour ça que tu es venu, tu as perdu ton temps.

– En fait, j'ai besoin de ton aide. Pedman parle de me virer. »

Quantité de nouveaux boutons avaient éclos sur son visage, comme à chaque fois qu'il était inquiet : Pedman était le patron de son agence de communication.

« Pourquoi ça ?

– J'ai cassé le nez d'un journaliste.

– Lequel ?

– Bert Cunningham.

– Le principal reporter du *Sketch* ? Pourquoi ça ?

– J'étais responsable de Drop Dead Gorgeous, tu sais, le groupe pop. Leur chanteur, Jez Honor, est accusé d'avoir violé une gamine de quatorze ans.

– Pedman aurait dû cesser de les représenter.

– Il ne l'a pas fait, et c'est moi qui aie dû limiter les dégâts. Je tenais comme je pouvais la presse à distance, mais Cunningham m'a traité de tapette, alors je lui ai envoyé mon poing dans la figure. »

Agatha se mordit les lèvres. « Est-ce que tu as un enregistrement ?

– Oui, mon magnéto était allumé. C'était censé être une conférence de presse. Il m'attaque en justice, Aggie, et Pedman est furieux.

– Commencez sans moi, je vais d'abord m'occuper de ça. »

Elle revint dans la cuisine au bout d'une demi-heure et dit avec lassitude :

« Voilà, c'est réglé. Roy, il n'est plus question de procès. Tu retournes travailler demain comme d'habitude.

– Comment as-tu fait ? parvint enfin à articuler Roy entre deux soupirs de soulagement.

– J'ai joint Cunningham et je l'ai menacé de poursuites pour homophobie s'il ne laissait pas tomber. J'ai téléphoné à Pedman, je lui ai annoncé que Cunningham retirait sa plainte et lui ai fortement conseillé de dire au groupe pop que, l'affaire étant en instance, l'agence ne pouvait plus les représenter jusqu'à ce que le jugement soit rendu. Tu hérites des couches-culottes Comfy Baby.

– Oh non ! C'était Mary Dobbs qui s'en occupait. Pourquoi est-ce que je dois me récupérer les séances photos avec des moutards hurlants et des mères infernales ?

– Parce qu'elle a démissionné, voilà pourquoi. Et tu devrais m'être reconnaissant.

– Je le suis. Sincèrement. Merci, Agatha.

– Où est James ?

– Rentré chez lui », répondit Toni.

Agatha s'écroula sur une chaise.

« Simon, je veux bien un gin tonic, et servez-vous chacun ce que vous voudrez.

– Vous ne deviez pas arrêter ? demanda Toni en regardant Agatha extraire un paquet de cigarettes de sa poche.

– Qu'est-ce que ça peut vous faire ? grogna Agatha. C'est la première de la journée. »

Elle l'alluma, inhala profondément. La tête lui tourna aussitôt. Elle se jura de ne plus jamais essayer d'arrêter, car à chaque reprise, la première cigarette lui faisait toujours un effet désastreux. D'ailleurs, elle avait cherché à se sevrer un nombre incalculable de fois : un échec sur toute la ligne.

Un coup de sonnette strident la fit sursauter. Sans doute était-ce James. Elle se recoiffa promptement devant la glace du vestibule. Même si elle était passée à autre chose, pas de raison d'arborer une mine de déterrée devant son ex : ça lui ferait bien trop plaisir. Mais ce fut Bill flanqué de l'inspecteur divisionnaire Wilkes qu'elle découvrit avec consternation.

« Cette affaire est très sérieuse, énonça pesamment Wilkes.

– Oh, arrêtez de jouer les Cassandre sur le pas de ma porte et entrez !

– Mr Devere ne va pas tarder à nous rejoindre.

– Toni, ça risque de durer, avertit Agatha en entrant dans la cuisine. Simon et vous devriez peut-être aller faire un tour au pub. »

Une fois qu'ils furent partis, Wilkes produisit les dépositions d'Agatha et de Gerald, lequel fit son entrée à ce moment précis.

« Toni m'a ouvert. Pourquoi m'avez-vous fait venir ?

– On va nous le dire, répondit Agatha.

– Mrs Bull a disparu, annonça Wilkes.

– Vous êtes sûr ? demanda Gerald. Elle est peut-être chez des amis.

– Sa maison n'était pas fermée. Toutes ses affaires sont là, y compris son sac à main. Nous avons interrogé lady Bellington. Lady Bellington affirme que cette femme divague. La semaine précédant l'assassinat de lord Bellington, lady Bellington séjournait dans une clinique de désintoxication à Oxford. Aucune trace de sortie et une foule de témoins prêts à confirmer sa présence.

– Mrs Bull a reçu un appel pendant que nous étions chez elle. Elle est revenue avec l'air terrorisé. Nous avons signalé dans nos dépositions qu'elle avait déjà été menacée.

– Nous sommes en train de vérifier sa ligne, indiqua Bill.

– Je dois y aller, coupa Roy. Salut, Aggie.

– Ne m'appelle pas… Oh, et puis merde ! » s'exclama Agatha avant d'ajouter à l'adresse de Wilkes : « Je ne vois vraiment rien à ajouter à ce que j'ai déclaré au poste.

– Bon, dit Wilkes. Mr Devere, j'aimerais vous dire un mot en privé.

– Qu'est-ce qu'il a derrière la tête, Bill ? interrogea Agatha lorsque les deux hommes furent sortis.

– Il n'est pas du tout content qu'un ancien de la police comme Devere travaille avec vous. Il craint probablement que vous n'élucidiez ces meurtres. »

Ils attendirent en silence le retour de Devere et de Wilkes, puis les policiers prirent congé. Après leur départ, Agatha questionna Gerald sur leur entrevue.

« Wilkes a parlé de moi à son supérieur, et la police souhaite m'employer comme consultant sur cette affaire. Donc, je ne travaillerai pas pour vous, finalement.

– Je vous rappelle que vous avez signé un contrat et j'ai bien envie de vous contraindre à l'honorer… Oh, et puis après tout, allez-vous faire voir ! »

Toni et Simon quant à eux avaient préféré aller se promener du côté des potagers, dans l'espoir d'y découvrir un indice. Ils trouvèrent un groupe de jardiniers amateurs attroupés au milieu de la route, à l'entrée du terrain. La pleine lune éclairait des visages furieux. Harry Perry vociférait qu'on lui avait volé sa plus belle courge.

« C'est vous qui avez fait le coup, Bunty Daventry, hurla-t-il. Vous avez toujours jalousé ma célébrité.

– Ça n'est jamais qu'une minable courgette, ricana Josephine Merriweather.

– Si vous étiez un homme, ragea Harry, je vous réduirais en chair à pâté !

– Ah oui ? J'aimerais bien voir ça ! rétorqua l'intéressée en marchant sur lui, les poings brandis.

– Du calme, allons, intervint Fred Palmer, l'un des membres plus âgés. C'est pas en se tapant dessus qu'on va arriver à quelque chose. Vous avez appelé la police, Harry ?

– Bien sûr que je les ai appelés, et ils ne veulent rien faire. Je voulais une perquisition générale dans tout le village.

– N'oublions pas l'assassinat de Peta, glissa Bunty.

– Non, j'oublie pas. Mais de toute façon comme jardinière, elle valait rien. Le vol de ma courge, ça, c'est grave. »

Toni et Simon s'éloignèrent et Simon fit le constat que les jardins ouvriers semblaient faire ressortir le pire de l'âme humaine.

« Pourtant on aurait pu penser qu'ils seraient tous ravis, maintenant qu'ils sont sûrs de garder leurs précieuses parcelles. Et si nous allions prendre un pot ?

– Il vaudrait peut-être mieux que j'aille voir ce que devient Agatha, hésita Toni.

– Mais non, tu n'as rien à craindre : je suis amoureux. »

Toni sourit, soulagée. Elle était plus que lasse des assiduités de Simon.

« Formidable. Va pour un pot. Qui est l'heureuse élue ?

– Alice Peterson.

– L'inspectrice Alice Peterson ? Oh, Simon, Bill est amoureux d'elle, mais il ne peut rien faire parce qu'ils sont collègues. Il va être furieux. Depuis quand sortez-vous ensemble ?

– En fait, nous n'en sommes pas encore là. J'attends le bon moment pour l'inviter.

– Ne fais pas ça. Tu vas blesser Bill.

– Mais lui, il ne peut pas sortir avec elle, tandis que moi je peux, répliqua Simon avec entêtement. Je sais où elle habite. J'irai l'attendre et je l'inviterai.

– Dans ce cas, oublions cette histoire de pot ! » s'exclama Toni en s'éloignant à grands pas au milieu d'un tourbillon de feuilles d'automne.

Un peu plus tard, tel un chien qui attend son maître, Simon rôdait aux abords de l'immeuble d'Alice. Lorsqu'il la vit arriver dans la voiture de Bill, il se tapit dans l'ombre. Elle se pencha à l'intérieur pour prendre congé de Bill et le cœur de

Simon se mit à battre la chamade. Alors qu'Alice se dirigeait vers l'immeuble. Simon s'avança.

« Bonsoir », lança-t-il.

Intriguée, Alice le dévisagea un moment à la lumière de l'entrée. Puis son visage s'éclaira.

« Oh, c'est vous Simon. Vous avez découvert quelque chose ?

– Pas vraiment. Je me demandais juste si cela vous dirait de prendre un verre.

– Il est onze heures du soir et je suis fatiguée. »

Alice se remit en marche.

« Une autre fois, alors ? » cria Simon.

Mais elle ne répondit pas et la porte d'entrée claqua derrière elle.

« J'avais oublié qu'il était si tard, songea-t-il tristement. Je lui enverrai des fleurs, ça devrait marcher. »

Le lendemain matin, Agatha décida de se rendre à Harby Hall, dans l'espoir qu'elle pourrait interroger Andrea et étayer ses accusations contre son frère. Elle n'avait pas parlé à Wilkes de cette stupéfiante allégation, mais peut-être Gerald l'avait-il fait – Agatha redoutait que la police soit mise au courant. Et il y avait aussi la disparition de Mrs Bull à tirer au clair.

Elle s'apprêtait à démarrer quand Charles fit son apparition. Elle fut tentée de l'envoyer sur les roses, mais se ravisa juste à temps et lui livra tout ce qu'elle savait.

Ils allaient partir quand le portable d'Agatha sonna. C'était Bill Wong qui cherchait Simon Black.

« Il enquête sur la disparition d'un adolescent, répondit Agatha. Pourquoi ?

– Il harcèle Alice.

– Quoi ?

– Il la guettait au pied de son immeuble hier soir et il vient de lui envoyer des fleurs.

– Elle s'en est plainte ?

– Euh, non.

– Je ne peux rien faire, Bill, sauf si ça fâche Alice.

– Écoutez, Agatha, vous êtes mon amie, non ? Dites-lui d'arrêter.

– Bon, d'accord, je vais essayer. Quand Simon s'entiche d'une femme, ça ne dure jamais longtemps. »

Agatha raccrocha et résuma la conversation à Charles.

« Pourquoi Bill ne demande pas à Alice de sortir avec lui ? questionna-t-il.

– Il ne peut pas : c'est la règle dans la police.

– Ça m'étonnerait que les autres flics s'y plient.

– De toute façon, même s'il essayait, son dragon de mère trouverait vite moyen d'y mettre le holà. »

Au même instant, Mrs Wong rentrait chez elle, son cabas au bras.

« Il commence à faire froid, lui lança sa voisine, Mrs Golighty. On dit que l'hiver va être rude. On a eu nos petits-enfants ce week-end. Ils sont adorables. Et les vôtres ?

– Mon fils n'est pas marié et vous le savez parfaitement.

– Quel dommage ! Il n'aime pas les femmes, peut-être ? »

Avec un grognement de fureur, Mrs Wong regagna sa maison d'un pas raide. Jusque-là, elle avait toujours éprouvé un agréable sentiment de supériorité à l'égard de Mrs Golighty, dont le fils avait séjourné quelque temps derrière les barreaux pour vol de voiture. Elle s'empourpra à l'idée que sa malveillante voisine pourrait répandre le bruit que son cher petit Bill était… enfin, avait d'autres orientations. Il fallait que Bill se marie, et au plus vite.

Drôle de matinée, pensa Alice. D'abord le bouquet de Simon, ensuite un coup de téléphone de Mrs Wong pour l'inviter à dîner. La jeune femme, qui redoutait Mrs Wong, avait inventé de toutes pièces un rendez-vous avec un ami.

« Ah, vous êtes ce genre de fille ! avait commenté Mrs Wong. C'est très bien que Bill soit enfin débarrassé de vous. »

Sous le choc, Alice, qui savait que Bill accompagnait Wilkes à Harby, l'avait joint sur son portable. En adoration devant ses parents, Bill ne s'était jamais aperçu jusqu'alors que sa mère mettait systématiquement en fuite ses petites amies potentielles. Pendant toute sa scolarité, il avait été persécuté parce que son père était chinois. Comme il avait piètre opinion de son physique, il avait toujours imputé à son manque de charme ses ruptures précédentes, toutes survenues pourtant après une rencontre avec ses parents. Mais cette fois-ci, Bill, qui était très amoureux d'Alice depuis longtemps, s'insurgea et téléphona aussitôt à sa mère pour lui annoncer qu'il comptait quitter le bercail. Si elle avait fondu en larmes, sans doute se serait-il radouci, mais elle s'emporta, le traitant de fils indigne. Il raccrocha au beau milieu d'une tirade furibonde et se jura de se trouver un logement aussitôt que possible. Là-dessus, il rappela Alice pour s'excuser du comportement de sa mère et l'informer qu'il déménageait.

Alice, qui avait déjà subi un dîner calamiteux chez les Wong, se montra pleine de compréhension. « Il y a un appartement libre dans mon bâtiment, dit-elle. J'en parle au propriétaire dès aujourd'hui. »

Et Bill, qu'on avait envoyé à Harby à la recherche de Mrs Bull, se vit tout d'un coup propulsé sur un petit nuage à l'idée de vivre tout près d'Alice. N'y avait-il pas une chanson à ce sujet ? se demanda-t-il rêveusement.

« Vous l'avez retrouvée ? » interrogea une voix familière derrière lui.

Il pivota brusquement et se retrouva face à Charles et à Agatha.

« Aucune trace d'elle, répondit-il avec un large sourire.

– Alors pourquoi avez-vous l'air si rayonnant ?

– N'est-ce pas une belle journée pour se promener dans la campagne ? »

Agatha leva les yeux sur le ciel chargé de gros nuages noirs, puis les baissa sur les feuilles mortes balayées par une bise glacée et répliqua :

« Affreuse. Enfin, peu importe. Wilkes est au château ?

– Oui. Il interroge Andrea.

– Nous aurions dû passer avant lui, Charles. Je parie qu'elle niera tout en bloc. Revenons-en à Mrs Bull. Imaginons qu'on l'ait supprimée. Où vous débarrasseriez-vous du corps, Bill ?

– Pas la moindre idée.

– Pourquoi pas du côté des jardins ouvriers ? demanda Charles. J'en ai aperçu à la lisière du village.

– Mieux vaut que j'y aille seul, dit Bill. Si Wilkes débarque et me surprend en votre compagnie, il sera furieux. Mince, voilà les journalistes.

– On vous laisse vous en occuper, décréta vivement Agatha. Charles, tu viens ? »

Ils remontèrent en voiture et gagnèrent les jardins. À la différence de ceux de Carsely, plusieurs d'entre eux, en friche, étaient envahis par les mauvaises herbes. Il n'y avait personne en vue. Ils inspectèrent l'ensemble : aucun signe de terre fraîchement retournée, rien qui puisse ressembler à une tombe.

Le vent gémissait dans les arbres qui bordaient le terrain. Agatha resserra les pans de son manteau de fausse fourrure et frissonna.

« Cet endroit me donne la chair de poule. J'ai l'impression d'entendre appeler au secours.

– Il y a un vieux puits là-bas, dans le coin, tout au fond, remarqua Charles.

– Il n'a pas l'air d'avoir servi depuis un siècle. J'ai froid, j'ai faim, et je meurs d'envie d'un gin tonic. »

Mais Charles s'était approché du puits. Il se pencha, colla l'oreille à la dalle de pierre qui fermait la margelle, et se redressa brusquement en criant :

« Aggie, va vite me chercher le démonte-pneu ; je suis sûr que j'ai entendu quelqu'un gémir. Et rapporte aussi la torche. »

Dès qu'elle fut revenue, Charles inséra la tige de fer sous le bord de la vieille dalle pour faire levier. La pierre se fendit en deux. Il déposa l'une des moitiés dans l'herbe, puis prit la torche que lui tendait Agatha et éclaira l'intérieur du puits. Tout au fond, une femme tournait vers lui un visage livide et des yeux pleins de terreur.

« Je crois que je l'ai retrouvée, dit-il. Il faut appeler Bill mais viens voir d'abord. C'est Mrs Bull ? »

Agatha se pencha pour regarder le visage terrifié : « C'est bien elle. »

« On va vous sortir de là. Qui vous a fait ça ? »

clama-t-elle dans le puits, après un rapide coup de téléphone à Bill.

Mais Mrs Bull s'était évanouie.

Bill les rejoignit avec plusieurs policiers, suivis de Wilkes. Agatha guetta avec anxiété le fourgon des pompiers : si Mrs Bull avait été jetée au fond du puits, elle devait souffrir de fractures multiples.

Ils arrivèrent enfin et décidèrent que le plus mince d'entre eux descendrait installer Mrs Bull dans une nacelle, qui serait ensuite remontée à la surface. Une ambulance freina devant eux, les infirmiers s'approchèrent.

On hissa lentement Mrs Bull. Elle poussa un long cri de douleur, puis retomba dans le silence. Mon Dieu, faites qu'elle survive, pria intérieurement Agatha en voyant le visage bleui de Mrs Bull apparaître au-dessus de la margelle.

Les policiers avaient établi un cordon autour des parcelles pour contenir les journalistes. On étendit délicatement Mrs Bull sur un brancard, et on lui posa un masque à oxygène sur le visage et une perfusion dans le bras.

Agatha appela Damian.

« Il faut que je vous parle d'urgence.

– Venez au château. Qu'y a-t-il ?

– Je vous le dirai sur place. »

Elle raccrocha.

« Allons-y, Charles.

– Pas si vite, intervint Wilkes, la dominant de toute sa taille avec son air peu commode. Il me faut vos dépositions. Comment se fait-il que vous ayez si opportunément retrouvé la disparue au fond de ce puits ?

– Écoutez, j'ai du travail, moi aussi, figurez-vous. Charles et moi, nous passerons plus tard au commissariat pour faire toutes les déclarations nécessaires.

– Faites ça et je vous fais arrêter pour obstruction à la justice. Inspecteur Wong ! Notez leurs dépositions. Sur-le-champ ! »

Bill procédait toujours de manière aussi méticuleuse que consciencieuse. Plus d'une heure s'écoula avant qu'ils ne puissent enfin regagner Harby Hall.

5

Damian leur ouvrit lui-même la porte.

« Alors comme ça, mémé Bull a rendu l'âme ? » questionna-t-il d'une voix allègre.

– Non, elle est encore vivante, répondit Agatha. Comment êtes-vous au courant ?

– Le téléphone arabe de Harby a fonctionné à plein régime. À ce qu'on m'a raconté, elle était morte et enterrée dans une des parcelles, exactement comme Peta.

– Votre téléphone a tout faux. Elle a été jetée au fond d'un vieux puits, dans un des potagers.

– Vraiment ? Dites donc, quelle bonne blague ! *Cui cui cui*, Bull est dans le puits. Entrez, ne restez pas là à me fusiller du regard. Je n'ai jamais aimé cette femme. Une vraie vipère. »

Il les guida jusqu'au jardin.

« On ne pourrait pas rester au chaud ? implora Agatha. Il fait froid aujourd'hui.

– Ah là là, on devient frileux avec l'âge, c'est bien connu. Soit, allons au salon.

– Je vous déteste, siffla Agatha dans son dos.

– Oh la vilaine ! Allons, entrez. »

Le lierre occultait la plupart des fenêtres et assombrissait le salon. Damian alluma quelques lampes. Un portrait à l'huile du défunt lord Bellington, de piètre facture, les toisait. Damian leur proposa un apéritif.

« Rien pour Agatha, déclara Charles, elle conduit.

– Un seul verre, c'est permis. Un gin tonic, s'il vous plaît. »

Charles, ignorant le coup d'œil menaçant d'Agatha, demanda un whisky soda.

« Et maintenant, commença Agatha, la police sera là d'un instant à l'autre. Réfléchissez vite ! Pourquoi Mrs Bull ?

– Comme je vous l'ai dit, c'est une véritable langue de vipère. Ça n'a probablement rien à voir avec les autres meurtres.

– Puis-je vous rappeler que votre sœur vous a accusé d'avoir tué votre père ?

– C'était prévisible, non ?

– Pourquoi ? »

Damian prit les verres sur une desserte d'époque.

« Elle veut ouvrir un refuge pour ânes malades. Elle m'a réclamé de l'argent. J'ai refusé. Elle jouit d'une pension très généreuse. Pas suffisante, paraît-il. Elle a hurlé et trépigné de rage. Voilà, ai-je répondu à votre question ?

– À l'une d'entre elles, répliqua Agatha. Est-ce que la police a interrogé lady Bellington sur les déclarations de Mrs Bull, qui prétend l'avoir surprise à la cave, une seringue à la main ?

– Trente-six mille fois. Mais ma mère se trouvait dans une clinique à Oxford. Tout le personnel peut témoigner qu'elle n'était pas autorisée à sortir.

– Mais pourquoi Mrs Bull aurait-elle inventé cette histoire ? demanda Charles.

– Mon père envisageait une réconciliation avec ma mère. Il lui a écrit. Elle a posé comme condition le renvoi de Mrs Bull. Je suis sûr que cette vieille bique de Bull a lu la lettre. Elle lisait toujours notre courrier. »

Agatha sentait croître son agacement. Damian avait en permanence l'air de trouver l'affaire fort divertissante.

« Vous ne voyez vraiment pas qui aurait pu vouloir assassiner votre père ? Vraiment pas la moindre idée ?

– Non, sans quoi je n'aurais pas eu recours à vos services. Penchez-vous un peu sur les villageois. Ce sont des gens tordus. On crie haro sur les mariages consanguins de l'aristocratie et on ne regarde jamais ce qui se passe dans ces petits villages perdus dans la campagne, loin des itinéraires touristiques.

– Bon, alors, suggérez-nous donc un point de départ.

– Essayez Mary Feathers, à Lime Cottage. C'est elle qui préside le comité des jardins. »

Mais à leur retour au village, la police était en pleine enquête de voisinage.

« Nous reviendrons ce soir, décida Charles. Comment ça se passe avec Gerald ?

– Ce type est écœurant. Il est venu me demander de l'employer et ensuite il s'est laissé appâter par les offres de Wilkes.

– Je suis surpris que tu ne sois pas pendue à ses basques, Agatha, tu as toujours eu un faible pour les minables.

– Dans ton genre, par exemple ? Oh, allons manger un morceau. »

Quand ils revinrent à Harby dans la soirée, un mince croissant de lune illuminait les quelques maisonnettes qui composaient le hameau.

Sous son toit de chaume, Lime Cottage semblait s'abîmer dans une rêverie mélancolique au bord de l'étang du village, où se miraient, telle une paire d'yeux, les deux fenêtres à petits carreaux de sa façade. Agatha frappa avec le heurtoir de cuivre.

La porte s'ouvrit.

« Mrs Feathers est-elle là ? hasarda Agatha.

– C'est moi. »

Sa chevelure d'un noir de jais, relevée sur la nuque, encadrait des traits harmonieux et sereins ainsi que de grands yeux sombres frangés de longs cils. Elle portait un pull-over de cachemire vert et une jupe de velours noir. On ne se serait nullement attendu à voir une telle femme à la tête du comité d'attribution des parcelles.

Agatha fit les présentations et expliqua le motif de leur visite. Mary Feathers les introduisit dans un petit salon où un feu de bois crépitait joyeusement dans l'âtre. Des bibliothèques occupaient trois des murs. La pièce était meublée d'un confortable canapé et de deux bergères.

Agatha était surprise. Ce n'était pas là une fille de la terre aux mains calleuses. De fait, celles de Mary étaient douces et blanches.

« Nous voudrions que vous nous parliez des villageois qui cultivent les jardins potagers », dit Agatha. Charles haussa les sourcils en décelant une pointe d'animosité dans sa voix. À dire vrai, Agatha éprouvait un brusque sentiment d'infériorité devant cette interlocutrice si belle et si tranquille. Elle avait soudain conscience qu'elle n'avait pas rafraîchi son maquillage et que sa jupe la serrait à la taille.

« Je ne vois personne, parmi nous, qui ait pu commettre un acte aussi abominable contre Mrs Bull. »

Elle avait l'accent suave et caressant du Gloucestershire.

« Vous n'êtes pas en cause, bien sûr, sourit Charles, qui s'attira un regard incendiaire d'Agatha.

– Est-ce que Mrs Bull avait une parcelle ? reprit-elle.

– Non, mais elle venait souvent acheter des légumes. Le samedi, plusieurs des exploitants disposent des éventaires au bord de la route.

– Ils n'appréciaient pas Mrs Bull ?

– En toute franchise, elle n'était pas aimée. Tout ce qui l'intéressait, c'étaient les ragots.

– Mr Feathers n'est pas là ? interrogea Charles.

– Mon pauvre Roger est mort il y a trois ans, hélas. Crise cardiaque brutale. Mais pour en revenir à Mrs Bull, l'ennui, c'est qu'elle s'était mis à dos la plupart des habitants du hameau. Cela dit, je ne vois vraiment pas qui aurait pu essayer de la tuer. Et d'ailleurs, il a sûrement fallu plus d'une personne pour la traîner jusqu'à ce puits et l'y jeter. Il y a Mr Sander, à Pear Tree Cottage, qui passe l'essentiel de son temps dans le cabanon de sa parcelle. Charles, je veux dire sir Charles...

– Charles, je vous en prie.

– Eh bien, Charles, la malheureuse devait hurler comme une possédée.

– J'ai essayé d'interroger Mr Sander, intervint Agatha. Il m'a claqué la porte au nez. Voyez-vous quelqu'un d'autre ?

– Laissez-moi réfléchir. Oh, mais je ne vous ai rien offert ! Puis-je vous servir quelque chose ? »

Charles ouvrit la bouche pour acquiescer, mais Agatha le devança.

« Je crains que nous n'ayons pas le temps.

– Vous pourriez interroger la vieille Mrs Ryan. Son cottage est juste derrière les parcelles. Elle pourrait avoir entendu quelque chose.

– Excellente idée ! s'exclama Agatha en bondissant sur ses pieds. Allons-y, Charles. »

Agatha remonta en voiture, Charles fit le tour,

mais se ravisa soudain au moment où il ouvrait la portière.

« Je reviens, j'ai oublié quelque chose. »

Oh non ! pensa Agatha en le voyant rebrousser chemin. Il n'a rien oublié du tout. Il va lui proposer un rendez-vous. Elle s'examina dans le rétroviseur : elle avait les yeux cernés et une petite ride bien visible sur sa lèvre supérieure. En fouillant dans son sac, elle s'aperçut qu'elle n'avait rien pour rectifier son maquillage. Des feuilles rouges et dorées dansaient sur la route devant la voiture, et un arbre à demi dénudé levait ses branches vers le ciel bas comme pour déplorer la fuite de l'été.

L'année s'enfuyait, et avec elle tout espoir pour Agatha Raisin de trouver un compagnon digne de ce nom. Maintenant que Gerald, l'idole aux pieds d'argile, avait déserté le royaume de ses illusions, Agatha n'avait plus personne à qui rêver. Charles, inconstant, infidèle, entrait et sortait de sa vie comme il l'entendait. Mais il était tout ce qui lui restait. Un grand élan de pitié pour elle-même la submergea.

« Du nerf ! s'admonesta-t-elle en se secouant.

– Pourquoi ? »

Charles se glissait à côté d'elle. Agatha tressaillit.

« Je pensais à quelque chose et je ne t'ai pas entendu arriver. Tu l'as retrouvé ?

– Quoi donc ?

– Tu as oublié ? Ce que tu étais retourné chercher.

– Oh, ça ! Mon étui à cigarettes.
– Tu l'as retrouvé ?
– Non. J'ai dû le laisser à la maison.
– Tu y es retourné pour l'inviter à sortir avec toi, n'est-ce pas ?
– Et alors ? Est-ce que cela te regarde ?
– Si ça ne me regarde pas, alors pourquoi tu mens ? grommela Agatha.
– On va la voir, cette petite vieille, oui ou non ? »

Agatha s'apprêtait à répliquer mais renonça et prit la direction des jardins.

Mrs Ryan était une très vieille dame. Ses mèches de cheveux grisâtres laissaient apparaître son crâne rose, la peau de son visage ressemblait à du papier gaufré, et ses yeux gris étaient comme délavés. La tête un peu penchée de côté, elle écouta Agatha et Charles se présenter. « Veuillez passer au salon… » « Comme dit l'araignée à la mouche », susurra Charles à Agatha, qui l'ignora. Ils suivirent leur hôtesse dans une petite pièce obscure où les quatre barres d'un radiateur électrique rougeoyaient dans la pénombre. L'espace exigu était occupé par une armée de chaises aussi raides que dures et de guéridons de bambou dont les pieds trop minces ployaient sous le poids de photographies encadrées ; il y avait aussi une grande table, près de la fenêtre, où une antique Olivetti trônait parmi des liasses de feuilles.

« Je suis en train d'écrire mon autobiographie. J'ai

eu une vie très intéressante », annonça Mrs Ryan, avec un coup d'œil à la machine.

Ma pauvre, si vous n'êtes pas une célébrité, personne ne s'en souciera, songea cyniquement Agatha avant de demander à haute et intelligible voix :

« La nuit où Mrs Bull a été jetée dans le puits, avez-vous entendu quelque chose ?

– En fait oui. J'allais en parler aux policiers. Ils étaient presque à ma porte quand ma vieille teigne de voisine, Mrs Andrews, leur a dit : "Si j'étais vous, je la laisserais tranquille. Elle est gaga." Je voudrais bien voir sa tête quand elle recevra la lettre de mon avocat. J'ai porté plainte pour diffamation.

– Vous avez bien raison, commenta Charles. Et qu'avez-vous entendu au juste ?

– Eh bien, d'abord... Oh, est-ce que je peux vous offrir quelque chose ?

– NON ! » rugit Agatha, qui s'excusa aussitôt d'une voix plus douce : « Désolée d'avoir crié, mais j'ai absolument besoin de nouveaux éléments.

– C'est la ménopause, mon petit. Ça vous chambarde toutes les hormones.

– Je vous en prie, racontez-nous ce que vous avez vu ou entendu, reprit Charles, qui redoutait une explosion de fureur d'Agatha.

– Il devait être environ quatre heures du matin. J'ai le sommeil très léger et j'ai été réveillée par une espèce de crissement qui venait des potagers. J'ai regardé par la fenêtre et j'ai repéré une silhouette noire qui poussait une brouette jusqu'au vieux puits. Elle a enlevé le couvercle et jeté quelque chose de lourd dedans. Je ne me suis pas doutée que c'était un corps, j'ai cru que c'était quelqu'un qui se débarrassait de ses ordures et j'avais l'intention de m'en plaindre.

– Avez-vous entendu des cris ou quelque chose de ce genre ? demanda Agatha.

– Non, et c'est pourquoi j'ai pensé que c'était des détritus. Je voulais le dire à la police, et j'attendais qu'ils passent quand cette peste de voisine leur a raconté ses bobards. Ça m'a ôté l'envie de leur en parler : à cause de ses calomnies, ils auraient pensé que j'avais tout inventé.

– Pourriez-vous nous décrire la personne qui poussait la brouette ? demanda Charles.

– Il faisait très sombre… Pas très grande. Elle était habillée tout en noir, je pense.

– On dirait bien que Mrs Bull a d'abord été droguée, remarqua Agatha. Nous allons transmettre vos informations aux policiers et leur garantir que vous avez toute votre tête.

– Revenez quand vous voudrez, surtout vous, sir Charles. »

Elle se tourna vers Agatha, et un éclair de malice passa soudain dans ses yeux usés : « C'est votre… ?

– Restons-en là, voulez-vous ? » l'interrompit Agatha.

Mrs Ryan haussa légèrement les épaules : « Allez, sauvez-vous, laissez-moi à mes écritures. »

« Elle allait juste nous demander si nous étions en couple, protesta Charles, une fois dehors. Pourquoi lui as-tu jeté ce regard assassin ? »

Agatha était certaine que la malicieuse vieille dame s'apprêtait à lui demander si Charles – qui n'avait pourtant que six ans de moins qu'elle – était son fils, mais elle n'avait aucune intention de l'avouer à l'intéressé.

« Il faisait trop chaud dans cette pièce, je ne me sentais pas bien, répondit-elle. Retournons au hameau. Je suis sûre que Bill sera dans les parages. »

En effet, Bill, Wilkes, Alice, deux autres inspecteurs et deux agents étaient en conciliabule sur la place du village. Ils les rejoignirent.

« Ah, voilà le duo de choc, ironisa Wilkes. Décampez et laissez-nous faire du vrai travail de policier.

– Cela ne vous intéresse pas de savoir que Mrs Bull a été droguée avant d'être jetée dans le puits ? Parfait, viens, Charles.

– Attendez ! hurla Wilkes. Qu'est-ce que c'est que cette histoire ?

– "S'il vous plaît" ?

– Expliquez-vous sur-le-champ, tempêta Wilkes, ou je vous fais arrêter pour entrave à…

– Oh bon… Bouclez-la et ouvrez grand vos oreilles », lança Agatha avant de leur raconter leurs découvertes. Wilkes l'écouta attentivement puis se tourna, furieux, vers les deux agents.

« On vous avait bien ordonné d'interroger les femmes des deux cottages à côté des parcelles, non ?

– Oui, chef, mais la voisine de Mrs Ryan nous a dit que la pauvre vieille était gâteuse.

– Est-ce que c'est vrai ? demanda Wilkes.

– Pas plus que vous et moi, répondit Charles.

– Wong et Peterson, allez immédiatement prendre sa déposition.

– Un petit "merci" serait le bienvenu, insinua Agatha.

– Blenkinsop, emmenez-moi ces deux-là à la voiture et notez leurs déclarations, commanda Wilkes à un de ses hommes. Bonne journée, Mrs Raisin.

– Qu'il aille au diable ! » grommela Agatha.

Une fois les formalités exécutées, Agatha déclara : « Je ferais volontiers un sort à un gin tonic. » Charles lui rappela qu'elle devait conduire et le ramener à Carsely. Agatha s'inclina de mauvaise grâce.

En se retrouvant seule chez elle après le départ de Charles, Agatha fut assaillie par un sentiment de solitude. Elle le refoula de son mieux et se rasséréna en câlinant ses chats. Il était regrettable d'avoir dû céder à Wilkes une information aussi précieuse. Mais elle n'avait pas à sa disposition les ressources de la police : à l'hôpital, ils pourraient désormais effectuer des prélèvements pour rechercher des traces de narcotiques dans le sang de Mrs Bull.

Après une dernière caresse aux deux matous, elle les repoussa gentiment. Quelque chose la tourmentait, sans qu'elle parvienne clairement à l'identifier. Elle se mit à arpenter la pièce avec une horrible grimace de concentration. Tout à coup son visage s'éclaira. La dalle de pierre ! Il avait fallu un levier et toute la force de Charles pour la fendre et la déplacer.

Elle vérifia le numéro de téléphone de Mary Feathers et l'appela.

« Avez-vous vu l'heure ? protesta Mary.

– J'ai juste une question à vous poser : qu'est-ce qui recouvrait le puits ? Était-ce une dalle de pierre ?

– Non, c'était une vieille grille toute rouillée, sans doute en place depuis le début du XIXe siècle, je suppose. »

Agatha la remercia et raccrocha. D'où provenait donc cette dalle ? Traînait-elle déjà dans les parages ? Après avoir drogué Mrs Bull, qui aurait pu avoir la force de la mettre dans une voiture, puis de la transférer dans la brouette et de soulever une dalle de pierre par-dessus le marché ?

La sonnerie perçante du téléphone brisa le fil de ses pensées. C'était Nigel Farraday.

« Je viens seulement de me rendre compte de l'heure. Est-ce que je vous réveille ?

– Non, non, pas du tout.

– Je me demandais si ça vous dirait, un petit dîner en tête à tête demain soir ? »

Agatha n'hésita que quelques secondes :

« Avec plaisir. Où et quand ?

– La Vie en rose, à Mircester. Un français qui vient d'ouvrir, à côté de l'hôtel George.

– Parfait. J'y serai. »

Si antipathique que soit Farraday, songea-t-elle en raccrochant, il pourrait peut-être lui livrer des détails utiles sur les fréquentations de Peta.

La journée du lendemain fut tout entière occupée par les menues besognes qui permettaient à l'agence de tourner au quotidien : adolescents disparus, animaux de compagnie perdus, vols à l'étalage, et divorces. Agatha décida de laisser provisoirement de côté l'affaire Bellington et d'aider ses collaborateurs à venir à bout de leurs dossiers. L'après-midi tirait à sa fin lorsqu'elle s'aperçut qu'elle n'avait plus le temps de rentrer se changer pour le dîner. Or elle portait des souliers plats. Même s'il ne s'agissait que d'un rendez-vous avec un homme qu'elle n'appréciait guère, Agatha ne se sentait pas dans son assiette sans ses talons hauts. Elle se remaquilla et se rua au magasin de chaussures le plus proche, où elle acheta une paire d'escarpins vernis noirs à talons.

Nigel Farraday se leva en la voyant entrer et passa la main sur ses cheveux blancs en déclarant : « Vous êtes bien trop séduisante pour être détective. »

Agatha le remercia d'un pâle sourire. « Je n'étais

encore jamais venue ici », remarqua-t-elle en parcourant du regard le restaurant.

La salle était si faiblement éclairée qu'elle craignit de ne pas pouvoir déchiffrer la carte. Nigel l'assura que c'était le dernier endroit branché en date. Mais aux yeux d'Agatha, il n'y avait d'endroits branchés qu'à Londres.

« Un apéritif ?

– Un gin tonic.

– Ma chère, ils ont d'excellents vins. Vous allez vous détruire les papilles.

– Un gin tonic, répéta Agatha au garçon en faisant la sourde oreille.

– Moi, j'attendrai le vin, dit Nigel. Et maintenant, chère Agatha, qu'est-ce qui vous tenterait ? »

Agatha étudia le menu avec un abattement croissant. Il paraissait prétentieux. Elle décida de s'en tenir au plus simple et opta pour du saumon fumé suivi de moules marinières.

« Oh là là, il va falloir du vin blanc, s'exclama Nigel. Et moi qui comptais sur un bon merlot !

– Prenez-le quand même, je m'accommoderai très bien de vin rouge avec le poisson. »

Nigel commanda une douzaine d'escargots et un steak tartare, une bouteille de merlot pour lui-même et un petit carafon du vin blanc de la maison pour Agatha.

Quand le garçon se fut retiré, Nigel se pencha au-dessus de la table :

« Dès le moment où je vous ai rencontrée, j'ai senti passer un certain *je-ne-sais-quoi*[1] entre nous.

– Formidable, répliqua promptement Agatha. J'en conclus que vous voulez bien m'aider à découvrir l'assassin de Peta. »

Un air de petit garçon boudeur se peignit sur les traits de Nigel.

« Par exemple, poursuivit Agatha, dites-moi si elle était du genre à susciter des envies de meurtre.

– Peta se considérait comme une enfant terrible. Au début, j'ai trouvé ça charmant. Mais j'avais des ambitions politiques, et le jour où elle s'est affichée sur l'esplanade du Parlement accoutrée en gothique, j'ai compris qu'il fallait que je me débarrasse d'elle.

– Vous débarrasser d'elle ?

– Je ne veux pas dire la "liquider". J'ai embauché un détective privé et découvert qu'elle avait un amant, si bien que je n'ai rien eu à payer quand nous avons divorcé.

– Avec qui vous trompait-elle ?

– Une espèce de voyou qui travaillait dans un atelier de mobilier sur mesure.

– Son nom ?

– Voyez-vous ça, quelle suite dans les idées ! Je ne m'en souviens pas, mais le magasin se trouvait à Camden, quelque part derrière le marché.

– Et comment s'appelait l'agence de détectives ?

1. En français dans le texte.

– Enquêtes Atkins, Margaret Street, vers Oxford Circus. Ah ! Voilà nos hors-d'œuvre. »

Agatha fixa avec consternation son saumon fumé, une mince tranche de poisson cru noyée dans de l'huile d'olive.

« Je ne pensais pas qu'il existait des restaurants qui puissent rater une assiette de saumon fumé. Je ne peux pas manger ça, dit-elle au garçon. Avez-vous de la soupe ?

– Nous avons de la crème d'asperge ou du minestrone.

– Remportez-moi ça et apportez-moi du minestrone.

– Et ne mettez pas ce saumon sur la note, s'empressa d'ajouter Nigel.

– Ne m'attendez pas, savourez vos escargots tant qu'ils sont chauds », le pria Agatha.

Elle se souvint de ceux que Charles avait commandés pendant leur séjour en France. Ils étaient beaucoup plus gros que les pitoyables bestioles qui garnissaient l'assiette de Nigel et ils étaient généreusement nappés de beurre à l'ail, alors que ceux-ci paraissaient tout desséchés. Quant à son minestrone, c'était une portion de bouillon insipide où flottaient quelques légumes. Ni tomates ni pâtes, et il était à peine tiède. Elle se rappela sévèrement à l'ordre : elle n'était pas venue pour jouer les gourmets.

« Est-il arrivé à Peta de rencontrer lord Bellington ? » demanda-t-elle.

Nigel tenta d'empaler un de ses gastéropodes, qui s'envola et atterrit dans le potage d'Agatha.

« Oh, je suis désolé, bafouilla-t-il.

– Aucune importance, balaya Agatha en repêchant le projectile, qu'elle déposa dans un verre vide. Revenons-en à lord Bellington.

– Deux ou trois fois. Elle l'a dragué à mort, mais elle se jetait à la tête de tout ce qui portait un pantalon.

– Et ça a marché ?

– Sûrement pas après la dernière rencontre. C'était à une réception chez Bellington, et lady Bellington lui a envoyé un verre à la figure, l'a traitée, si je me souviens bien, de “sale petite traînée” et a menacé de la tuer. À l'époque, je recueillais des éléments pour mon divorce, donc je m'en fichais. »

Les plats suivants arrivèrent. Le garçon mélangea théâtralement les ingrédients du steak tartare de Nigel et le couronna d'un œuf qu'il cassa sous leurs yeux. On posa devant Agatha une cocotte de moules.

« Vous n'avez pas peur de la vache folle ? demanda-t-elle. Toute cette viande crue…

– ‘licieux », marmonna-t-il, la bouche pleine.

Quant aux moules d'Agatha, décrites comme « moules de bouchot d'Écosse », elles n'avaient manifestement pas séjourné assez longtemps dans la mer. Ces mollusques microscopiques semblaient à peine éclos. Et la bouteille de merlot de Nigel se vidait à toute allure. Agatha commençait à se sentir mal à l'aise.

« Vous savez, Agatha, déclara Nigel, je sens que cette soirée marque le début d'un lien très spécial. »

Il vaut mieux que j'y mette un coup d'arrêt tout de suite, se dit Agatha avec lassitude.

« C'est exactement ce que j'ai ressenti quand Charles a demandé ma main, répliqua-t-elle.

– Quoi ? Vous êtes fiancée ? Vous auriez pu me prévenir !

– Et pourquoi ça ?

– Eh bien, pour commencer, pourquoi vous figurez-vous que je vous ai invitée à dîner ? »

Agatha soupira.

« Puisque vous êtes marié, j'ai supposé que vous vouliez m'aider dans mon enquête. »

Il avait de nouveau l'air boudeur d'un gamin contrarié. Agatha réfléchit très vite. Il pourrait encore lui être utile à l'avenir…

« Il n'empêche que je vous trouve très séduisant », ajouta-t-elle.

Cela versa manifestement un peu de baume sur l'amour-propre de Nigel.

« Mais je ne peux pas rivaliser avec un baronet célibataire, hein ?

– Hélas non », sourit Agatha.

Elle l'interrogea sur son quotidien de député et il se mit à causer librement, d'une voix de plus en plus pâteuse. Agatha refusa de prendre un dessert, mais Nigel se fit apporter le plateau de fromages afin d'avoir un prétexte pour continuer à boire. Il desserra sa cravate et retira sa veste.

Enfin, après une tasse de café immonde, il réclama l'addition. Il la vérifia de très près, puis s'exclama d'un air consterné : « J'ai oublié mon portefeuille !

– Oh, montrez-moi donc cette note », fit Agatha avec résignation.

Le restaurant était si sombre qu'elle sortit une petite lampe électrique de son sac et jeta un coup d'œil sur le papier.

« Excusez-moi, je dois d'abord aller me refaire une beauté », dit-elle. Elle se leva sans éteindre sa torche, dont le faisceau lumineux éclaira la veste de Nigel, suspendue au dossier de sa chaise. Elle distingua le portefeuille qui dépassait de la poche intérieure. En passant près de lui, elle s'en empara et le lui tendit : « Mais le voilà ! Vous êtes rassuré maintenant n'est-ce pas ? »

Quand elle revint, Nigel était d'une humeur massacrante. « Bonne nuit », articula-t-il d'un ton rogue au sortir du restaurant, et il s'éloigna en titubant vers sa voiture.

J'aimerais bien qu'il se fasse intercepter par la police, songea Agatha.

En gagnant le parking, elle aperçut Nigel qui téléphonait, assis dans l'auto, la glace baissée. Elle s'approcha pour écouter en se cachant derrière un autre véhicule.

« Oui, Sergent, une certaine Agatha Raisin. Je ne connais pas son numéro d'immatriculation, mais il figure sans doute dans vos fichiers. Peu importe mon identité, je suis juste un citoyen responsable. Il faut débarrasser la route de ces ivrognes. »

« Nom d'un salopard à sonnettes, grommela Agatha. Voyons. Un carafon de vin et un gin tonic… mieux vaut prendre un taxi. Mais on peut être deux à jouer à ce petit jeu. »

En tant que « citoyenne responsable », elle attendit que Nigel ait démarré, releva son numéro, puis se rendit à la cabine téléphonique la plus proche et le dénonça à la police pour conduite en état d'ivresse. Après quoi elle héla un taxi.

Quand le taxi s'arrêta devant chez elle, elle vit de la lumière au salon. Charles ! Ce devait être Charles, personne d'autre n'avait le code de l'alarme, excepté sa femme de ménage. En ouvrant la porte, elle entendit le bruit de la télévision. Charles dormait profondément, allongé sur le canapé. Elle le réveilla d'une secousse.

« Ah, Agatha ! Alors, on s'octroie du bon temps ? »

Agatha délogea sans douceur les jambes de son ami et s'assit à côté de lui :

« Je viens de passer une soirée horrible en tête à tête avec Nigel Faraday dans un restaurant minable.

– À quoi t'attendais-tu ?

– J'espérais glaner quelques informations supplémentaires sur Peta. Mais comme il commençait à me coller d'un peu trop près, je lui ai dit que nous étions fiancés.

– C'est bien soudain. J'aurais pensé que tu avais assez d'expérience pour refroidir ses ardeurs sans mentir.

– Je ne voulais pas le décourager complètement avant d'en avoir tiré quelque chose. Il a même essayé de me faire payer le dîner en feignant d'avoir oublié son portefeuille. Mais je l'ai repéré dans sa poche de veste et je le lui ai tendu. Il était fou de rage ! Sur le parking, je l'ai entendu me signaler à la police pour conduite en état d'ivresse, je lui ai rendu la monnaie de sa pièce et je suis rentrée en taxi. Quelle soirée !

– Mais est-ce que tu as appris quelque chose ?

– Seulement qu'il avait employé une agence de détectives et découvert que Peta le trompait avec un gars qui travaillait dans une fabrique de mobilier sur mesure. J'irai à Londres demain. Je ne m'en donnerais pas la peine si je n'avais pas le sentiment que ce meurtre est lié à celui de Bellington.

– Je t'accompagnerai, promit Charles en étouffant un bâillement. Au lit, maintenant ! Un petit câlin à ton fiancé avant de dormir, ça te dirait ?

– Non. Départ à neuf heures. »

Quand Charles fut monté se coucher, Agatha téléphona à Toni et lui donna les consignes pour le lendemain.

6

Le lendemain matin, laissant la voiture dans un parking à l'extérieur de Londres, Agatha et Charles prirent le métro jusqu'à Oxford Circus et gagnèrent Margaret Street à pied. L'agence se trouvait au-dessus d'un magasin de vêtements. La réceptionniste, une petite jeune fille aux cheveux roses et aux ongles interminables de la même couleur, était plongée dans un magazine de cinéma, qu'elle abandonna à regret.

« Nous voudrions voir Mr Atkins, annonça Agatha.

– Y en a pas.

– Quoi ! Mais qui dirige cette agence ?

– Mrs Atkins : c'est elle, la patronne.

– Vous êtes une intérimaire ?

– Ouais.

– C'est bien ce que j'avais déduit de votre accueil complètement j'menfoutiste, asséna Agatha. Allez avertir Mrs Atkins qu'Agatha Raisin et sir Charles Fraith demandent à lui parler. Et dépêchez-vous !

– Pas la peine de vous mettre en pétard », marmotta la jeune fille en ouvrant une porte de verre dépoli qu'elle claqua derrière elle. Elle réapparut quelques minutes plus tard et les invita à entrer.

Mrs Atkins, une fausse blonde liftée, arborait un tailleur noir à larges revers brodés de sequins de la même couleur. Elle était fardée à l'excès et un abondant réseau de ridules rayonnait autour de sa petite bouche rouge sang.

Pas de cendrier, nota Agatha joyeusement. Il n'y a donc pas que la cigarette qui donne des rides alors. Elle se rembrunit en voyant Mrs Atkins tirer un grand cendrier de verre d'un tiroir de son bureau :

« Ça ne vous gêne pas si j'en grille une ?

– Du tout », répondit Agatha lugubrement en se jurant d'arrêter le tabac le jour même.

« J'ai entendu parler de vous, déclara Mrs Atkins. Alors, qu'est-ce qu'il y a pour votre service ?

– Il y a un certain temps, vous avez travaillé sur Peta Farraday. Auriez-vous encore le dossier ?

– Ça, c'était du temps de mon mari. Mon pauvre Frank est mort il y a deux ans et m'a légué son agence.

– Avez-vous votre licence ?

– Pas besoin. J'emploie des détectives qui ont la leur.

– Serait-il possible de consulter le fichier de l'enquête sur Peta Farraday demandée par son conjoint, Nigel Farraday ?

– Ça vous coûtera deux cents livres… en liquide. »

Agatha ravala la réplique cinglante qui lui brûlait les lèvres et acquiesça.

Mrs Atkins sourit, découvrant des dents jaunâtres tachées de rouge à lèvres, et alluma un ordinateur Apple qui trônait sur son bureau.

« Appelez-moi Frankie. Nous faisions vraiment la paire, mon homme et moi : Frankie et Frank. Quelle date ?

– J'ai laissé mon iPad dans la voiture.

– Pas grave. Les merveilles de la science moderne… Ah, nous y voilà. Je vais vous l'imprimer. »

Frankie faisait soudain preuve d'une efficacité surprenante, malgré la cendre qui tombait de sa cigarette sur son clavier. J'arrête de fumer, se jura Agatha pour la millième fois. Elle avait laissé son paquet chez elle à dessein. La plupart des gens sont incommodés par les effluves de tabac, mais le mince filet gris qui montait de la cigarette de Frankie taquinait les narines d'Agatha d'un arôme aussi tentateur que le chant des sirènes.

« Ça fera trois cents, annonça Frankie en rassemblant la liasse de feuillets crachés par l'imprimante.

– Vous aviez dit deux cents ! s'insurgea Agatha.

– Et je l'ai même enregistré, dit Charles.

– Oups, pardon », concéda Frankie du bout des lèvres.

« À en juger par ces locaux minables, elle ne doit pas avoir beaucoup de clients, commenta Agatha en descendant l'escalier.

– Bien sûr que si, sinon elle ne pourrait pas se payer une adresse pareille, observa Charles. Trouvons-nous un pub, mangeons un morceau et examinons tous ces papiers. »

Mais il tombait une petite pluie froide et la pause de midi attirait plus de monde qu'à l'ordinaire dans les cafés.

« J'essaie le Ivy, fit Agatha en sortant son portable.

– Sans réservation ? objecta Charles. Ils ne reçoivent que des célébrités.

– Tu vas voir. »

Et Charles l'entendit roucouler au téléphone : « Bonjour, Penelope Bryce-Sandringham du *Tatler* à l'appareil. Je suis la secrétaire de notre chroniqueuse gastronomique, Agatha Raisin. Si vous pouviez lui réserver une table pour, disons, treize heures, elle vous en serait extrêmement reconnaissante. Oui, j'attends. Oh très bien ! Parfait ! »

Elle raccrocha et héla un taxi.

Attablée devant un gin tonic, Agatha commença à étudier le dossier dans le luxe tranquille d'un des restaurants londoniens les plus réputés, passant au fur et à mesure les pages à Charles. Elle ne s'interrompit que pour commander leur déjeuner. L'établissement s'enorgueillissait de sa cuisine britannique traditionnelle. Ils décidèrent de sauter les hors-d'œuvre et choisirent tous deux une tourte au steak et aux rognons, qui s'avéra si savoureuse que, d'un commun accord, ils abandonnèrent leurs feuillets jusqu'au moment du café.

« Bon, conclut Agatha. Le fabricant de mobilier est un certain Toby Cross. J'ai son adresse personnelle et celle du magasin de Camden Town, qui s'appelle You Would, Wood You ? Il y est également question d'un dénommé Peter Welling, Harlestone Place, Kensington. Aucune profession mentionnée. Il se la tapait lui aussi.

– Chère Agatha, murmura Charles. Toujours aussi romantique.

– Essayons d'abord Camden. »

Agatha avait imaginé un vaste atelier ouvert sur la rue et embaumant le bois, mais You Would, Wood You ? se présentait comme une boutique avec vitrine où trônait un fauteuil de style Sheraton, une pièce de velours bleu posée sur l'un des accoudoirs.

Un jeune homme était chargé de l'accueil, assis derrière un bureau Regency surmonté d'un téléphone à l'ancienne en ébonite blanc et doré avec écouteur et émetteur séparé. À leur entrée, il se leva et leur demanda avec un accent distingué : « Que puis-je pour vous ? »

Agatha jaugea promptement son interlocuteur : avec son visage carré couronné de luxuriantes boucles brunes et sa silhouette athlétique, bien mise en valeur dans un pull-over beige chiné et un pantalon de velours prune, elle le rangea immédiatement dans la catégorie des fils à papa sans éducation.

« Employez-vous toujours un certain Toby Cross ? questionna Agatha.

– Vous ne voudriez pas commander des étagères ou ce genre de choses ? suggéra-t-il d'un ton plein d'espoir. J'aimerais bien justifier mon existence.

– Vous n'êtes quand même pas censé bonimenter comme un vendeur de doubles vitrages ? interrogea Agatha, momentanément distraite. Ils ne s'attendent pas à ce que vous vous abîmiez les mains à déplacer des meubles, non ?

– Mon père connaît le vieux Bonlieu, le propriétaire de l'affaire. C'est lui qui m'a donné ce boulot parce qu'il dit qu'ils n'ont pas le temps de m'apprendre à travailler le bois.

– Dans ce cas, pourquoi ne pas tirer votre révérence ? demanda Charles.

– Parce que papa a menacé de me déshériter si je perdais ce poste-ci, comme tous les précédents.

– Mais pourquoi…, commença Agatha.

– Revenons-en à Toby Cross, coupa fermement Charles.

– D'accord. Suivez-moi. Je suis Jake Lisle.

– Et nous, Agatha Raisin et Charles Fraith. »

Il leur fit franchir une porte au fond du bureau et ils se trouvèrent dans un immense atelier qui résonnait du bruit des scies et des rabots.

« Il travaille tout au bout là-bas. Je ne le vois pas,

mais il doit être en train de se faire du thé dans sa tanière, cria Jake en désignant un réduit isolé par une cloison, à l'autre bout de la salle. Ne bougez pas, je vais le chercher. »

Il disparut derrière la porte en contreplaqué du cagibi.

« Mais où est-il passé ? » s'impatienta Agatha après un moment.

Ils poussèrent la porte à leur tour et demeurèrent pétrifiés d'horreur. Jake était figé sur place, une tête ensanglantée entre les mains. Le visage d'une pâleur verdâtre, le jeune homme semblait près de s'évanouir. Agatha pensa plus tard que si elle n'avait pas été obnubilée par la nécessité de préserver la scène du crime, elle aurait sans doute perdu connaissance.

« Reposez cette tête là où vous l'avez prise, cria-t-elle, et écartez-vous. »

Comme un somnambule, Jake la reposa sur une petite table encombrée d'outils. Le corps décapité gisait dans un vieux fauteuil et les minces cloisons du cagibi étaient éclaboussées de sang.

« Appelle la police, Charles. Je m'occupe de Jake. Et tâche de trouver le responsable du magasin, pour faire isoler ce périmètre. »

« Qu'est-ce qui se passe ? intervint un homme en s'approchant d'Agatha.

– Toby Cross a été assassiné. Est-ce que quelqu'un pourrait apporter un peu de cognac ou de thé à ce garçon ? »

Un homme qui semblait être le gérant se joignit à eux, écouta avec horreur Agatha relater leur découverte, et se mit à aboyer des ordres. En un rien de temps, une barricade fut érigée devant le cagibi. Une ration de cognac ramena un peu de couleur sur le visage de Jake.

« C'est une blague, n'est-ce pas ? implora-t-il.

– Je ne crois pas, répondit Agatha.

– C'est ce que j'ai pensé, vous comprenez. C'est pour ça que j'ai ramassé la tête. J'allais sortir avec et la lancer aux autres, quand j'ai vu que mes mains étaient toutes poisseuses de sang et… et… il y avait cette odeur de sang et de merde et…

– Allons, allons, le cajola Agatha. Buvez donc encore une goutte de cognac, cela vous fera du bien. La police arrive.

– Dit la reine de cœur à Alice avant de lui faire trancher la tête », susurra Charles dans le dos d'Agatha qui sursauta.

« Quelle journée ! » soupira Agatha.

Des inspecteurs avaient suivi de peu les agents, bientôt rejoints par une équipe médico-légale, un photographe et un anatomopathologiste. Charles et Agatha subirent des interrogatoires interminables à en faire hurler Agatha.

Quand on les libéra enfin, ils tombèrent sur Jake, assis sur les marches du commissariat, l'air accablé.

« Comment ! Vous n'êtes pas à l'hôpital après un tel choc ! s'exclama Agatha.

– C'est terrible ! Papa est arrivé avec Mr Bonlieu, qui m'a annoncé qu'il me virait. Il a dit que j'étais un vendeur calamiteux. Quelqu'un lui a raconté que j'avais conseillé à des clients d'aller plutôt voir chez Ikea. Du coup, papa a décidé que c'était soit l'armée, soit quitter la maison et me débrouiller tout seul.

– Venez donc avec nous. Je vous procurerai du travail, proposa Agatha, arrachant un gémissement à Charles. Mais d'abord, trouvons un hôtel. Demain, il faut que j'essaie de rencontrer l'autre type, celui de Kensington. »

Après un copieux repas, Agatha demanda à Jake s'il se sentait de nouveau capable de parler un peu.

« La police n'a rien voulu nous dire. Ils ne vous ont pas offert de soutien psychologique ?

– Si, mais papa a débarqué et je n'ai plus eu qu'une envie, fuir le plus loin possible.

– Et votre mère ?

– Morte.

– Oh, je suis désolée. Avant toute chose, vous ne voulez pas aller chercher quelques affaires chez vous ?

– Pour me faire encore incendier ? Non, je laverai mon linge ce soir. Que désirez-vous savoir ?

– Pourquoi est-ce que personne ne l'a entendu crier ?

– Il y a toujours énormément de vacarme dans l'atelier.

– Il était autorisé à faire une pause quand il le souhaitait ? demanda Charles.

– C'était l'un de nos rares artisans indépendants. Il savait faire des chaises qui ressemblaient à s'y méprendre à du Chippendale ou du Sheraton. Les nouveaux riches l'adoraient. Il pouvait organiser son emploi du temps à sa guise, du moment qu'il livrait les produits finis dans les délais.

– Quand vous avez soulevé la tête, le sang était-il liquide ou déjà poisseux ? poursuivit Agatha.

– La police m'a posé la même question. Plutôt gluant, j'en avais plein les mains. C'est pour ça que j'ai d'abord pensé que c'était une plaisanterie. Et puis, j'ai aperçu le corps.

– Est-ce que quelqu'un a vu Toby dans la journée ? Quand nous l'avons demandé, vous avez répondu qu'il était dans son cagibi. Comment le saviez-vous ?

– Un de ses clients est venu tôt ce matin et a souhaité s'entretenir avec lui. Toby l'a emmené dans son espace personnel.

– Mais comment pouviez-vous être certain qu'il y était encore ?

– Parce que l'un des gars, en allant déjeuner, a dit : "Toby passe ses journées dans son trou. Quand est-ce qu'il travaille ?" J'ai répliqué qu'il avait les clés et qu'il travaillait quelquefois toute la nuit. »

Agatha le fixa longuement puis demanda lentement :

« Une fois terminées, les chaises étaient-elles confiées à un tapissier ?

– Non, ça aussi, Toby s'en chargeait quand le client avait choisi le tissu qui convenait, en général une étoffe rayée style néo-classique, ou un autre truc banal du même genre.

– De la drogue ! s'exclama Agatha.

– Dans les sièges ? Si ce gars vendait de la drogue, ça aurait été plus simple de la transporter dans ses poches, intervint Charles.

– De la drogue, en grosse quantité, s'entêta Agatha.

– Oh, laisse tomber. Je suis fatigué ! » protesta Charles en étouffant un bâillement.

Mais les yeux d'Agatha scintillaient.

« Vous avez les clés de l'entrepôt, Jake ?

– Bon sang ! Mais oui, j'ai oublié de les rendre. Mais si vous voulez vous rendre sur place, le magasin doit être truffé de policiers.

– Ils seront partis maintenant.

– Mais ils auront apposé les scellés sur les portes.

– Pas toutes ! Il n'y en a pas une à l'arrière ?

– Si, mais…

– Allons-y ! décréta Agatha, surexcitée.

– Si j'avais pour habitude de faire la tête, je ne m'en priverais pas ce coup-ci, maugréa Charles. Enfin, je présume qu'il vaut mieux que je vous accompagne, ne serait-ce que pour le plaisir de te voir te ridiculiser. »

Ils firent arrêter le taxi assez loin des lieux et

Jake les conduisit à l'arrière du magasin par un chemin détourné. Il extirpa un trousseau de clés du fond de sa serviette.

« Allumez la lumière, ordonna Agatha.

– Mais ça va attirer la police ! s'exclama Jake.

– Si nous nous promenons là-dedans avec des lampes torches, nous risquons beaucoup plus d'éveiller les soupçons. Si les gens voient toutes les lumières allumées, ils penseront qu'il y a des employés qui travaillent.

– Quoi ! Avec les scellés sur la porte de devant ? remarqua Charles.

– Je n'ai pas vu de scellés », rétorqua Agatha. Le rayon de sa torche fit le tour des murs, se posa sur une série d'interrupteurs. Elle en activa plusieurs.

« Cela servirait-il à quelque chose de te signaler que la façade est probablement bardée de scellés ? » demanda Charles.

Agatha l'ignora.

« Guidez-nous, Jake. Je ne veux pas contaminer la scène du crime. Où Toby range-t-il ses sièges en attente de livraison ?

– Derrière la porte à gauche, là. Ça mène à l'entrepôt. Après, il y a le garage. S'il y a des commandes à lui, ce sera facile de les trouver, il a sa propre estampille. Toby était devenu assez célèbre.

– Oh, Aggie, implora Charles, allons nous coucher. Si c'était un ébéniste de renom, il est évident qu'il n'avait pas besoin de gagner davantage par des pratiques illégales. »

Mais Agatha avait déjà ouvert la porte de l'entrepôt et elle allumait les néons.

« Sa dernière commande, c'était une série de chaises pour l'ambassade de Malimbie, se souvint Jake. Je suppose qu'elles sont dans ces caisses, dans le coin. Il y a son nom dessus.

– Très bien, Jake. Il y a un pied-de-biche, là-bas. Ouvrez-en une. »

Charles s'attendait à ce que Jake proteste, mais le jeune homme était enivré par cette liberté toute neuve que lui offrait cette femme étrange, liberté assortie d'un logement et d'un emploi. Il n'avait plus rien à craindre de son père. Il empoigna le pied-de-biche avec enthousiasme et força un des panneaux latéraux de la caisse. Quatre chaises soigneusement emballées y étaient empilées.

« Sortez-en une et déchirez le tissu, ordonna Agatha.

– Vous ne portez pas de gants ; on va retrouver vos empreintes partout et vous allez écoper d'une plainte pour vandalisme, le mit en garde Charles.

– Pas besoin d'entailler la tapisserie sur le dessus, nous devons pouvoir y parvenir par le fond. Je vais chercher des outils de menuiserie.

– Brave garçon. Allez-y. »

Quand Jake revint, il pratiqua une légère entaille sous le siège et y introduisit un ciseau à bois, sans rien y rencontrer d'autre, apparemment, que du rembourrage. Agatha remarqua l'expression narquoise qui se peignait sur les traits de Charles et mesura soudain l'énormité des actes qu'elle avait poussé Jake à commettre.

« Remballez-la, le pressa-t-elle. Et ensuite nous effacerons nos empreintes digitales.

– C'est bizarre, répondit Jake.

– Quoi donc ? Dépêchez-vous. J'ai dû être prise d'un accès de folie.

– Il y a comme un problème d'équilibre. On dirait qu'un des pieds est plus lourd que les autres. Oh, et puis, tant qu'on y est… » Et alors qu'Agatha et Charles gémissaient en chœur « Nooooon ! », Jake s'empara d'une scie et s'attaqua au pied de la chaise, qui roula au sol. Une sorte de gravier s'en échappa.

« Vous voilà renseigné ! déclara Agatha. C'est juste du lest. »

Charles s'agenouilla et s'empara d'un des petits cailloux gris d'apparence si anodine.

« Des diamants bruts ! »

« Police ! » cria-t-on depuis la porte.

Un agent en uniforme s'avança d'un pas décidé, suivi d'un petit bonhomme rougeaud.

« Mon Dieu ! s'exclama Agatha.

– Pire que Dieu, répondit Jake. C'est papa.

– Tout va bien, sergent, dit Mr Lisle. C'est mon fils. Il a la cervelle un peu dérangée. Inutile de téléphoner. Il n'y aura pas de plainte.

– Il va falloir téléphoner quand même, sergent, claironna Jake triomphalement. Nous avons trouvé des diamants bruts dans le pied de cette chaise.

– Et moi, j'appelle mon avocat », conclut Charles en sortant son portable.

Agatha avait déjà subi de longs interrogatoires au fil de sa carrière, mais ces derniers passages sur le gril la laissèrent épuisée et au bord des larmes. Il y eut d'abord la police locale. Puis les inspecteurs de Scotland Yard, suivis un peu plus tard par les Renseignements généraux, et pour terminer, trois messieurs discrets aux costumes bien coupés et aux regards durs. « Je ne suis pas raciste ! » avait-elle fini par clamer à un moment donné. Comment pouvait-elle expliquer l'étrange intuition qu'elle avait eue ? C'était parce qu'il s'agissait d'une ambassade africaine qu'elle avait flairé un trafic criminel, présumaient-ils. Au cours de ces interrogatoires sans fin, on les transféra au commissariat de Paddington Green, sans leur accorder plus de quelques heures de sommeil.

Au bout de deux jours, dûment sommés de ne pas quitter le territoire, ils furent libérés et autorisés à rentrer chez eux. Par une belle journée ensoleillée mais froide, ils firent leurs adieux à leurs avocats respectifs et se retrouvèrent tous trois sur le perron du commissariat, clignant des yeux dans la vive lumière. Ils s'apprêtaient à appeler un taxi, lorsqu'une limousine vint se ranger devant eux.

« C'est papa », dit Jake.

« Mon garçon, annonça Mr Lisle en montant

les marches quatre à quatre, j'ai obtenu une place pour toi à l'Académie militaire de Sandhurst.

– Mais j'ai du travail. Honnêtement, papa, je ferais un piètre soldat. Cette dame m'a recruté comme détective. »

Agatha réprima un gémissement. Elle avait projeté d'occuper Jake à de petits travaux, jardinage et autres, jusqu'à ce qu'il découvre un métier en accord avec ses capacités intellectuelles, dans le bâtiment peut-être.

« Alors elle est aussi stupide que toi. Va au diable. Je t'enverrai tes affaires. Votre adresse ? » lança-t-il à Agatha en la fusillant du regard.

Si elle n'avait pas été épuisée, Agatha aurait vertement dit son fait à Mr Lisle, avant de le prier de rembarquer son fils. Mais tout ce qu'elle voulait, c'était aller se coucher, et Jake la fixait avec des yeux de jeune chien battu.

« Allez vous faire voir, répliqua-t-elle d'un ton affable en lui tendant sa carte. Taxi ! »

Ils s'engouffrèrent tous les trois dans la voiture, poursuivis par les vitupérations du père de Jake.

« Retournons à l'hôtel payer la note et rentrons chez nous, dit Agatha. Mes pauvres chats ! On n'a pas voulu me laisser téléphoner à Doris. Je vais l'appeler immédiatement pour la prévenir que j'arrive aussitôt que possible. »

Doris Simpson, la femme de ménage d'Agatha, veillait souvent sur les deux matous quand leur propriétaire s'absentait quelques jours.

« Agatha ! protesta Charles. Aucun d'entre nous n'est en état de conduire.

– Si, moi, intervint Jake.

– Ce garçon ne te donne-t-il pas l'impression d'être un vieux débris, Aggie ? » susurra Charles avec un sourire sarcastique.

Mais Agatha était bien trop occupée à téléphoner à Doris.

Lorsqu'ils arrivèrent enfin à Carsely, tous trois se sentaient crasseux et fourbus. Charles récupéra sa voiture et rentra chez lui. Agatha, malgré sa fatigue, montra la chambre d'amis à Jake, mais préempta la salle de bains. Quand, propre et prête à aller se coucher, elle voulut prévenir Jake qu'il pouvait se doucher à son tour, elle le trouva affalé de tout son long sur le lit, profondément assoupi, et décida de le laisser tranquille.

Agatha s'éveilla tard. Louchant sur le réveil, elle constata qu'il était dix heures passées. Elle s'habilla à la hâte et descendit, accueillie par ses chats qui lui firent fête, et par une bonne odeur de café frais.

Doris Simpson, sa femme de ménage, s'affairait dans la cuisine.

« Asseyez-vous, mon petit, je vous apporte tout de suite une tasse de café, lui dit-elle. Vous êtes dans les journaux. Je les ai tous achetés en passant au magasin. Ils sont sur la table.

– Qu'est-ce qu'ils racontent ?

– Juste que sir Charles et vous avez été conduits à Paddington Green pour y être interrogés.

– Oh, nom d'un salopard à sonnettes, c'est là qu'ils emmènent les terroristes. Doris, il y a un jeune homme là-haut.

– Vous me connaissez, Agatha, ce n'est pas mon genre de juger les autres. On dit que ces hivers doux…

– Ce n'est pas mon amant, mugit Agatha. Mais il va travailler pour moi, et il a besoin de vêtements. Vous seriez un ange si vous alliez chez Marks & Spencer à Mircester et lui achetiez ce qu'il lui faut, du moins pour commencer, voulez-vous ? Je vous donnerai de l'argent et vous défraierai pour votre temps… et pour l'essence bien sûr. »

Doris sortit d'un placard le nécessaire à couture rarement utilisé d'Agatha, et s'arma du mètre ruban.

« Il me faut les mesures du gars. »

Traumatisé par ses dramatiques expériences, Jake bondit de son lit dans un hurlement, persuadé qu'on le mesurait pour son cercueil, lorsqu'il découvrit en s'éveillant une dame à cheveux blancs qui prenait ses mensurations.

Après quelques rapides explications, Doris ouvrit une penderie, lui tendit une robe de chambre de Charles et lui suggéra d'aller se laver et de laisser ses vêtements sales sur le lit pour qu'elle puisse les passer à la machine.

En voyant Jake faire irruption dans la cuisine, frais comme une rose, Agatha eut un pincement au cœur. Elle se sentit soudain très vieille.

« Alors, quand est-ce qu'on commence ? lança-t-il avec enthousiasme.

– Avant toute chose, nous allons vous trouver un appartement, et ensuite, je tâcherai de vous dénicher de quoi vous occuper jusqu'à ce que vous ayez un véritable métier.

– Mais je croyais que j'allais être détective ! gémit-il avec un désarroi presque comique.

– Vous n'avez pas reçu la moindre formation. Et il faut un certificat pour être détective.

– Vous pourriez me prendre comme stagiaire », implora Jake.

Le téléphone retentit.

« Répondez, Jake, le pria Agatha. Si c'est la presse, je leur parlerai plus tard. Oh, et si c'est un certain Roy Silver, dites-lui que je suis partie à Londres pour une enquête. »

C'était Roy Silver. Jake transmit le message.

« Il décide toujours de me rendre visite quand il entrevoit une chance de se faire un peu de publicité au passage. J'ai beaucoup d'affection pour lui, mais pour ce week-end, je ne me sens vraiment pas le courage », expliqua Agatha.

On sonna à la porte.

« J'y vais », dit-il.

Il se trouva face à un bel homme, de haute taille, qui lui demanda d'un ton rogue :

« Qui êtes-vous ?

– Je suis la dernière... »

Il n'eut pas le temps d'articuler « recrue d'Agatha » : avec un grognement de dégoût, le visiteur, furieux, s'éloignait déjà à grands pas.

« Qui était-ce ? demanda Agatha

– Un grand type, qui m'a demandé qui j'étais. J'ai voulu lui dire que j'étais votre dernière recrue, mais il est parti comme une bombe avant que j'aie pu finir.

– Mince, j'ai bien l'impression que c'était mon ex. Il habite la maison d'à côté. Nous allons attendre ici que Doris vous rapporte des vêtements. Vous me rembourserez quand vous aurez du travail. Il faudra aussi que je vous achète une voiture bon marché. »

En fin de journée, à l'agence, Agatha présenta Jake à ses collaborateurs, qui venaient toujours au rapport avant de regagner leurs foyers respectifs.

« Jake est un stagiaire, leur expliqua-t-elle. Pour commencer, il peut accompagner l'un d'entre vous pour s'initier à vos méthodes. Simon, vous avez une mission au supermarché demain, vous prendrez Jake sous votre aile. »

Simon avait remarqué que Jake ne pouvait détacher les yeux de Toni. Il avait beau s'être persuadé qu'elle ne l'intéressait plus, il n'avait pas du tout envie de la voir tomber sous le charme de quelqu'un d'autre.

« En quoi consiste la mission ? demanda Jake.
– Nous essayons de repérer les voleurs.
– Mais d'habitude, les supermarchés ont un vigile.
– Ils en ont bien un, un ancien flic, mais il doit partir en retraite dans quelques jours. Ils ne veulent pas gâcher son départ en l'accusant d'incompétence. Il faisait très bien son travail jusqu'à ce que sa vue se mette à baisser. »

Agatha avait eu une journée chargée. Elle avait trouvé un studio pour Jake, près du bureau, et une voiture d'occasion à bas prix. Elle coupa court à ses remerciements en l'assurant qu'il pourrait la rembourser quand il aurait un emploi. Elle avait hâte de lui dire bonsoir. Elle ne tenait pas du tout à s'afficher aux côtés d'un bel éphèbe. Elle pressentait avec une lucidité désabusée que les gens ne prendraient pas Jake pour son petit ami, mais plus probablement pour son fils. La compagnie des jeunes, songea-t-elle mélancoliquement, peut s'avérer très démoralisante ; à leur contact, on a l'impression d'avoir sa vie derrière soi.

Jake annonça qu'il allait retourner chez lui tenter de récupérer ses affaires, quitte à affronter son père. Quand Agatha rentra chez elle, elle trouva James et Charles qui l'attendaient.

« Je vous en prie, n'hésitez pas à utiliser ma maison quand ça vous chante, persifla-t-elle. Trouvez-moi quelque chose à boire et ensuite expliquez-moi ce qui vous amène tous les deux. »

Charles lui apporta un gin tonic puis s'assit à côté d'elle sur le canapé, tandis que James, le dos à la cheminée, la considérait d'un air solennel.

« Ça ne marche jamais, tu sais », laissa-t-il enfin tomber.

Agatha lança un regard furibond à Charles :

« J'espère que tu lui as dit que je n'éprouve ni intérêt maternel ni attirance sexuelle pour ce gamin ?

– Non. Tu es tout le temps en train de courir après un homme ou un autre. Pourquoi pas celui-là aussi ?

– Arrête de faire l'idiot ! fulmina Agatha. Il a trouvé les diamants. Peut-être qu'il y a un rapport avec Peta. Je ne pouvais pas l'abandonner comme ça. Il veut devenir détective, je l'ai donc engagé comme stagiaire et confié à Simon. Il faut que je retourne à Londres pour voir l'autre type, Peter Welling.

– Oh ! flûte, dit Charles. Il va encore falloir que je t'escorte, je suppose. Mais tu n'as pas remarqué que le jeune Jake est vraiment très beau garçon ? Je croyais que tu en avais assez des beaux garçons après celui qui a essayé de te tuer. Je me demande ce que Toni va en faire.

– Je vous accompagnerais volontiers, s'excusa James, mais j'ai un avion à prendre demain matin. Ne fais pas d'âneries, Agatha.

– Bien sûr que si, déclara Charles gaiement. Elle ne va pas changer rien que pour vous faire plaisir ! »

Le lendemain, avant de partir pour Londres avec Charles, Agatha examina Jake avec attention. Sous son épaisse toison de boucles brunes, il avait de grands yeux noisette frangés de cils noirs très fournis, un visage harmonieux au menton carré et un corps vigoureux planté sur de très longues jambes. Elle remarqua qu'il avait glissé une plaisanterie à Toni et que Simon semblait d'une humeur massacrante. Quand bien même Simon soupirait maintenant après Alice, il n'avait aucune envie de voir un autre réussir avec Toni là où il avait échoué. De plus, Bill Wong venait d'emménager dans l'immeuble d'Alice, ce qui compliquait sérieusement la tâche de Simon.

Le supermarché n'était pas loin, ils s'y rendirent à pied.

« Est-ce que la belle Toni a un petit copain ? demanda Jake en chemin.

– Non, répondit Simon décidé à mentir, elle est lesbienne.

– Quel gâchis ! Et Agatha ?

– Allons ! Elle pourrait être ta grand-mère.

– Peut-être. Mais elle est très séduisante. Tu as remarqué ses jambes ?

– Oh, ferme-la ! On a du travail. »

Peter Welling habitait une jolie petite maison blanche décorée de stucs à Kensington. « Secteur des maîtresses, commenta Charles. C'est là que les messieurs du début de l'ère victorienne installaient leurs liaisons. Assez loin de Londres pour rester discrets. »

Agatha éprouva brusquement le faible espoir que Peter Welling aurait déménagé, ou serait parti à l'étranger, ou Dieu sait quoi d'autre, pourvu que cela lui épargnât un nouvel entretien. Tout était bien trop compliqué. Si elle avait été payée pour élucider le meurtre de Peta, cela aurait clarifié la situation. Mais il y avait l'affaire de lord Bellington, et celle de Mrs Bull. Mrs Bull était-elle encore en vie ? Avait-elle pu identifier son agresseur ? Si tel était le cas, ces deux affaires étaient peut-être résolues. Elle s'immobilisa, la main sur le portillon du jardin et la bouche ouverte.

« Tu comptes rester encore longtemps à bayer aux corneilles ? » s'impatienta Charles.

Agatha tenta de se ressaisir.

« Rappelle-moi encore une fois pourquoi je perds mon temps sur l'assassinat de Peta.

– Parce que tu avais l'impression qu'il y avait un rapport avec celui de Bellington.

– Ah, c'est vrai. Tu sais Charles, je me sens si fatiguée tout d'un coup. Je rêve d'un bon feu de cheminée… de muffins, de mes pantoufles et…

– Tu as besoin de t'évader. Comme tout le monde. En attendant, à l'attaque ! »

Il appuya sur la sonnette à côté de la porte laquée noire qu'une vieille glycine, dépouillée de son feuillage, étreignait comme une ribambelle de mains ridées et crochues.

Une grande femme de chambre en robe noire, tablier blanc et coiffe immaculée les accueillit. Charles fit les présentations et lui demanda si Mr Welling consentirait à les recevoir. Elle les introduisit dans un salon qui s'étendait sur toute la largeur de la maison, et les pria de bien vouloir attendre.

« Bizarre, murmura Agatha. Je ne pensais pas qu'il existait encore des femmes de chambre. J'ai l'impression de me retrouver en pleine reconstitution historique. »

La porte s'ouvrit, livrant passage à une haute silhouette aux cheveux gris, vêtue d'une longue robe de dentelle et armée d'une canne en verre.

« Nous espérions pouvoir rencontrer Mr Welling, dit Agatha.

– C'est moi. Une tasse de thé serait la bienvenue, il me semble. Jeremy, apportez-nous du thé. »

Jeremy s'en fut avec une révérence. Deux travestis, songea Agatha, éberluée.

« Mr Welling...

– De grâce, appelez-moi Peter.

– Nous enquêtons sur le meurtre de Peta Currie, expliqua Agatha. Je crois que vous la connaissiez.

– Oh Peta ! Nous nous sommes bien amusés, tous les deux. Mais vous savez, quand j'ai appris par les journaux qu'elle avait été assassinée, ça ne m'a pas étonné outre mesure.

– Pourquoi ? demanda Charles

– Elle ne reculait pas devant un brin de chantage à l'occasion, mon petit, vous pouvez me croire. Voyez-vous, quand je la fréquentais, mes parents étaient encore en vie et s'ils avaient eu connaissance de mes penchants, ils m'auraient déshérité. Cette maison ainsi que tout le magot auraient échu à cette horreur de cousin Alwin. On ne s'ennuyait pas avec Peta. Elle voulait un chevalier servant avec qui elle n'aurait pas besoin de coucher, pour changer, et moi, je voulais une belle minette à exhiber devant mes vieux. Mais la voilà qui débarque un soir en réclamant de l'argent, sans quoi elle irait leur dévoiler le pot aux roses. Elle était prête à leur montrer des photos qu'elle m'avait piquées. J'ai bien failli l'étrangler, la garce. En fait, je possédais en tout et pour tout une modeste rente viagère et une petite maison de ville. Je n'avais qu'à vendre la bicoque, me fit-elle. Je l'ai fait patienter en prétendant que je l'avais confiée à une agence. Là-dessus, mes parents disparaissent dans ce fameux accident d'avion à Paris, alors j'ai pu l'envoyer promener. Je n'avais jamais pensé à assassiner qui que ce soit auparavant, mais là j'en avais perdu le sommeil et je passais mes nuits à échafauder des plans pour me débarrasser d'elle. Quand j'ai vu qu'elle avait été tuée, je me suis demandé quel malheureux elle avait pu acculer à ça. Ah, voilà le thé et les muffins. Allumez le feu, Jeremy, il fait un tantinet frisquet ici. »

Charles se demanda avec un léger malaise si Agatha avait un don de seconde vue. Il ne manquait plus que les pantoufles en train de chauffer au coin de l'âtre.

« Vous pouvez vous joindre à nous, Jeremy, dit Peter en inclinant la tête.

– Madame est bien bonne. Je vais servir le thé d'abord. »

Ces deux-là semblaient vraiment tout droit sortis d'un film, pensa Agatha. Peter avait un visage aristocratique, un peu hautain, et Jeremy les traits rudes et communs de la classe opprimée.

« Peta a-t-elle jamais mentionné le cousin de son mari, lord Bellington, qui vient d'être assassiné ? Lui connaissait-elle des ennemis ? demanda Charles.

– Pas que je m'en souvienne. J'ai lu des tas d'articles là-dessus dans les journaux. Qu'on tue Peta, ça je peux le comprendre. Mais Bellington ? Je suis sûr qu'il n'y a pas de rapport. Dans ces cas-là, c'est toujours une question d'argent. Cherchez le grisbi, comme je dis toujours. »

Agatha se sentit soudain oppressée. La pièce, comme ses occupants, semblait appartenir à une ère révolue. Le manteau de la cheminée était drapé de soie dorée. Des guéridons supportaient des oiseaux empaillés sous des globes de verre. Les dossiers du canapé et des bergères étaient revêtus de têtières destinées à les protéger de la brillantine.

« Je suis désolée, mais nous devons partir, déclara-t-elle fermement en refusant un muffin beurré.

– Revenez me voir quand vous voulez, les pria Peter d'un ton affable. Jeremy, raccompagnez-les. »

« Tu sais, dit Agatha à Charles en gagnant le métro qui devait les ramener là où ils avaient laissé leur voiture, quand je travaillais à Londres, ces deux numéros ne m'auraient pas causé une minute de surprise ou d'embarras. Je suis devenue une vraie campagnarde.

– Très juste, répondit aimablement Charles. D'ailleurs, rien ne vaut les bons vieux poisons et les puits où jeter les gens. »

« Il faut absolument que je téléphone à Patrick, reprit Agatha en s'arrêtant net au milieu de Gloucester Road. Mrs Bull a peut-être révélé le nom de celui qui a tenté de la tuer. »

Charles patienta pendant qu'Agatha conversait avec animation au téléphone.

« Mrs Bull affirme qu'elle a acheté une bouteille de bière à la boutique locale, qu'elle l'a bue et qu'elle ne se souvient plus de rien après. C'est la douleur qui l'a réveillée au moment où on l'a balancée dans le puits, rapporta-t-elle après avoir raccroché. Une fois la grille de protection arrachée, il semble que l'on ait pu assez facilement mettre en place la dalle sur la margelle.

– Mais si on a empoisonné sa bière, c'est forcément que quelqu'un lui a rendu visite.

– Elle soutient que personne n'est venu, mais la police la soupçonne de mentir par peur. Je commence à me demander s'il existe un lien entre l'affaire des diamants et ces assassinats. Patrick dit que l'histoire est en passe d'être étouffée.

– Oh, on s'active sans doute à trouver une solution diplomatique, dans les coulisses du pouvoir. Pourtant il faudra bien qu'ils produisent un coupable, parce que cela fait le tour des journaux. Mais je viens juste de penser à quelque chose, Aggie. Que savons-nous de Gerald, mis à part qu'il a travaillé pour Scotland Yard, ce qui n'équivaut pas à un brevet de sainteté… ? Et si Peta savait des choses compromettantes sur son compte ? Peut-être l'avait-elle croisé quand elle vivait à Londres ? Et pourquoi s'installer dans les Cotswolds ?

– J'ai déjà été interrogée par plusieurs inspecteurs de Scotland Yard, y compris récemment, et je n'en vois pas un seul qui m'inspire la moindre sympathie. En plus ils sont tenus au secret toute leur vie. En revanche, je connais Alex Cameron, qui est chargé de la rubrique criminelle du *Sketch*. Allons le consulter. Taxi ! »

Du taxi, Agatha téléphona à Alex, qui prenait un verre au El Paso, le point de ravitaillement habituel des journalistes de Fleet Street.

Il était tout seul, en tête à tête avec une bouteille de rouge. C'était un homme trapu et ventripotent, au visage couperosé, la bouche molle, et quelques mèches de cheveux teints en brun étaient ramenées sur son crâne tavelé.

Ils prirent place à sa table et il les regarda avec des yeux troubles.

« Fleet Street n'est plus la même depuis que tous les journaux ont déménagé, fit-il. C'est le dernier carré. Si vous voulez quelque chose à boire, c'est pour votre pomme.

– Juste une petite info, interrompit Agatha. Est-ce que ça te dit quelque chose, un inspecteur du nom de Gerald Devere ?

– Vaguement. Faudrait se replonger dans les vieux fichiers. Mais ça me barbe trop.

– Je suis officiellement chargée de l'enquête sur le meurtre de lord Bellington. Si tu me donnes un coup de main, je veillerai à ce que tu aies l'exclusivité.

– Ça, c'est parlé. Allons-y ! »

Agatha s'étonna de voir des effectifs si réduits dans les locaux du *Sketch*.

« C'est plus comme dans le temps, répondit Alex. Presque tout passe par les agences et des indépendants. Je tomberai bientôt sous le couperet, moi aussi, je le sais bien. Ils m'ont laissé un petit réduit dans un coin qui fait office de bureau. En se serrant bien, on devrait tenir.

– Tu n'as pas tout sur ordinateur ? s'étonna Agatha en voyant le vieux journaliste fouiller dans un énorme classeur.

– Jamais pu m'habituer à ces trucs, grommela-t-il. Je suis un gratte-papier, moi, pas un gratte-clavier. Ah, le voilà. Je m'en souviens maintenant.

Ce gars-là, il fallait lui graisser la patte pour le moindre tuyau. »

Il s'affala pesamment sur une petite chaise de bureau et ouvrit un fichier poussiéreux.

« Ah, je savais bien que j'avais quelque chose. Entendu parler de Max le Fou ?

– Le gangster ? Celui qu'on a retrouvé dans son jardin avec une balle dans la peau, il y a cinq ans ?

– Je couvrais l'affaire. Sa femme, Gloria, a affirmé que Devere l'avait violée. Un sacré scandale. Finalement étouffé. Devere a démissionné, mais avec les honneurs de la guerre. Il ne s'en serait pas tiré comme ça de nos jours, dans ce climat de pudibonderie.

– Je ne taxerais pas les accusations récentes de harcèlement sexuel de pudibonderie, le rabroua Agatha.

– M'en doute bien. Foutues bonnes femmes !

– Fais-moi une photocopie, trouve-moi l'adresse actuelle de Gloria, et c'est promis je penserai à toi quand l'enquête sera bouclée.

– Tu as intérêt ! »

La femme de Max Harrison le Fou habitait dans un des immeubles de luxe de Chelsea Harbour, au bord de la Tamise.

« Comme c'est calme ici, remarqua Agatha. La plupart des appartements ont l'air d'être vides.

– J'ai entendu dire que de très riches étrangers les achètent comme investissement, répondit

Charles. Quelle drôle de journée. Je ne serais pas surpris pour deux sous que cette Gloria ait changé de sexe. Comment as-tu lié connaissance avec ce journaliste spécialisé dans les affaires criminelles ? Quand tu étais dans la pub, tu ne traitais qu'avec des patrons de magazines de mode et de ce genre de chose, non ?

– Mon tout premier client était suspecté de meurtre. Ah, nous y voilà. Je te raconterai ça un autre jour. Quelle chance, elle habite au rez-de-chaussée. Est-ce que tu regardes quelquefois la série *Montalbano* à la télévision ? Cela me donne toujours envie d'aller passer des vacances en Sicile, seulement l'inspecteur Montalbano est perpétuellement en train de monter ou de descendre quatre à quatre des escaliers raides comme tout et j'ai mal aux jambes rien que de…

– Agatha ! Arrête de bavarder et sonne donc chez cette fichue bonne femme. »

La sonnette fit entendre le thème musical du *Parrain*. Agatha s'attendait à voir apparaître le stéréotype de l'épouse de gangster : maquillée comme une voiture volée, buste moulé dans un corsage léopard, mules aux pieds, et chignon d'un noir de jais sur le sommet du crâne. Gloria, qui correspondait assez bien à l'image, ne la dérouta donc aucunement.

Mais il n'en allait pas de même de sa voix, glaciale et distinguée. Elle leur demanda leur identité et les motifs de leur visite.

Agatha fit les présentations et expliqua qu'ils enquêtaient sur les antécédents de Gerald Devere. Gloria les convia à la suivre au « salon » en utilisant le terme français.

Ledit salon avait été conçu par un décorateur totalement dépourvu d'âme. Pas de rideaux. Des stores de lin blanc aux fenêtres. Un canapé et des fauteuils blancs recouverts d'une étoffe au tissage irrégulier. Une table basse à plateau de verre. Une énorme vasque emplie de feuillages d'automne stabilisés à la glycérine, posée devant une cheminée de pierre grise. Dehors, le soleil brillait faiblement sur la marina, et les yachts tanguaient, amarrés à quai. De petites vagues lumineuses dansaient au plafond.

Elle leur ordonna de s'asseoir.

« Qu'est-ce que vous voulez savoir à propos de Gerald ? Ça date, cette histoire.

– Nous avons appris, répondit Agatha, que vous avez accusé Gerald de vous avoir violée.

– En quoi ça vous regarde ? »

Gloria avait un visage lourd, aux joues flasques et aux paupières épaisses.

« Nous enquêtons sur le meurtre d'une femme dans le village de Carsely, où Mr Devere vient de s'installer. S'il vous a vraiment violée, cela veut dire qu'il est capable de violence.

– Désolée de vous décevoir, fit Gloria en allumant une cigarette. Mais c'était un coup monté. Max voulait qu'il arrête de nous fliquer et Gerald avait une réputation de coureur de jupons. Alors on m'a envoyée le racoler avec consigne de hurler au viol dès qu'il me déshabillerait. Il a bénéficié d'un non-lieu. Max était furieux parce qu'il m'avait bien dit de me débrouiller pour me faire brutaliser d'abord, et on n'avait pas de preuve matérielle. Mais Gerald avait une telle réputation de dragueur que ses chefs n'ont jamais vraiment cru à son innocence, si bien que Max a été quand même débarrassé de lui.

– Donc Gerald n'était pas quelqu'un de violent ?

– Je ne crois pas. Mais Max disait toujours qu'un tas de flics finissent ripoux. Vous voyez ce que je veux dire ? »

Des traces d'accent cockney ressurgissaient par-ci par-là.

« Ce quartier est vraiment très calme, observa Charles. J'aurais pensé que vous auriez préféré un endroit plus animé.

– Ça plaît à Billy. Il aime bien que ce soit un peu classe. Oh là là ! j'allais oublier, il va plus beaucoup tarder. Quand il n'est pas là, je m'habille relax, mais il faut que je me change. Vous resterez bien encore un peu ? Vous êtes un aristo, il sera tellement content de tomber sur quelqu'un de la haute. Le bar est à côté, la porte près de la fenêtre. Servez-vous ! » lança-t-elle en s'éclipsant précipitamment.

« Je vais prendre un gin et une cigarette, déclara Agatha. Quelle journée ahurissante !

– Je vais en faire autant, approuva Charles.

Quand on est passé de l'autre côté du miroir, il faut saisir toutes les occasions de reprendre des forces. À ton avis, à quoi Billy ressemble-t-il ?

– Peut-être un autre gangster, ou un trafiquant de voitures d'occasion. Ah ! Ça, c'est un bar bien garni ! »

À l'instant où ils revenaient dans le salon avec leurs verres, ils entendirent tourner la clé de la porte d'entrée.

« Billy, souffla Agatha. On va savoir quelle tête il a. »

Billy entra dans la pièce et la surprise leur coupa le souffle. C'était un homme fluet, très soigné, en pantalon et chemise à rayures, veston noir et cravate de soie. Il avait la cinquantaine, une épaisse chevelure grise, un nez pointu, de petits yeux et une bouche pincée. Charles et Agatha se présentèrent et lui expliquèrent la raison de leur visite.

« Ah ! Max ! s'écria Billy. Un vieux client à moi à Old Bailey.

– Vous êtes avocat ! s'exclama Agatha.

– William Baxter, à votre service, madame. Je défends tout type de délinquants. Donc vous vous renseignez sur Devere ? Ça ne m'aurait pas déplu d'être du côté de l'accusation pour celui-là, mais je me cantonne strictement à la défense. »

Gloria rentra discrètement. Elle avait enfilé un twin-set de cachemire bleu pâle et une jupe de tweed ; ses cheveux, libérés de leur chignon, étaient retenus sur sa nuque par un mince ruban de velours.

« Apporte-moi un verre, ordonna Billy. Comme d'habitude. Et que ça saute.

– Oui mon chéri.

– J'ai entendu parler de Gerald. Rien de louche, sauf qu'il avait l'habitude de séduire les femmes de ses supérieurs. Max a toujours été con comme la lune, et si Gerald avait su garder son froc, il aurait aussi gardé son boulot. »

Gloria revint avec le verre de Billy sur un petit plateau d'argent.

« Les cacahuètes ! aboya-t-il. Où sont les cacahuètes ?

– Tout de suite, chéri. »

Gloria se hâta de ressortir, tête penchée, le corps un peu incliné de côté, attitude qui évoquait à Charles une geisha. Lorsqu'elle réapparut avec un bol de cacahuètes, Agatha et Charles prirent congé. Gloria reçut l'ordre de les raccompagner.

« Vous avez ma carte, murmura Agatha sur le pas de la porte. Je m'occupe aussi des divorces.

– Nous ne sommes pas mariés.

– Alors barrez-vous au plus vite, ma fille.

– Qu'est-ce que vous voulez dire ?

– Gloria ! appela Billy d'une voix impérieuse.

– Faut que j'y aille. »

Les bateaux à l'ancre roulaient et tanguaient sous une forte bise.

« Tu y comprends quelque chose ? demanda Agatha.

– Je ne sais pas. Peut-être que c'est comme de faire venir une fiancée des Philippines ou d'Ukraine. Le fantasme de l'esclave domestique à l'ancienne mode… Je suppose que certaines femmes de truands doivent se conformer à ce modèle.

– Quelle journée ! Dieu merci, il n'y a pas tant de cinglés à la campagne.

– Parce que tous ces gens qui s'entretuent, tu trouves que c'est normal ? »

De retour à Carsely, Agatha fut sur le point d'implorer Charles de rester pour la nuit. Mais après un baiser rapide sur la joue, il fila à sa voiture sans qu'elle en eût le courage. Elle eut beau se persuader que c'était mieux ainsi, qu'elle n'était pas du genre à coucher à la légère avec le premier venu, une petite voix moqueuse lui murmurait : « Le premier venu ? Ces jours-ci, on ne peut pas dire que les candidats se bousculent au portillon ! »

Elle rentra chez elle et lâcha ses chats dans le jardin. La sonnette retentit : c'était Jake.

« Est-ce que je pourrais vous dire un mot ?

– Entrez. Je prendrais bien une tasse de café. Et vous ?

– Avec plaisir. »

Agatha brancha la bouilloire électrique et mit deux cuillerées de café soluble dans des chopes.

« Bien, quel est le problème ? questionna-t-elle. Je présume qu'il y en a un.

– C'est ce boulot au supermarché avec Simon. J'ai pris sur le fait deux voleurs aujourd'hui, et au moment où j'allais les conduire au gérant, Simon m'a dit de rester à surveiller. Résultat, à la fin de la journée, le gérant a serré la main de Simon en le félicitant et il ne m'a même pas mentionné. »

– Simon a eu un faible pour Toni, expliqua Agatha en posant un mug devant son protégé, et même si c'est fini, je crois, il est jaloux et fera tout son possible pour vous empêcher de briller. J'aurais dû y penser. Je vous donnerai une mission à accomplir seul demain. D'accord ?

– Merci. Et vous, comment ça s'est passé aujourd'hui ? »

Agatha se mit à raconter leurs aventures et Jake fut pris d'un tel fou rire qu'elle l'imita. Elle lui demanda pourquoi il avait si lamentablement échoué dans tous ses emplois précédents :

« J'étais un peu rebelle sur les bords, mais papa est quelqu'un de très autoritaire. J'ai eu ma licence de littérature anglaise, avec une mention bien, mais comme ça ne vous donne pas de qualification professionnelle, j'ai dit que j'allais entrer en apprentissage chez un plombier, et papa a sauté au plafond. J'ai fait valoir que les plombiers gagnaient bien leur vie, et que je voulais mon indépendance financière. Il m'a obligé à accepter des postes dans une série d'entreprises qui appartenaient à des amis à lui, et comme un gamin gâté j'ai fait tout ce que je pouvais à chaque fois pour me faire virer. Je pense que je pourrais me débrouiller assez bien comme détective, mais pas avec Simon.

– Je vous mettrai en binôme avec Toni demain, mais pas question de lui faire des avances, compris ?

– Promis. Mais pourquoi ?

– Vous parliez de parents autoritaires, soupira Agatha, eh bien, moi, je considère sans doute Toni un peu comme ma fille et je ne veux pas la voir souffrir. Et maintenant, vous avez dîné ?

– Non.

– Allons au White Hart Royal à Moreton. Ils font une excellente tourte à l'agneau et à la menthe. »

Mr et Mrs Ian Frimp, nouvellement installés à Carsely, dînaient ce soir-là au White Hart Royal. Par-dessus son menu, Ruby Frimp fixait Agatha d'un œil torve.

« C'est cette femme, tu sais, la soi-disant détective, souffla-t-elle à son mari, et elle est en train de flirter avec un gamin !

– Je lui souhaite bonne chance.

– Mais c'est du détournement de mineur ! »

Son mari posa son menu et jeta un coup d'œil.

« Ruby, ce type n'a pas loin de trente ans, à mon avis, et je souhaite bon courage à cette femme. Maintenant, fais ton choix et tais-toi. C'est toi qui as voulu quitter Manchester pour ce trou. À Manchester, personne ne se mêle des affaires des autres.

Mais ici, tout ce que tu trouves à faire, c'est fouiner et fourrer ton nez partout.

– J'en toucherai deux mots à la femme du pasteur », marmonna Ruby.

Agatha et Jake s'amusaient follement. Ils burent deux bouteilles de vin et Jake se prit à penser qu'Agatha était la femme la plus sexy qu'il ait croisée depuis un bout de temps.

Comme ils avaient dépassé le taux limite d'alcool, ils décidèrent de rentrer en taxi à Carsely. Dans la voiture, Jake enlaça les épaules d'Agatha et l'embrassa sur la joue. Agatha s'efforça de faire taire ses scrupules. Pourquoi devrait-elle se sentir coupable ? Elle était libre. Lui aussi. D'accord, elle était un peu plus vieille. Beaucoup plus vieille, tonna sa conscience, qui livrait une bataille rangée contre ses hormones. Les hormones l'emportèrent. Agatha se passa en revue mentalement : oui, elle s'était bien rasé les jambes. Mais aurait-elle dû se faire une épilation brésilienne ?

Quand le taxi s'arrêta devant chez elle, elle aperçut, avec un soulagement mêlé de déception, que le salon était allumé.

« Nous avons de la compagnie. Charles est là, la chambre d'amis sera occupée. Vous devrez vous contenter du canapé.

– Ça me va. Et demain matin, je vous conduirai récupérer votre voiture. »

Charles se leva à leur entrée. Il avait dîné dans un manoir non loin de là et avait décidé de s'arrêter chez Agatha au retour. Et un seul coup d'œil sur ce duo passablement éméché suffit à le convaincre de rester. Si Agatha entamait une liaison avec ce jeune homme, elle ne s'attirerait que des chagrins, se dit-il.

Agatha se traîna le lendemain jusqu'à la cuisine, avec une solide migraine et la bouche pâteuse. Jake bondit sur ses pieds en la voyant.

« Je suis allé récupérer la voiture, l'informa-t-il. On y va ?

– Mon café d'abord.

– Vous êtes trop en retard. J'en ai préparé un thermos, vous n'aurez qu'à le boire au bureau. Je vous conduirai avec votre voiture.

– D'accord, consentit Agatha d'une voix faible. Je n'avais pas idée qu'il était si tard.

– Ne vous inquiétez pas. Si c'est moi qui suis au volant, nous y serons à l'heure. »

Comment ai-je pu m'imaginer même une seconde au lit avec ce garçon ? songea Agatha. Ce matin, j'ai l'impression d'avoir cent ans.

Au bureau, il lui vint soudain une idée, alors qu'elle distribuait les missions à son équipe :

« Toni, j'aimerais que vous retourniez à Harby Hall et ensuite au village avec Jake. Voyez si vous pouvez dénicher quelque chose. Il faudra que vous preniez votre voiture, celle de Jake est chez moi. »

Agatha se mit à rougir malgré elle.

7

Bouillonnant de rage, Simon reprit seul le chemin du supermarché. Hardy Hall était l'enquête la plus importante et ce godelureau qui venait à peine de débarquer n'aurait jamais dû être autorisé à s'en occuper. D'autre part, Simon avait bien dû s'avouer qu'il se couvrait de ridicule en courant désespérément après Alice. Aussi recommençait-il à penser à Toni. Et ce matin, dans son pull rouge cerise, elle lui avait semblé particulièrement jolie.

C'était également l'avis de Jake, qui trônait avec satisfaction dans la petite voiture de Toni, à côté d'elle. La journée était belle et ensoleillée et les feuilles multicolores de l'automne dansaient devant eux sur les routes de campagne.

« J'ai passé une super soirée avec la patronne hier, dit-il. Elle a vraiment la classe. C'est la première fois que je rencontre une femme de ce calibre. J'aime qu'une femme se maquille et mette du parfum français. Elle est tellement féminine.

– Nous sommes tous très attachés à Agatha, et

nous la protégeons de notre mieux. Elle s'est fait avoir par quelques sales types auparavant, et nous nous efforçons de lui éviter d'autres aventures douloureuses.

– Je n'irai pas jusqu'à traiter Charles de sale type.

– Je ne pensais pas à lui. Agatha aurait peut-être sa chance, si elle ne se lançait pas sans arrêt dans des histoires impossibles.

– Tu roules trop vite, remarqua Jake.

– Désolée. »

Toni s'aperçut qu'elle était en colère. Jake la complexait. Il était issu d'un milieu chic, visiblement passé par les écoles privées les plus courues, et très beau. Toni était habituée à ce que les hommes s'éprennent d'elle. Et cet adonis divaguait à propos d'Agatha ! Agatha, entre toutes ! Était-ce parce qu'il la trouvait vulgaire, elle, Toni ? Ce fut alors que son sens de l'humour vint à la rescousse. Elle songea qu'elle n'était pas loin d'être jalouse d'Agatha. Quelle franche rigolade ! Et elle se surprit à lui demander s'il avait une petite amie.

« Pas pour le moment. C'est difficile de trouver l'âme sœur. »

Au cas où tu n'aurais pas remarqué, je suis là, moi, pensa Toni, avec un regain d'irritation.

« Peut-être que j'aurais dû vivre à une autre époque, disons, au début du siècle dernier. J'aurais pu aller à Paris et m'envoyer en l'air avec une courtisane expérimentée.

– On peut se payer une prostituée tout aussi facilement à Londres aujourd'hui.

– Ce n'est pas pareil. Les grandes cocottes étaient éduquées pour briller au salon comme dans l'alcôve, elles savaient amuser et charmer, discuter politique et littérature, etc. Je m'ennuie vite, moi. Et avec Agatha, on ne s'ennuie pas une minute.

– Tu n'envisages quand même pas de t'offrir une petite aventure avec elle, j'espère ! » s'exclama Toni.

Elle gara brusquement la voiture sur le bas-côté et fit face à Jake.

« Pourquoi pas ? Elle est célibataire.

– Écoute, pour toi il ne s'agit peut-être que d'une occasion de t'envoyer en l'air, selon ton élégante formule, mais Agatha pourrait tomber amoureuse de toi, et l'amour, ça vous engage.

– Ça devient trop sérieux pour moi. Ne t'inquiète pas, ce boulot me plaît beaucoup trop pour que je prenne le risque de tout foutre en l'air bêtement. D'accord ?

– Très bien, fit Toni en redémarrant. On commence par le château. Histoire de te mettre un peu dans le bain, je te préviens que Damian est efféminé et un peu bizarre. En fait, ils sont tous bizarres. La fille, Andrea, est la seule qui regrette réellement lord Bellington. L'ex-épouse est une ancienne alcoolique, ex-droguée, tout juste sortie de désintoxication. Une autre excentrique. »

Ils se signalèrent à l'entrée et remontèrent l'allée.

« Nous avons une propriété un peu de ce type, à la campagne, dit Jake. Papa aime bien jouer au châtelain.

– Tu as perdu ta mère ?

– Oui. Elle avait la manie des bonnes œuvres. Associations féminines, ligue pour la défense du patrimoine rural, etc. Elle faisait partie d'un tas de comités. Je ne la voyais presque jamais. Pour moi, ça a été nounou, gouvernante, puis pensionnat. Quand elle est morte d'un cancer, c'était devenu une étrangère pour moi, juste une bienfaitrice anonyme.

– Ça ne t'a pas du tout affecté ? questionna Toni en s'arrêtant devant la maison.

– Pas vraiment. Enfin, je ne sais pas. Pas le temps d'y penser, avec papa qui me catapultait en permanence d'un boulot à l'autre. J'aurais dû lui tenir tête avant d'en arriver là. Le pauvre vieux ! Il ne doit pas se sentir tellement bien dans sa peau. Enfin, allons jeter un coup d'œil sur cette faune ! »

Damian les accueillit avec ravissement.

« Quel bonheur ! Moi qui aime tellement les belles personnes ! J'ai lu vos exploits dans les journaux. Cette histoire de diamants dans les meubles… Si seulement on pouvait en trouver un ou deux dans les miens ! Tiens, Andrea ! Qu'est-ce que tu veux ?

– Dire bonjour à nos hôtes, répliqua Andrea en dévisageant Jake. Ça te dérange ?

– Non, mais c'est nouveau. Oh, asseyez-vous. En quoi puis-je vous aider ?

– La femme de chambre, enfin, la précédente, a soutenu avoir surpris lady Bellington à la cave avec une seringue, attaqua Jake, qui avait consulté le dossier.

– C'est un mensonge, on vous l'a déjà expliqué.

– Voulez-vous inspecter les caves ? proposa Andrea.

– Oui, ça serait formidable ! acquiesça Jake en se levant d'un coup. Tu viens, Toni ?

– Pas besoin de vous déranger tous les deux.

– Elle va le dévorer tout cru, se gaussa Damian quand ils furent sortis. Oh, Mère, qu'est-ce qu'il y a ?

– J'étais à la fenêtre du petit salon, quand j'ai vu arriver le plus exquis des jeunes gens. Un ami à toi ?

– Non, un autre détective. Andrea l'a entraîné à la cave, d'où il risque fort de ne jamais remonter.

– Mieux vaut que j'aille au secours de ce pauvre garçon.

– Et nous voilà seuls, dit Damian à Toni, avec un sourire malicieux.

– Nous sommes en train d'enquêter sur un meurtre, et pourtant vous semblez traiter tout cela comme une vaste plaisanterie.

– Sans cela, je deviendrais aussi cinglé que le reste de la famille. »

Le soleil scintillait à travers le lierre qui masquait à demi la fenêtre, bigarrant d'ombre et de lumière le visage de Damian.

« Ce lierre, remarqua Toni, vous n'avez jamais envie de le faire tailler ? Il assombrit tellement les pièces.

– Le régisseur s'en occupera un de ces jours. Voulez-vous m'épouser ?

– Pardon ?

– Je vous demande votre main. Réfléchissez-y. Fini les crimes sordides à élucider !

– Mais vous ne me connaissez même pas !

– Pas la peine. Vous êtes jeune, jolie, et vous fabriqueriez d'adorables bébés.

– Revenons-en à nos moutons, coupa sèchement Toni. Si Mrs Bull affabulait lorsqu'elle racontait avoir vu lady Bellington à la cave avec une seringue, pourquoi a-t-elle atterri au fond d'un puits ?

– Parce qu'elle gardait probablement en réserve quelques ragots particulièrement venimeux. Ah, vous vous dites que ça doit être ces gredins d'aristos. Complètement faux. C'est ce village qui est pourri. Allez retourner quelques pierres là-bas. Mère a un alibi en béton. Elle était en cure de désintoxication ou dans un foyer pour paumés, appelez ça comme vous voudrez. »

Toni patientait dans sa voiture en se demandant si elle devait retourner secourir Jake, quand il réapparut et se laissa tomber sur le siège à côté d'elle.

« Tu sais, ces gens-là sont tellement dérangés

qu'en fait tu finis par penser que c'est toi qui ne tournes pas rond.

– Qu'est-ce qui s'est passé à la cave ?

– Andrea m'a mis la main aux fesses. La mère a débarqué, lui a dit d'arrêter, m'a prié de faire ce que j'étais censé faire et est restée plantée là, les bras croisés, à me regarder pendant qu'Andrea remontait en traînant les pieds. Il n'y avait pas d'autre solution que de battre en retraite.

– Oh, bon, eh bien, allons voir si nous aurons plus de chance qu'Agatha avec Humphrey Sanders, à Pear Tree Cottage. C'est lui qui était le plus véhément quand Bellington a augmenté les loyers. »

« Drôle d'endroit, commenta Jake quand ils pénétrèrent dans le village. Pas de magasins, pas de pub. Juste une église. Oh, regardez, un enterrement ! Ne me dites pas que mémé Bull a passé l'arme à gauche !

– C'est un peu tôt. Elle était encore vivante ce matin. Allons jeter un coup d'œil. »

Elle gara la voiture sur la place du village et tous deux se dirigèrent vers l'église, d'où l'on sortait justement le cercueil pour l'inhumer dans le cimetière contigu.

« Je veux voir ça, dit Toni. Je croyais qu'on n'enterrait plus les gens depuis longtemps dans ces vieux cimetières.

– Ce sont des gens de la Basse Église, remarqua Jake.

– Qu'est-ce que c'est que ça ?

– Des anglicans sans cloches ni encens. La Haute Église était considérée comme trop papiste.

– À quoi reconnaît-on qu'ils sont de la Basse Église ?

– Ils portent des manteaux de couleur. Pas de chapeaux tarabiscotés. Pas de vêtements de deuil noirs. »

Quand ils entrèrent dans le cimetière, une femme les aborda pour leur demander s'ils étaient des amis de la défunte.

« Non, répondit promptement Toni, pressentant soudain que Jake s'apprêtait à débiter un mensonge. Nous sommes détectives.

– Ah oui, c'est pour cette pauvre Mrs Bull. Elle s'accroche toujours ?

– En effet, elle s'accroche… Nous nous excusons pour cette intrusion. C'est que le rituel des funérailles traditionnelles est si beau… expliqua Toni.

– Je vous en prie, restez donc ! C'est une cérémonie festive, d'une certaine manière. C'est ma mère que j'enterre. Elle était odieuse. »

Ils arrivèrent à temps pour entendre le pasteur psalmodier pendant que l'on descendait le cercueil : « Allez en paix, Mrs Marmelade. Vous avez eu une longue vie bien remplie et vous demeurerez désormais parmi les anges. »

« Où est passé “l’homme qui est né de la femme” ? » chuchota Jake un peu trop haut.

Un individu trapu, debout devant eux, se retourna et réduisit Jake au silence en le foudroyant du regard.

« Vous nous manquerez beaucoup à tous, et spécialement à votre fille Cassandra. Nous vous disons tous adieu », conclut l’officiant.

« Très décevant, glissa Toni à Jake. Ça a plus de panache à la télé. »

La femme qui les avait précédemment abordés les rattrapa au moment où ils quittaient le cimetière :

« Je suis Cassandra Marmelade. Quelques rafraîchissements ont été prévus dans la salle des fêtes du village. Joignez-vous à nous.

– Toutes nos condoléances pour votre mère, dit Jake.

– Alors, vous devez bien être les deux seules personnes dans tout le vaste monde à le penser. La salle est juste là-bas. »

« Elle a des intonations distinguées, remarqua Toni en la suivant des yeux. Une déclassée, tu crois ? Je n’ai pas vu de grande demeure dans ce hameau perdu.

– Il y en a une juste derrière les arbres, tout au bout là-bas. On aperçoit les cheminées qui dépassent.

– Alors pourquoi ne reçoivent-ils pas là ?

– Trop de monde peut-être. Voilà des tas de

gens qui arrivent, et beaucoup n'ont même pas assisté à la célébration. »

Un grand brouhaha les accueillit quand ils entrèrent dans la salle.

« Buvez donc un coup de cidre, mes enfants, leur proposa une petite femme. Le meilleur de tout le comté. On peut être fiers de notre Humphrey.

– Serait-ce Mr Sanders ?

– Oui, c'est bien lui, là, à côté du tonneau cerclé.

– Je ne sais pas si nous pouvons le questionner ici, remarqua Toni. Il vaudrait mieux attendre un peu. Essayons la vieille Mrs Ryan, du côté des jardins ouvriers.

– Toni ! implora Jake. Les friands aux saucisses ont l'air succulents et je meurs d'envie de goûter ce fameux cidre.

– Oh, bon, une chope chacun, et puis on s'en va.

– Merci, maman. Tu vas chercher les friands, et moi, le cidre. »

Quand Jake revint avec le cidre, il trouva Toni avec une assiette en carton garnie de quatre gros friands.

« Emportons tout ça dehors », suggéra-t-il. Ils allèrent s'asseoir sur un muret près de la salle et tombèrent d'accord sur la qualité du breuvage.

« Cet endroit a quelque chose d'inquiétant, affirma Jake en regardant autour de lui.

– Qu'est-ce qui te fait dire cela ? »

C'était une journée d'automne ensoleillée. Des

canards voguaient placidement sur l'étang. Les branches d'un saule se balançaient au gré des rafales, semant au vent ses feuilles pareilles à de petits disques d'or.

« Je ne sais pas. Juste une impression. Je me demande si nous ne devrions pas rester encore un moment, pour tâcher d'échanger quelques mots avec Miss Marmelade. Peut-être que sa franchise décapante à l'égard de sa mère s'appliquera aux autres personnes du coin. »

Jake détaillait Toni du coin de l'œil. Elle était vraiment très belle, avec un je-ne-sais-quoi de frais et de pur. Il se demanda si elle était vierge et balaya cette idée. Cela n'existait plus, du moins plus chez les filles de plus de dix-huit ans. Toni avait légèrement bouclé sa crinière blonde, qu'elle portait d'habitude lisse, et l'avait attachée sur sa nuque à l'aide d'un pimpant ruban écossais. Elle tourna brusquement la tête vers lui, et leurs deux regards bleus se croisèrent longuement. Une délicate rougeur colora le visage de Toni tandis que Jake contenait de son mieux une subite exaltation. Je suis amoureux, se dit-il. Je n'ai rien ressenti de tel depuis... zut, comment s'appelait-elle déjà ? Mais ce n'était sûrement pas pareil.

Toni tressaillit légèrement et déclara énergiquement :

« Je crois que nous avons assez bu comme cela. Il y a de plus en plus de vacarme ici, et ça risque fort de ne pas s'arrêter de sitôt. Allons rendre visite à Mrs Ryan, et nous essaierons Cassandra plus tard. »

Ils jetèrent consciencieusement l'assiette en carton à la poubelle, rapportèrent les chopes et remontèrent dans la voiture de Toni.

« Nous y voici, annonça-t-elle en s'arrêtant devant la maison de Mrs Ryan. On peut dire qu'elle a une excellente vue sur les parcelles. »

Mais ils eurent beau sonner et frapper, personne ne répondit.

« Si c'est une vieille dame, elle fait peut-être la sieste, avança Jake.

– Comme elle peut tout aussi bien être en train de siffler du cidre à la veillée funéraire. Mais je crois que dans l'Église anglicane, on n'appelle pas ça comme ça.

– Non, on se contente de marmonner poliment : "Un buffet vous attend au George" ou n'importe où ailleurs. D'habitude, c'est réservé à un cercle restreint d'invités triés sur le volet, mais je suppose que dans un aussi petit village, tout le monde y va. Dis, est-ce que tu as un copain ?

– Je n'aime pas les questions personnelles.

– Une fille splendide comme toi en a forcément un. Veux-tu m'épouser ?

– Espèce d'idiot ! fit Tony dans un éclat de rire. Allons, laisse-moi plutôt regarder si nous avons d'autres gens sur la liste. Ah ! Mary Feathers, présidente du comité d'attribution des jardins ouvriers.

C'est tout près. Essayons, et si elle n'est pas là, nous irons vérifier si Mrs Ryan et elle ne sont pas à la réception. Agatha a noté : "vieille peau" à côté de son nom. »

Mais Mary était chez elle.

« Deux beaux détectives ! s'exclama-t-elle quand ils se furent présentés. Entrez, je vous en prie. Avez-vous été à la salle des fêtes ? Presque tout le village doit y être pour les funérailles de la vieille Mrs Marmelade. »

Toni remarqua, avec un pincement de jalousie, que Jake contemplait Mary d'un œil admiratif, mais elle se rappela sévèrement que Simon lui avait déjà causé bien assez d'ennuis. Mieux valait ne pas mélanger amour et travail.

« Nous y sommes passés, dit Jake. En fait, nous comptions rendre visite à Mrs Ryan, mais elle n'est pas chez elle.

– Vous cherchez à découvrir l'agresseur de cette pauvre Mrs Bull. Je ne sais pas pourquoi je la qualifie de "pauvre", à vrai dire, car c'était la médisance incarnée. Comment parvenait-elle à débusquer autant de sujets de commérage, c'est un mystère pour moi.

– Je me demandais si cela pouvait être lié aux jardins potagers. On croirait qu'ils font ressortir ce qu'il y a de pire chez les gens, dit Toni.

– Mon petit, en matière de querelles, les Hatfields et les McCoys n'ont rien à envier à nos cultivateurs amateurs ; ils veillent si jalousement sur leurs champs qu'à chaque fois que le vent y charrie la moindre graine de chardon venue des parcelles ouvrières, ça devient une affaire d'État.

– Comment se fait-il qu'une personne aussi belle et aussi calme que vous se trouve à la tête de ce comité ? s'étonna Jake.

– Vous êtes adorable, mon chou. Simplement parce que j'ai été élue à l'unanimité. Voyez-vous, je ne me dispute avec personne. Je me contente d'écouter. Voulez-vous du thé ou du café ? Ou je peux aussi vous offrir du vin de pissenlit maison.

– Comment faites-vous ça ?

– C'est très simple : des pétales de pissenlit, du sucre, des oranges, de l'eau et de la levure de bière. Il faut absolument que vous y goûtiez. »

Mary sortie, Jake se laissa aller au fond du canapé, les mains croisées derrière la tête, ses longues jambes étendues devant lui, et prononça rêveusement :

« Sa voix est aussi onctueuse que la crème fouettée. Je pourrais passer ma journée à l'écouter.

– Et moi, je pense que nous perdons notre temps, rétorqua sèchement Toni.

– Si tu veux parler à Cassandra, il faudra bien attendre un peu. »

Mary revint avec une carafe et des verres. Jugeant qu'il ne faisait pas très chaud dans la pièce, elle se pencha sur l'âtre, enflamma une pile de petit bois et jeta quelques bûches dans la flambée.

« Et maintenant, dit-elle en remplissant trois verres, voilà le breuvage de l'été.

– C'est délicieux », commenta Jake après avoir savouré sa première gorgée, tandis que Toni elle-même s'exclamait : « Vous pourriez en vendre !

– Je suis trop paresseuse. J'ai une certaine tendance à hiberner dès que l'automne arrive, quand il n'y a pas grand-chose à faire sur les parcelles. Pour en revenir à la vieille Mrs Marmelade, elle faisait vivre un véritable enfer à Cassandra. Elle l'utilisait comme bonne à tout faire et comme dame de compagnie. Elles possèdent une grande maison, connue comme la "résidence de l'amiral", quoiqu'il n'y ait jamais eu un seul marin chez les Marmelade. Tout le monde se figurait que la mère Marmelade durerait éternellement.

– De quoi est-elle morte ? demanda Toni.

– Une chute dans l'escalier.

– On l'a poussée ?

– Sûrement pas, ma biche. Cassandra n'a jamais eu une once de courage. »

Sans y prendre garde, ils se laissèrent resservir. Le jour déclinait et Mary alluma une lampe à pétrole à l'ancienne, posée sur un guéridon près de la fenêtre. Le feu pétillait. Un gros chat noir se glissa dans la pièce et se roula en boule devant la cheminée. Les yeux de Jake se fermaient et un demi-sourire flottait sur son visage. Elle est en train de nous hypnotiser, pensa Toni.

« Jake ! Il faut y aller ! lança-t-elle en se levant vivement.

– Oh, tu crois ? Merci pour le vin, Mary.

– Revenez quand vous voudrez. »

La sonnette retentit. Mary alla ouvrir et ils lui emboîtèrent le pas. Charles Fraith se tenait sur le seuil de la porte.

« Qu'est-ce que vous faites là ? demanda Toni.

– Je m'occupe de mes affaires. Je ne vous retiens pas. »

« Agatha ne nous fait donc pas confiance ? maugréa Toni, une fois dehors.

– Ce n'est pas ça qui l'amène. C'est un rendez-vous amoureux. Ce n'est pas moi qui lui reprocherais… »

Et dire qu'il me demandait en mariage tout à l'heure, pensa Toni. Les hommes et la constance, ça fait deux…

« Essayons cette lady Marmelade, proposa Jake. C'est étonnant quand même que les gens s'accrochent comme ça à des noms pareils.

Aux abords de la salle des fêtes, ils croisèrent quelques villageois attardés, qui leur indiquèrent la grande demeure cachée derrière les arbres que Jake avait repérée plus tôt. Deux piliers de pierre marquaient l'entrée d'une courte allée bordée de massifs de rhododendrons et de lauriers, ainsi que de deux hauts araucarias. La maison, une vaste bâtisse de pierres grises, devait avoir été construite au tout début du XXe siècle, sous le règne d'Edward VII, supputa Jake. Sa seule originalité consistait en de terrifiants mascarons, qui grimaçaient hideusement au-dessus des fenêtres du premier étage.

« Quelle horreur ! s'exclama Jake en les désignant. Est-ce une vengeance des maçons mal payés ? À moins que la famille ne soit atteinte de folie héréditaire.

– L'héritière semblait plutôt saine d'esprit. »

Toni appuya sur un énorme disque de porcelaine blanche portant l'inscription SONNETTE en lettres noires, fixée sur une plaque de cuivre. Une petite femme replète, à la mine acariâtre, leur ouvrit en aboyant : « Qu'est-ce que vous voulez ? »

Toni comprit que si elle faisait état de leur qualité de détective, la femme leur claquerait la porte au nez.

« Miss Marmelade souhaitait nous parler après l'enterrement.

– À quel sujet ?

– Écoutez, intervint Jake d'un ton hautain, contentez-vous de faire votre travail et dépêchez-vous d'aller l'avertir. Ne restez pas là à bayer aux corneilles. Allons, pressez-vous !

– Inutile d'être insolent, jeune homme », répliqua-t-elle, mais elle disparut dans les ténèbres de l'entrée, laissant la porte ouverte.

« Tu as été rudement grossier, remarqua Toni.

– Je sais. C'est la seule chose que les petits tyrans de son espèce comprennent. »

Cassandra apparut.

« Ah, les beaux détectives. Entrez, entrez. Mrs Terry ! Du thé, s'il vous plaît, et quelques-uns des gâteaux qui restent de l'enterrement.

– Vous devriez être en train de vous reposer, et pas autre chose. Du thé, alors que votre pauvre maman n'est même pas encore froide dans sa tombe !

– Bien au contraire, elle est morte la semaine dernière, je suis certaine qu'elle a eu le temps de refroidir. Apportez-nous le thé ! »

« Une parfaite mégère, commenta Cassandra en leur ouvrant la porte. Asseyez-vous, je vais allumer le feu. Figurez-vous qu'il n'y a pas de chauffage central : maman n'en voulait pas.

– Vous allez pouvoir le faire installer, maintenant, répondit Toni avec sympathie.

– Pas question de dépenser un centime pour cette maison. Je vais la vendre et partir dans le sud de la France ou ailleurs, du moment qu'il y a du soleil et des croissants. »

Cassandra avait un long visage de statue médiévale et des yeux gris pâle aux lourdes paupières. Elle devait approcher de la soixantaine, estima Toni.

Un roulement sourd et un bruit de tasses de porcelaine qui s'entrechoquent annoncèrent l'arrivée de la collation. Mrs Terry fit son entrée derrière une grande desserte d'acajou, chargée de boîtes à thé, de pots d'eau bouillante et de lait, de sucre et de gâteaux.

« Merci. Vous pouvez nous laisser, la congédia Cassandra. Et maintenant, thé indien ou thé de Chine ?

– Indien », répondit Jake. « Pour moi aussi », se hâta d'ajouter Toni, qui ne connaissait guère cette denrée qu'en sachets.

« Voudriez-vous allumer le feu, jeune homme ? J'aurais pu demander à cette assommante créature, mais elle aurait gémi à n'en plus finir qu'on n'en faisait jamais avant la mi-novembre. »

Tandis que Jake s'exécutait, Toni, fascinée, regardait Cassandra mesurer les cuillerées de thé, les verser dans une théière en argent et ajouter de l'eau frémissante. Puis elle choisit une autre boîte et réitéra l'opération avec un second récipient d'argent.

« Je préfère le thé de Chine, expliqua-t-elle à Toni.

– Nous avons pensé que quelqu'un de votre stature, sorte d'aristocrate locale, avança prudemment Toni, pouvait être une bonne observatrice.

– Oh, dites-le franchement, répliqua Cassandra d'un ton acerbe, la vieille fille de la paroisse.

– J'ai juste eu l'intuition que vous étiez d'une intelligence supérieure à la moyenne, répondit Toni, que cette idée n'avait jamais effleurée, mais qui souhaitait rattraper son impair.

– C'était le cas jadis. J'avais obtenu une bourse

à Oxford, mais mon père est mort et ma mère est devenue définitivement invalide. J'adorais papa. Je ne me suis jamais remise de sa mort et je suis devenue une pauvre idiote de dame de compagnie. »

Elle versa le thé dans une tasse de porcelaine aussi fine qu'une coquille d'œuf.

« Du lait et du sucre ?

– Un nuage de lait et un morceau de sucre.

– Et vous, jeune homme ?

– Pas de lait et quatre morceaux », répondit Jake, qui s'accroupit un instant pour admirer les flammes avant d'aller rejoindre Toni sur le canapé. Des portraits ornaient les murs. Le mobilier était massif et de style victorien, excepté un superbe piano à queue.

« Ce sont vos ancêtres ? demanda Toni.

– Oh non, on les a achetés avec la maison. Grand-père a fait fortune dans le Yorkshire. Il possédait plusieurs filatures. À sa mort, papa a tout liquidé et placé l'argent. Il n'a jamais travaillé de sa vie, à dire vrai. Il ambitionnait ouvertement d'appartenir à la haute, et c'est pourquoi il a acquis en bloc la maison et ses ancêtres avant d'épouser maman, qui est apparentée aux comtes d'Ampweather, même si cela ne représente qu'un minuscule rameau sur l'arbre généalogique d'une famille qui n'a jamais témoigné la moindre envie de la connaître.... Naturellement, vous souhaitez des renseignements sur ce village et sur l'agresseur de Mrs Bull. L'ennui, c'est que cette femme est tellement odieuse que ça pourrait être n'importe qui. En fait, c'est avec Mrs Ryan que vous avez les meilleures chances.

– Nous avons essayé, mais elle n'a pas répondu, dit Jake.

– Je crois qu'elle fait la sieste l'après-midi. C'est une observatrice très perspicace. Prenez un morceau de gâteau.

– Puis-je passer aux toilettes ? demanda Toni.

– Bien sûr. Au premier, juste en haut de l'escalier. »

Toni monta l'escalier de chêne. Une maison pleine de tristesse, pensa-t-elle. Il n'y avait pas de tapis et les marches brillaient, bien cirées. Elle avait presque atteint le palier, lorsqu'elle remarqua un scintillement ténu dans la pénombre. Elle se pencha. On avait enfoncé un clou sur le côté et le nœud d'une cordelette y était encore fixé. Est-ce cela qui avait causé la chute de la vieille dame ? se demanda Toni. Dois-je le signaler ? Vais-je infliger une enquête policière à cette femme tout juste libérée des griffes de son horrible mère ?

Mais quand elle redescendit, elle savait qu'elle ne le ferait pas.

Quand elle rentra dans la pièce, Cassandra riait aux éclats, amusée par un bon mot de Jake.

« Il se fait tard, dit Toni, nous devons partir. Merci beaucoup pour le thé.

– Revenez quand vous voulez, même si je risque

de ne plus être là. Sitôt débarrassée de cette maison, je quitterai le pays. »

« J'ai oublié quelque chose. Attends une seconde », lança Toni à Jake alors qu'il montait en voiture.

Elle courut à la porte et sonna. Cassandra lui ouvrit et Toni lui chuchota précipitamment :

« Il y a un vilain clou qui dépasse en haut de l'escalier. Allez chercher des tenailles et arrachez-le vite, avant que Mrs Terry ne le voie.

– Oh, merci, répondit Cassandra posément. Comme c'est curieux, je ne l'avais jamais remarqué. »

8

Toni et Jake parvinrent à s'entretenir avec Mrs Ryan, mais ils n'en tirèrent rien de plus qu'Agatha. Elle confirma cependant que la vieille Mrs Marmelade avait fait vivre un enfer à sa fille. Toni semblait soucieuse et écoutait à peine, ce qui intrigua Jake.

Au sortir de chez Mrs Ryan, ils se rendirent néanmoins chez plusieurs villageois. Partout, ils entendirent le même refrain : Mrs Bull était une femme odieuse qui adorait exhumer les secrets des autres. Les faisait-elle chanter ? Non, répliqua chacun, pas *moi,* en tout cas.

« Évidemment, commenta Jake, aucun d'entre eux n'est disposé à avouer qu'il y a dans sa vie quelque chose qui puisse donner prise au chantage. Toni ! Toni, tu es dans les nuages ?

– Désolée, je suis un peu fatiguée. Rentrons chacun chez soi et mettons au propre le peu d'éléments que nous avons recueillis ce matin. »

Mais après avoir déposé Jake à Mircester, elle

sentit que sa conscience bourrelée de remords lui interdirait le sommeil et elle prit la direction de Carsely au lieu de regagner son domicile.

Agatha lui ouvrit avec un curieux ustensile au bout phosphorescent vissé au coin de sa bouche. Son visage était éclairé d'une lueur verdâtre, lui donnant l'apparence d'un vampire.

« Saleté de cigarette électronique, grogna-t-elle, je commence à perdre espoir. Entrez. Avez-vous déniché quelque chose d'intéressant ?

– Oui, marmonna Toni, se faufilant derrière elle vers la cuisine, où elle s'accroupit pour caresser les chats. Mais ça ne va pas vous plaire.

– Un verre ?

– J'aimerais bien, mais je conduis et j'ai déjà bu du cidre et du vin de pissenlit. Du café, ce serait parfait. Mais qu'est-ce que vous faites ? »

Agatha était en train d'ôter l'opercule de capsules en plastique.

« J'ai acheté ça par erreur. Ces petits trucs-là sont destinés au genre de machines pour lesquelles George Clooney fait de la publicité. Mais j'ai une bonne vieille cafetière. Je vide les bidules dedans, et ça fait un excellent café. Juste le temps de faire bouillir l'eau. »

Enfin, le café fut prêt et Toni s'assit à la table.

« Allez, videz votre sac, la pressa Agatha. Rien ne peut me choquer. Je pourrais être votre mè… votre sœur aînée.

– Je crois que j'ai aidé un meurtrier à dissimuler son crime.

– Pas celui de Bellington ! C'est le seul qui me rapporte un peu d'argent.

– Non, je vais vous expliquer. »

Agatha écouta attentivement l'histoire de Cassandra Marmelade, puis, le récit achevé, se mit à arpenter la cuisine. Sa chemise de nuit en soie froufroutait doucement sous son kimono aux couleurs vives.

« Laissez-moi réfléchir, dit-elle. Charles est là, je vais le chercher. Il a dû s'endormir devant la télévision. »

Encore une nouvelle complication, pensa Toni avec accablement.

« Qu'est-ce qu'il y a encore, Agatha ? fit Charles en entrant dans la cuisine sur les talons d'Agatha. Si c'est parce que je suis allé voir Mary Feathers, permets-moi de te signaler que ça ne te regarde pas.

– Ce n'est pas ça. QUOI ?! Mais pourquoi ?

– Laisse tomber, Aggie. J'ai le droit d'avoir une vie privée. De quoi s'agit-il, Toni ? »

Toni recommença son récit.

« Oh, quel merdier ! grogna Charles. Et maintenant, vous soupçonnez Cassandra d'avoir expédié Mrs Bull au fond du puits, parce qu'elle avait découvert que Cassandra avait poussé sa chère maman dans l'escalier.

– Je ne suis pas allée aussi loin, gémit Toni.

J'avais seulement le pénible sentiment de l'avoir aidée à dissimuler l'assassinat de sa mère. J'étais tellement désolée pour elle ! Sa mère semble vraiment lui avoir fait vivre un enfer.

– Nous lui rendrons tout bonnement visite demain matin, Agatha et moi, répondit Charles d'un ton apaisant, nous lui exposerons les faits qui vous ont tant perturbée, après quoi nous verrons bien si elle nous paraît coupable. Mais toutes les morts subites font l'objet d'une enquête. Ne vous tourmentez pas. Faites un peu confiance à vos sages et vénérables aînés.

– Vous n'en avez pas parlé à Jake ? s'inquiéta Agatha.

– Non. Pas un mot.

– Très bien. Sauvez-vous et tâchez de dormir un peu. Demain matin, chargez-vous de mon travail et répartissez les missions. Mettez Jake en binôme avec Phil. »

Le lendemain matin, Agatha conserva un silence inaccoutumé tout le long de la route vers Harby. Elle ne voulait pas se l'avouer, mais elle en était venue à considérer Charles comme son bien propre. Certes, il avait déjà disparu par le passé, et il avait réellement été fiancé. Il avait même été marié. Mais voilà un moment qu'il paraissait libre comme l'air. Les feuilles d'automne dansaient et tourbillonnaient devant la voiture, comme pour rappeler à la femme mûre qu'elle était, par mille pirouettes narquoises, qu'à la fin des fins rien n'échappe à la mort.

Arrivés à destination, ils gagnèrent la maison grâce aux indications de Toni. Ce fut Cassandra en personne qui leur ouvrit. Les présentations faites, Agatha lui annonça qu'ils souhaitaient s'entretenir avec elle d'une affaire très importante. Elle les conduisit jusqu'au salon.

« J'ai l'impression d'être de retour au pensionnat, à attendre devant le bureau de la directrice. Vous avez une expression si grave, tous les deux. »

Agatha jeta à Charles un coup d'œil implorant. Il se chargea donc de lui relater les soupçons de Toni et lui peignit les tourments de la jeune fille à l'idée d'avoir contribué à dissimuler un meurtre.

« Oh, ça ! s'exclama Cassandra. Mais ce n'est rien du tout. C'était Mrs Terry. Je lui ai signifié son renvoi le jour même de la mort de maman. C'est une méchante femme tyrannique. Elle a bricolé ce truc et raconté à tout le monde que j'avais tendu une corde en travers de l'escalier. C'était après l'enquête de la police. J'ai signalé à Mrs Terry qu'elle avait laissé ses empreintes sur le clou, juste pour le plaisir de la voir verdir.

– C'est bizarre qu'elle ne l'ait pas arraché ou essuyé elle-même, s'étonna Agatha.

– Ç'aurait été avouer qu'elle l'y avait mis. Oh quel bon débarras, elle et ma sainte mère !

– Vous n'avez jamais eu envie de supprimer votre mère ? questionna Charles avec curiosité.

– Maintes et maintes fois. Mais je suis un autre Chostakovitch.

– C'est une marque de vodka ? s'informa Agatha.

– Non, un compositeur russe qui a demandé à adhérer au Parti communiste, alors qu'il haïssait le communisme. La veille de son adhésion, il s'est effondré en se traitant de lâche et d'ordure, et en s'accusant de l'avoir été toute sa vie. C'était tout moi. J'avais peur de mon ombre. Elle m'a brisée, petit à petit, après la mort de papa. Et je suis enfin libre. Je vais voyager. Mais il faut que je cherche une dame de compagnie, parce que je n'ai même pas le cran de partir seule.

– Peut-être qu'un bon psychiatre..., suggéra Charles.

– Je ne crois pas du tout à ce bla-bla.

– Vous devriez essayer, intervint aigrement Agatha, vexée de n'avoir pas connu le nom de ce satané compositeur.

– Parce que ça a marché pour vous ? répliqua Cassandra.

– Moi, ma chère, je n'en ai jamais eu besoin. En fait...

– En fait, interrompit Charles d'une voix conciliante, nous désirions également vous consulter au sujet du meurtre de Bellington. Auriez-vous la moindre idée sur l'identité du coupable ?

– Tant de gens le détestaient ! La hausse de loyer avait mis tout le village en fureur. Je ne pense pas qu'il y ait de lien entre sa mort et l'agression de Mrs Bull. C'était une épouvantable mégère. Quelqu'un a dû craquer, c'est tout. Quant aux Bellington, maman adorait me traîner chez eux quand elle récoltait des fonds pour ses œuvres. Comme elle rampait devant eux ! Croyez-moi, dans cette famille ils sont tous tarés. »

Au sortir de chez Cassandra, Agatha céda à un moment d'abattement.

« Nous n'allons jamais arriver à résoudre cette affaire, déclara-t-elle d'un ton lugubre. Il y a trop de suspects et me voilà encombrée de ce bras cassé de Jake par-dessus le marché. Plus vite je parviendrai à caser ce garçon, mieux ça vaudra.

– Ça t'apprendra ! Tu n'as jamais su résister à un physique séduisant.

– Ah, vraiment ? Alors pourquoi les hommes de ma vie sont-ils si laids ?

– Espèce de garce ! Rentre tes griffes, Agatha. »

Et ils continuèrent de se chamailler, sans se douter que Jake allait réaliser la première avancée notable de l'enquête.

Jake avait passé une journée assez agréable en compagnie de Phil, mais son rôle s'était essentiellement limité à tenir l'étui de l'appareil de Phil, tandis que celui-ci photographiait une femme adultère. Quand vint le soir, il fut gagné par un accès de bougeotte et se rendit à Carsely pour discuter avec Agatha. Faute de la trouver chez elle, il fit un tour dans le village.

Il aboutit en haut de la colline, devant l'affreux cottage de briques rouges où Peta avait vécu. Une jolie brunette sarclait le jardin. Jake se pencha par-dessus la haie : « Vous avez l'habitude de désherber au clair de lune ? »

Elle se redressa : « C'est juste pour m'occuper. Voulez-vous un café ? Moi, j'en prendrais bien un. Je suis la sœur de Peta, Alison. Vous habitez au village ?

– Non, je suis détective. »

Il la suivit dans la maison.

« Vous avez beaucoup de nettoyage à faire, constata-t-il avec compassion.

– Il y a de la poudre à empreintes digitales partout, on a vidé tous les tiroirs par terre et tout laissé en plan… J'ai été surprise qu'elle me désigne comme son héritière. Elle m'a toujours détestée. »

Jake la suivit dans la cuisine. Alison devait approcher la quarantaine, jugea-t-il. Un peu plus vieille, donc, qu'il ne se l'était figuré au premier abord. Elle avait un visage sympathique et une silhouette toute en rondeurs, qui débordait quelque peu de son jean. Elle brancha la bouilloire.

« Je n'ai que du café soluble.

– Ça me va très bien. Puis-je vous aider d'une manière ou d'une autre ?

– Peut-être. J'ai horreur de conduire la nuit et le notaire m'a donné les clés d'un garde-meuble à Mircester, qu'il aurait dû remettre à la police. J'aimerais bien y jeter un coup d'œil avant.

– Je vais vous emmener. Et peut-être que nous trouverons quelque chose qui nous mettra sur la piste de l'assassin. »

Au grand soulagement de Jake, le garde-meuble George était ouvert vingt-quatre heures sur vingt-quatre. On les guida jusqu'au box 204 et on les abandonna dans un couloir sombre, entre deux rangées de portes fermées. Alison défit le cadenas. Jake souleva le volet roulant et chercha à tâtons l'interrupteur. Des meubles disparates se dessinèrent parmi les ombres projetées par la faible ampoule qui pendait du plafond. Jake repéra quelques très belles pièces.

« Qu'est-ce que c'est que ça ? demanda Alison anxieusement en indiquant une forme indistincte, enveloppée dans une couverture, à même le sol.

– Reculez et laissez-moi vérifier, intima Jake. Ça pourrait être un cadavre.

– Nous devrions peut-être appeler la police. Nous risquons de souiller la scène d'un crime.

– Ils ne seraient pas très contents qu'on les dérange pour de vieux tapis. »

Jake arracha la couverture. Tous deux écarquillèrent les yeux.

« Mais qu'est-ce que c'est que ça ? souffla Alison.

– C'est une courge géante. C'est celle de Harry Perry.

– Harry qui ?

– Un vieux bonhomme, qui cultive un des jardins ouvriers. J'ai lu tout ça dans les notes d'Agatha. Les gens du village se plaignaient que quelqu'un pillait leurs potagers. Et regardez dans ce coin : il y a des paniers pleins de légumes à moitié pourris. Est-ce que votre sœur était folle ?

– Non, seulement méchante. Elle se figurait toujours que les autres, quels qu'ils soient, étaient plus favorisés qu'elle, et elle essayait de compenser en chapardant. Nous ne pourrions pas simplement refermer le box, et faire comme si nous n'étions pas au courant ? Rien que l'idée de devoir chercher les propriétaires de toutes ces choses…

– C'est la police qui s'en occupera. Tout ça doit être très pénible pour vous. Vous ne voulez pas aller patienter dans la voiture ? Il vaudrait mieux que j'appelle ma patronne.

– Non, je vais attendre ici. Ça va, ma sœur et moi n'étions pas proches du tout. »

Agatha se préparait à se coucher. Charles était resté pour la nuit et elle eut soudain très envie de l'inviter à la rejoindre, afin qu'il la prenne dans ses bras et lui prouve que, toute femme mûre qu'elle fût, elle existait encore sexuellement. « Pas de sexe à la petite semaine », la morigénait sa conscience. « Et pourquoi pas ? » rétorquait-elle quand le téléphone sonna. Elle écouta Jake lui décrire avec excitation sa trouvaille.

« Ne bougez pas ! commanda-t-elle. J'arrive dès que possible. »

Agatha cligna des yeux dans la faible lumière du garde-meuble.

« Elle devait être plus ou moins kleptomane. Désolée, Alison.

– Nous n'étions pas très proches, fit Alison avec un haussement d'épaules. Pour se venger des gens qu'elle n'aimait pas, elle leur volait quelque chose.

– J'ai trouvé ce portrait. »

Jake, qui avait disparu dans l'ombre, réapparut avec un portrait à l'huile de Nigel Farraday plus jeune.

« C'est son ex-mari, expliqua Agatha. Avant d'appeler la police, j'aimerais bien trouver des papiers, un journal intime, ou un document de ce genre.

– Trois colonnes à la une : "Une grande détective découvre un journal intime dans le tiroir secret d'un bureau ancien", persifla Charles.

– Arrête de ricaner et cherchons tous. Il n'y a pas de cadavre ici, donc ce n'est pas le théâtre d'un crime.

– Si, justement, la contredit Charles, sur lequel tous les yeux se braquèrent.

– Quel crime ? Où ça ? demanda Agatha.

– Vous ne comprenez pas la psychologie des jardiniers, déclara Charles, l'index tendu vers la courge géante. Pour le vieil Harry, c'était comme si elle avait enlevé son enfant pour le laisser mourir.

– Mais s'il ne savait pas où était cette fameuse courge, ni qui l'avait prise, il n'avait aucune raison de tuer Peta.

– À moins qu'elle ne lui ait réclamé une rançon, intervint Alison d'une petite voix triste. Une de ses devises favorites, c'était : "Je fais payer cher." Elle aimait le pouvoir.

– Il pourrait y avoir des lettres, ou quelque chose caché par ici, dit Agatha. La police n'a rien trouvé de compromettant chez elle, n'est-ce pas ? »

Alison secoua la tête.

« S'il y a quelque chose, c'est sans doute dans cette serviette près de la porte », suggéra Jake.

Ils se retournèrent tous et regardèrent dans la direction qu'il indiquait. Une serviette de cuir noir était posée derrière un fauteuil à bascule.

« Ne devrions-nous pas laisser la police s'en occuper ? demanda Alison.

– Rien qu'un coup d'œil... », insista Agatha.

Le visage d'ordinaire si avenant d'Alison se durcit soudain et prit une expression obstinée.

« Non, trancha-t-elle, il est hors de question que vous continuiez à fouiller ici. Je vais avertir la police. C'était ma sœur, après tout, et tout ce qui restait de notre famille.

– Mais, mon petit, gémit Agatha, cette serviette contient peut-être la preuve qui permettra de confondre l'assassin.

– Je m'en moque ! s'emporta Alison. Je veux que vous partiez tous ! Tout de suite !

– Si c'est ce que vous souhaitez, intervint Jake, je vais juste éteindre la lumière et vous aider à refermer. »

Le garde-meuble fut brusquement plongé dans l'obscurité.

« Rallumez immédiatement ! tempêta Alison. Allez-vous-en ! Moi, je reste là, et j'appelle la police. »

Jake tâtonna et fourragea dans le noir, puis finit par retrouver le bouton électrique.

« J'informe immédiatement la police avant qu'elle n'ait eu le temps de détruire des indices, décréta Agatha en arrivant à la voiture. Je me demande bien ce qu'il y avait dans cette serviette.

– Une sorte de livre, l'informa Jake en tirant son butin de dessous son chandail.

– Jake ! S'il y a là-dedans le moindre élément qui conduise à l'assassin, nous ne pourrons pas nous en servir. Nous aurions dû le laisser sur les lieux.

– Phil m'a prêté un appareil pour m'exercer à photographier des documents, répondit Jake vivement. Je vais m'installer dans ma voiture et prendre autant de clichés que je pourrai, et ensuite je me débrouillerai pour le rapporter.

– D'accord, mais dépêchez-vous. Et enfilez cette paire de gants. »

Agatha dut lutter contre une furieuse envie de

se ronger les ongles pendant que Jake, dans sa voiture, le plafonnier allumé, mitraillait le livre. Puis elle entendit le hurlement des sirènes.

« Les voilà, lui cria-t-elle. Rapportez-le, vite ! »

Jake galopa jusqu'au garde-meuble.

« La police arrive », cria-t-il à Alison, qui furetait dans les profondeurs obscures de la pièce.

Jake jeta un coup d'œil autour de lui et lança le livre dans un coin, où il tomba bruyamment.

« Qu'est-ce que c'était ? s'exclama Alison.

– J'ai trébuché sur je ne sais quoi, répondit Jake gaiement. Je vais rester dans les parages et je vous ramènerai chez vous.

– Non, je demanderai à la police de me raccompagner. Je n'aime pas l'idée que des détectives privés fouinent par ici. Ça a quelque chose de sordide et de mesquin. »

Quand les policiers arrivèrent, Jake fit une brève déposition, puis rejoignit Agatha et Charles au cottage, où il transféra ses clichés sur l'ordinateur d'Agatha.

« C'est un journal ? demanda Agatha avidement.

– Non, rien d'autre que la liste de frais d'un député. Celle de Farraday sans doute.

– Oui, il était compromis dans le scandale des dépenses du Parlement, en 2009, déclara Charles. Regardez la date, cela remonte à il y a des années. Probablement à l'époque où ils étaient mariés. Ça ne peut servir à rien.

– Il y avait une lettre avec, confessa Jake, l'air

coupable. Une feuille à part. Elle ne faisait pas partie du livre de comptes. Peut-être que je n'aurais pas dû la soustraire. »

Il tira un papier de sa poche.

« Voyons ça, dit Agatha avec lassitude. Sans doute une liste de courses.

– C'est un bout de lettre, répondit Charles qui lut tout haut : “Le fils à Peter, Wayne, il vous a vue prendre ma courge, espèce de garce, et je m'en vas vous montrer de quel bois je me chauffe. Rapportez-la ou ça va barder pour vous. J'ai été à la police, mais si ils font rien du tout, alors c'est moi qui vas m'en charger.”

– Ça doit être Harry Perry, déclara Agatha.

– Il vaudrait mieux montrer ça à la police, conseilla Charles.

– Je veux prouver à Wilkes et à Gerald que je suis plus forte qu'eux. Je vais aller trouver Harry, enregistrer ses aveux et les leur porter.

– Génial ! s'écria Jake en étreignant Agatha et en lui plaquant une bise sur la joue.

– Agatha ! Tu n'es même pas payée pour découvrir qui a tué Peta, se récria Charles d'une voix mordante. C'est de la vanité pure et simple. Tu vas juste risquer de te prendre un bon coup de pioche sur la tête au passage. Moi, je rentre chez moi.

– Aïe ! s'exclama Jake. Ça, c'était méchant.

– Il n'est pas comme ça d'habitude. Eh bien, allons réveiller ce brave vieux. J'emporte mon magnéto. »

Sur la route qui menait au logement social, à la sortie du village, Agatha ne cessa de se tourmenter au sujet de Charles. Son départ irrité lui avait laissé un étrange sentiment d'abandon. Elle commença à regretter de ne pas avoir remis au lendemain matin la confrontation avec Harry. Jake, en revanche, bouillonnait d'excitation. Son beau visage rayonnait et ses yeux bleus scintillaient.

« Il est marié ? demanda-t-il.

– Je ne crois pas. Il me semble qu'il est question du décès de sa femme quelque part dans nos notes sur l'enquête… Nous y voilà. Il y a de la lumière au rez-de-chaussée, et j'entends la télévision. Quelle heure est-il ? Une heure du matin ! Ce n'est pas une heure pour déranger les gens !

– Si, si, allons-y ! s'écria Jake. On ne va pas se laisser doubler par la police !

– Mais nous ne savons pas s'il l'a tuée, protesta Agatha.

– Vous voulez laisser faire la police ?

– Non. Bon, d'accord, allons-y. »

Harry Perry vint leur ouvrir. Il était tout habillé, mais arborait une barbe de trois jours et dégageait une forte odeur d'alcool.

« Nous avons retrouvé votre courge », lui dit Agatha.

Harry la regarda, l'air hébété.

« Vous avez retrouvé ma Bertha ?

– Bertha ?

– C'est comme ça que je l'appelle, Bertha la Belle. Faut que j'aille la chercher.

– Elle est entre les mains de la police. Pouvons-nous entrer ?

– Oui, oui, entrez. Oh, ma Bertha ! La reine des courges. »

Ils le suivirent dans un petit salon propret et chaleureux. Harry éteignit la télévision et Agatha alluma un puissant magnétophone miniature. Elle se préparait à entamer un long interrogatoire lorsque Jake attaqua sur un ton enjoué :

« Ça a dû vous rendre fou, qu'elle vous vole cette courge. Vous l'avez assommée ?

– Elle s'est moquée de moi. Elle allait donner ma Bertha à un restaurant chinetoque où on la servirait en rondelles. Et elle était plantée là, à se moquer de moi. C'était tard le soir et y avait plus que nous deux aux potagers. J'ai attrapé ma pelle et je lui en ai collé un coup sur le crâne, j'étais tellement en colère. J'voulais pas la tuer, mais elle était morte, alors j'l'ai enterrée.

– La police va venir vous chercher, Harry, avertit doucement Agatha.

– Eh ben je serai soulagé, fit-il avec un grand soupir. J'ai toujours été un bon chrétien et jamais j'ai fait de mal à une mouche. Mais ce qu'elle avait fait à ma Bertha, c'était cruel.

– Bertha est dans un garde-meuble. Elle n'a pas été découpée. Voulez-vous nous accompagner ? Je pense que la police sera là-bas, et vous pourrez voir votre courge. »

Wilkes pivota brutalement sur lui-même, furieux, lorsque Henry se précipita dans le box pour tomber à genoux devant sa courge.

« Que diable fichez-vous ici avec cet homme ? hurla-t-il.

– Il veut dire adieu à sa courge avant de vous raconter comment il a tué Peta Currie, répliqua Agatha. J'ai enregistré ses aveux. »

Ç'aurait dû être son heure de gloire, mais le visage courroucé de Charles ne cessait de la hanter.

On les interrogea jusqu'au petit jour, puis on les libéra enfin.

« Je peux rester ? quémanda Jake en arrivant devant le cottage d'Agatha. Je suis mort de fatigue…

– Charles est parti, vous pouvez prendre la chambre d'amis. »

Après une caresse à ses chats, Agatha monta se coucher, épuisée. Une aube rouge sang embrasait ses fenêtres. Elle se doucha, se mit au lit… et y trouva Jake.

« Vous vous êtes trompé de chambre ? » fit-elle.

Il l'enlaça, se mit à l'embrasser fougueusement et Agatha plongea dans un océan illuminé de passion.

Quand Toni et Simon se retrouvèrent au bureau dans la matinée, Toni le prévint qu'elle avait reçu un texto d'Agatha.

« Apparemment, elle et Jake ont découvert que Harry Perry était l'assassin de Peta. Je me demande si elle va venir aujourd'hui.

– Notre jeune ami a probablement réussi à s'envoyer en l'air avec elle à l'heure qu'il est.

– Tu divagues. Elle a l'âge d'être sa mère.

– N'empêche qu'elle lui plaît vachement. Ça sautait aux yeux.

– Arrête un peu. »

Agatha se réveilla angoissée, avec le sentiment d'avoir commis une erreur monumentale. La mémoire lui revint brutalement : Jake ! Il n'y avait personne à côté d'elle dans le lit. Comment pouvait-elle s'être comportée aussi stupidement ? Bon sang ! Est-ce que Charles avait pressenti que cela finirait comme cela ?

Elle se leva péniblement, se doucha et s'habilla avant de descendre.

« Le petit jeune a dit qu'il vous verrait au bureau, annonça Doris Simpson en lui tendant une tasse de café.

– Oui, merci… J'ai oublié quelque chose. »

Elle remonta l'escalier quatre à quatre, fonça dans sa chambre, arracha les draps de son lit, redescendit en trombe et les fourra dans la machine à laver.

« J'allais le faire, lui dit Doris.

– Ça ira, fit Agatha en lançant le programme.

– Vous avez oublié la lessive.

– Au diable la lessive ! » hurla Agatha, avant de

se ressaisir : « Excusez-moi, Doris. Je viens juste de faire une énorme boulette.

– Asseyez-vous donc, ma chère Agatha. Qu'est-ce qu'il est mignon, ce petit !

– Ce n'est pas le problème, se lamenta Agatha. C'est un de mes employés. Je ne peux pas supporter l'idée d'avoir un amant que les gens prendront pour mon fils. Je ne peux pas supporter la perspective de vivre dans la hantise des rides.

– Eh bien, il faudra que vous lui parliez sérieusement. Mais il devait vraiment en pincer pour vous. Un beau gars comme ça pourrait avoir toutes les filles qu'il veut. »

On sonna. Doris alla répondre, et revint quelques minutes plus tard en annonçant :

« Les journalistes.

– Il faut que j'aille leur faire une déclaration, soupira Agatha en se levant. J'ai une agence à diriger, et la publicité, ça paie. »

La presse manifestait beaucoup d'intérêt. Un meurtre au village, c'était banal. Mais un meurtre pour les beaux yeux d'une courge nommée Bertha, c'était là une garantie. Agatha s'obligea à mentionner Jake, mais redoutait de le croiser.

Pendant tout le trajet, elle réfléchit à ce qu'elle pourrait lui dire. Mais à son grand soulagement, elle ne trouva personne au bureau, hormis Mrs Freedman, la secrétaire.

« Tous envolés ?

– Oui. Simon cherche un adolescent disparu,

Phil et Patrick sont tous les deux sur des divorces et Toni a emmené le petit Jake au supermarché pour enquêter sur des vols. Il avait l'air au septième ciel, Jake. J'ai l'impression que Toni lui plaît bien. Ils font un couple magnifique. Quand je les regarde, j'aimerais bien redevenir jeune. Pas vous, Agatha ?

– Non, moi, je préfère travailler. Dites-leur que je suis retournée à Harby. Maintenant que nous sommes débarrassés du meurtre de Peta, je vais pouvoir me concentrer sur la mission pour laquelle on nous paye. »

C'était une belle journée ensoleillée. Rubis, or, argent et grenat, les feuilles d'automne qui chatoyaient sur la route semblaient métamorphoser la campagne en un vaste écrin. Mais Agatha Raisin était aveugle à toute cette splendeur. Ce n'était pas d'avoir gardé une âme d'enfant qui la faisait souffrir, c'était sa conscience qui la tarabustait comme une duègne acariâtre : « Comment as-tu pu être assez stupide pour coucher avec ce jeune homme ? Comporte-toi enfin en adulte. Agis comme une femme de ton âge. » C'était un peu comme si elle avait mangé trop de chocolat ou trop bu. Elle espéra que Charles ne l'apprendrait jamais. Puis elle se ressaisit : Charles était un ami et rien de plus. Mais son visage accusateur se présenta de nouveau à son esprit. Elle se força à penser à autre chose. Que devenait donc Gerald Devere ? Il y avait longtemps qu'elle ne l'avait pas vu. Le meurtre de Peta éclairci, l'enquête devrait s'avérer moins compliquée, mais il pouvait toujours y avoir quelque chose du côté des jardiniers, furieux que Bellington laisse construire des maisons sur leurs parcelles. Et cette affaire de diamants dans les pieds de chaise n'avait aucun lien avec Bellington. Mais cela avait valu à Agatha de se retrouver avec Jake sur les bras. Elle se crispa brièvement.

Elle s'engagea dans la grande allée de Harby Hall en saluant d'un geste le gardien, et prit alors conscience qu'elle n'avait aucune raison d'y venir. Elle se gara devant l'entrée principale, arrêta son moteur et s'immobilisa un instant les mains sur le volant. Il y avait un certain temps qu'elle n'avait pas vu son amie Mrs Bloxby. Elle se prit soudain à espérer que son engouement pour Gerald était de l'histoire ancienne. Et à propos d'histoire pas si ancienne, se dit-elle sévèrement, il va falloir que tu te débarrasses de Jake en douceur.

Jake et Toni avaient passé une matinée fructueuse dans un vaste supermarché. La direction avait imputé la baisse des bénéfices aux vols à l'étalage, mais Toni et Jake, déguisés en magasiniers, avaient découvert que cinq employés dérobaient sans vergogne des marchandises en utilisant une des camionnettes du magasin pour emporter le tout. Il s'agissait essentiellement de matériel électroménager : micro-ondes, aspirateurs, postes de télévision, etc. Toni et Jake avaient filmé le trafic. Jake n'en revenait pas de voir les pillards opérer ainsi au grand jour. Le gérant avait appelé la police, qui avait arrêté les coupables, et les deux détectives s'étaient retirés sous une pluie d'éloges.

« Allons boire un verre pour fêter ça, proposa Jake.

– Juste pour cette fois », acquiesça Toni en souriant.

Ils se rendirent au café le plus proche, où Toni commanda une vodka tonic et Jake un demi.

« J'adore ce boulot de détective, proclama joyeusement Jake. Et je t'adore, Toni.

– Ne dis pas de bêtises. »

Jake contempla rêveusement Toni, si belle et si blonde. Il avait pratiquement oublié sa nuit avec Agatha. C'était juste un épisode parmi bien d'autres.

« Si nous sortions en boîte ce soir ?

– J'ai un rendez-vous.

– Avec qui ? Simon ?

– De quoi je me mêle ? »

Agatha descendit de voiture. Tout ce qu'elle pouvait faire, c'était leur parler du meurtre de Peta en scrutant leurs visages et en s'efforçant de déceler leurs émotions, d'aiguillonner et de pousser de-ci de-là jusqu'à ce que quelque chose cède. Andrea, plus renfrognée que jamais, vint lui ouvrir et l'accueillit d'un : « À mon avis, vous ne servez à rien », avant de disparaître. Avec un haussement d'épaules, Agatha remonta le couloir. Il débouchait sur une grande glace, où elle vit se refléter une silhouette svelte, mise en valeur par un tailleur-pantalon de cachemire bleu marine. Elle avait perdu du poids récemment, et le soleil qui tombait d'une haute fenêtre illuminait sa chevelure soyeuse. « Pas mal, dit-elle, pas mal du tout. »

« Qu'est-ce qui n'est pas mal ? » demanda une voix faible et traînante dans son dos. Elle sursauta et pivota sur elle-même :

« Oh, Damian ! J'étais justement en train de penser que la situation allait être plus simple, à présent que le meurtre de Peta est tiré au clair.

– Causons un peu, voulez-vous ? »

Il poussa l'une des nombreuses portes du couloir. La pièce était encombrée de bottes de chasse hors d'âge, de cravaches, de selles et d'un cheval à bascule.

« Je devrais convoquer des décorateurs, constata Damian, et me débarrasser de la moitié de ce bazar. Puisque je ne chasse pas, à quoi bon garder toutes ces vieilleries ?

– Faites estimer tout cela par un bon antiquaire, avant de vous défaire de quoi que ce soit. Ce cheval à bascule vaut certainement une jolie somme.

– Excellent conseil. Trouvez-vous un siège. À propos de jolie somme, vous avancez ou je jette mon argent par les fenêtres ?

– Non, je commence à voir à peu près ce qui s'est passé, mais je ne veux pas vous en parler maintenant car je peux me tromper, et vous pourriez involontairement alerter le coupable.

– Dois-je donner ordre de réunir tout le monde dans la bibliothèque ?

– Pardon ?

– Vous savez bien. Vous nous rassemblez, vous vous accoudez au manteau de la cheminée, vous nous accusez tous à tour de rôle jusqu'au moment où vous montrez quelqu'un et déclarez : "Mais en vérité, c'est vous le coupable !"

– Je voudrais que vous me parliez de Mary Feathers, éluda Agatha avec un rire contraint. Les jardins ouvriers ont l'air de faire ressortir ce qu'il y a de pire chez les gens.

– Ah, la sirène locale. Je la crois lesbienne.

– En d'autres termes, vous avez tenté votre chance avec elle, et vous êtes tombé sur un os.

– Vous avez tout faux. De temps en temps, Mary prend chez elle une gamine d'une institution quelconque. Quelquefois on les voit main dans la main, ce qui heurte les délicates sensibilités de nos villageois.

– Je pourrais lui rendre visite…

– C'est cela, mais dépêchez-vous. Ma patience a des limites. »

Quand Agatha se retrouva devant le cottage de Mary, elle se demanda si Charles était venu lui proposer un rendez-vous galant. Et s'il apprenait qu'elle-même avait passé la nuit avec Jake ? Agatha haussa les épaules. Charles ne s'était jamais engagé à quoi que ce soit. Dans les rares occasions où il avait partagé son lit, il n'avait pas prononcé un seul mot d'amour. Les larmes lui montaient aux yeux lorsqu'elle s'aperçut que la porte s'était ouverte sans bruit devant Mary, qui l'observait.

« Une bonne tasse de thé vous ferait du bien, dit-elle. Venez vous asseoir près du feu. »

Agatha la suivit sans résister. Une belle flambée brûlait dans l'âtre et la pièce embaumait la pomme et la cannelle.

« Installez-vous, je vais chercher le thé. »

Agatha envisagea diverses excuses telles que "j'avais une poussière dans l'œil" puis décida de faire comme s'il ne s'était rien passé.

Mary revint, attira un guéridon près d'Agatha et y posa une tasse de thé.

« Du lait ? Du sucre ?

– Nature », répondit Agatha avec un faible sourire.

Mary prit place dans un fauteuil en face d'elle.

« Vous voulez sans doute savoir si j'ai des ragots à vous rapporter ou si j'ai eu vent de quelque chose. Non, rien d'autre que des spéculations. Et Mrs Bull est si méchante langue que ce qui est étonnant, c'est que personne ne s'en soit pris à elle plus tôt. Elle a propagé la rumeur que je séduisais d'innocentes jeunes filles. Je fais partie du Club des grandes sœurs. Nous soutenons des petites plus ou moins abandonnées, et nous les faisons sortir de leurs institutions de temps en temps. Si j'ai menacé ce vieux crocodile ? Et comment ! Je lui ai dit que si elle ne rectifiait pas ses propos, je lui jetterais un sort. Il y a beaucoup de gens, ici, qui me croient sorcière. Ça va mieux ?

– Oui. Vous me surprenez. Vous étiez loin de vous montrer aussi amicale l'autre fois.

– Désolée. Je suis sujette à des accès de malveillance.

– Pourquoi ?

– Par ennui, essentiellement, fit Mary en bâillant et en s'étirant. Alors je m'amuse à semer la zizanie. J'espérais vous contrarier, en amenant votre Charles à s'intéresser à moi.

– Mais pourquoi ?

– La jalousie, mon petit. Je suis jalouse des femmes qui font carrière.

– Et ça a marché ?

– C'était uniquement pour vous piquer au vif qu'il est revenu en inventant cette histoire de portefeuille oublié. Est-ce que par hasard vous ne vous occupez pas assez de lui à son goût ?

– Il ne se soucie pas réellement de moi, et il s'en souciera encore moins si jamais il découvre ce que j'ai fait.

– Et quoi donc ? Ça ne peut pas être quelque chose de bien grave. »

Bercée par la chaleur du feu et la voix caressante, Agatha confessa à Mary sa nuit avec Jake.

L'atmosphère de la pièce changea brusquement.

Ce fut comme si la température s'était soudain rafraîchie. Agatha fit un effort et se leva.

« Je devrais être en train de faire mon travail au lieu de vous assommer avec mes problèmes, conclut-elle. Merci pour le thé. Si jamais vous apprenez quoi que ce soit, prévenez-moi. »

Sitôt son hôte partie, Mary s'en fut fouiller dans une petite pile de cartes de visite posées sur son bureau, jusqu'à ce qu'elle eût retrouvé celle de Charles Fraith. Son adresse électronique y figurait. Mary alluma son ordinateur et commença à pianoter sur le clavier.

Agatha aurait été folle furieuse de savoir à quel point sa nuit avec Jake avait peu marqué celui-ci. Il faisait partie de ces innombrables jeunes hommes qui estiment que les femmes mûres devraient les remercier de leur avoir offert une partie de jambes en l'air sans lendemain. Toute son attention était concentrée sur Toni. Ça, c'était de l'amour.

Mais en fin d'après-midi, Charles entra dans le bureau.

« Agatha est dans les parages ? demanda-t-il.

– Elle doit revenir plus tard, répondit Toni. Nous terminons à l'instant.

– Ça te dirait de prendre un pot, Toni ? proposa alors Jake sous le regard furibond de Simon.

– Vous ne devriez pas plutôt attendre Agatha, Jake ? insinua Charles d'une voix doucereuse.

– Pas la peine. J'ai fini de taper mon rapport. Elle sera contente, j'ai bien travaillé aujourd'hui.

– Tout comme la nuit dernière, dans son lit, à ce que j'ai cru comprendre », susurra Charles.

Toni parut atterrée, tandis que Jake devenait cramoisi.

« Nous avions trop bu tous les deux et… et…

– Dites-lui que je l'appellerai », lança Charles en repartant.

« Agatha n'est pas aussi coriace qu'elle en a l'air, déclara Toni à Jake au bout d'un instant. À mon avis, tu devrais lui offrir des fleurs ou quelque chose de ce genre.

– Mais Toni, c'était juste un accident de parcours, gémit Jake.

– Viens, Simon. Allons au pub. »

Agatha regagna l'agence à huit heures du soir. Elle fut surprise d'apercevoir de la lumière et plus encore de trouver Jake à son bureau, la tête entre les mains. Elle s'immobilisa sur le seuil. Jake était vraiment très beau.

« Vous m'attendiez ?

– Oui. J'ai tout gâché et Toni ne veut plus me voir, répondit Jake amèrement. Et Charles est un salaud. »

Agatha alla lentement s'asseoir. Elle avait une fois de plus renoncé au tabac le jour même, mais elle se mit à fouiller dans son sac à la recherche d'un paquet de Benson et de son briquet. Elle alluma une cigarette et, les yeux rivés sur le mince filet de fumée qui montait vers les néons, elle demanda calmement :

« Qu'est-ce que Charles vient faire là-dedans ?

– Vous n'auriez pas dû lui dire que nous avions passé la nuit ensemble !

– Mais je ne lui ai rien dit ! Je suis retournée à ce satané village sans aboutir à quoi que ce soit. Qui donc a pu vendre la mèche ?

– En tout cas, il avait l'air au courant. Oh, quel foutu gâchis ! »

Et voilà la conclusion d'une nuit d'amour, songea Agatha, désenchantée. "Quel foutu gâchis", c'est le cas de le dire !

Agatha toisa Jake.

« Réfléchissez deux minutes, jeune homme. Je ne suis pas de marbre. Je ne suis pas votre nounou, ni une figure maternelle. Et vous, vous êtes là, à vous lamenter d'avoir compromis vos chances avec Toni ?

– Mais ce n'est pas pareil. Vous êtes une femme expérimentée.

– Oh, n'en rajoutez pas, ça suffira pour aujourd'hui. Des messages ?

– Oui, un de l'antenne de la BBC à Gloucester. Ils consacrent une semaine aux femmes qui ont choisi des professions masculines. Leur entrepreneuse en maçonnerie leur a fait faux bond et ils se demandent si vous pourriez vous rendre à leur studio demain à onze heures.

– Téléphonez-leur demain matin et dites-leur

que je ne peux pas. Non, faites-le tout de suite. Ils sont vraiment sympas, mais je ne me sens pas d'attaque. »

Jake tendit la main vers le téléphone.

« Et puis non, somme toute ! s'exclama Agatha. J'ai une idée, après tout je vais y aller. Et maintenant, je vais me coucher… et toute seule, ce soir comme à l'avenir. Tâchez donc de développer un minimum d'empathie et d'humanité. Ça aide dans notre métier. »

En tournant dans Lilac Lane et en se garant devant chez elle, Agatha inspecta les alentours avec une certaine nervosité. La voiture de Charles n'était pas là. Qu'est-ce que cela peut me faire ? se sermonna-t-elle. Mais elle remit son moteur en route et se rendit au presbytère.

« Est-ce que c'est une heure indue pour bavarder un peu ? demanda-t-elle à Mrs Bloxby qui lui ouvrait la porte.

– Pas du tout, Alf est à Anscombe et rentrera tard. Entrez. »

À la lumière tamisée du salon, Agatha examina son amie. Ses cheveux étaient toujours d'un beau châtain, mais elle portait une de ses vieilles jupes informes et un chemisier. Agatha se laissa tomber sur le vieux sofa, appuya la tête contre les coussins de plume, contempla rêveusement les flammes du feu de bois dans la cheminée et se sentit en paix.

« J'ai fait une belle connerie, dit-elle.

– Un sherry ?

– Volontiers. »

Agatha attendit d'avoir son verre en main.

« Cette histoire avait l'air tellement terrible, tellement honteuse… et voilà que tout d'un coup, ça ne me paraît plus si grave. Figurez-vous que j'ai passé la nuit d'hier avec le jeune Jake. Nous avions trop bu tous les deux et ça s'est trouvé comme ça. Jake considère que ce n'est qu'un dérapage après une soirée bien arrosée, et il est amoureux de Toni. Mais Charles a tout appris. J'ai abordé le sujet de front avec Jake au bureau et il s'est plaint qu'il n'avait plus aucune chance désormais d'arriver à ses fins avec Toni. Et me voilà dans le rôle de l'affreuse vieille cougar.

– Bien des femmes vous envieraient. Un beau garçon comme Jake n'a que l'embarras du choix.

– Mais en quoi cela regarde-t-il Charles ? Franchement, Sarah, je ne comprends pas ce que ce type a en tête.

– Vous m'avez appelée Sarah !

– Pas trop tôt. C'était amusant à l'époque de la Société des Dames. J'ai toujours voulu être une dame. Donc Mrs Ceci et Mrs Cela, ça paraissait parfait.

– On ressent inévitablement une certaine possessivité envers ses amis. Tenez, vous, par exemple, vous n'éprouvez plus rien pour votre ex-mari, mais vous êtes quand même jalouse s'il joue les chevaliers servants auprès d'une autre femme.

– Comment se fait-il que les hommes puissent

passer d'un lit à l'autre en toute désinvolture, sans l'ombre d'un remords, tandis que nous, les femmes, cela nous donne l'impression d'être salies ?

– C'est ce qu'on appelle la féminité.

– Oh, toutes ces salades-là ! Ça a disparu avec l'avènement de la pilule contraceptive ! Maintenant, ça se réduit à “couche avec moi, ou tu paies ta note au restau”.

– Peut-être ne sommes-nous pas suffisamment terre à terre, réfléchit Mrs Bloxby. Nombreuses sont celles qui, au village, considéreraient une nuit avec Jake comme une délicieuse petite fredaine. Elles ne resteraient pas à se morfondre en proie à la plus noire culpabilité. Peut-être est-ce une partie du prix à payer pour être une vraie dame.

– Une vraie dame ! Moi ! Ah, ça, j'adore ! » s'esclaffa Agatha.

Mais lorsqu'elle arriva chez elle, elle trouva Jake sur le seuil.

« Entrons », murmura-t-il en la saisissant par la taille.

Agatha recula brutalement et le foudroya du regard à la lueur de la lampe fixée au-dessus de la porte :

« Fichez le camp, espèce de crétin lubrique, tonna-t-elle. Et à l'avenir, rappelez-vous que je suis votre chef et une dame, pas une vulgaire bassinoire. Déguerpissez ! »

L'air terrorisé, Jake bondit dans sa voiture.

« Aaah ! ça fait du bien, déclara Agatha à ses

chats en les caressant, assise sur le carrelage de la cuisine. Le sexe et les cigarettes, j'arrête. »

Quel étrange automne, songeait Agatha en roulant vers Gloucester le lendemain matin. Les feuilles changeaient de teinte, non comme sous le pinceau d'un peintre, mais comme si un enfant, armé de crayons de cire, s'était dit : « Celle-là, je vais la colorier en jaune, et celle-ci en orange et puis la suivante encore en jaune, et celle d'après, peut-être en rouge. »

Sur le parking de la BBC de Gloucester, ce fut le cauchemar habituel pour trouver une place. Agatha parvint à se garer, non sans endommager au passage le rétroviseur d'une antique Ford. Elle passa à l'accueil pour le signaler et laisser les coordonnées de son assureur à l'intention du propriétaire.

« C'est une très vieille voiture, observa la réceptionniste. Attendez une minute. »

Elle disparut et revint un instant plus tard.

« Voilà, c'est réglé. Il a suffi de le redresser. »

Les antennes provinciales de la BBC ont toujours quelque chose de sympathique et de chaleureux, se dit Agatha. Elles jouent un tel rôle auprès des communautés locales. Heureusement qu'on pouvait compter dessus, quand un énième thriller pseudo-scandinave envahissait le petit écran en vous faisant regretter de payer la redevance. Et pourquoi fallait-il invariablement que les détectives des séries soient rongés de problèmes psychologiques et d'angoisses ? Vive Columbo ! Pas de vie privée. Aucun risque de voir débouler Mrs Columbo.

« Mrs Raisin ? Par ici, s'il vous plaît. »

Agatha traversa le studio pour rejoindre Claire Carter, qui devait diriger l'entretien.

Nancy Sinatra braillait *These boots are made for walking* quand Agatha prit place au micro en face de Claire.

« Je vais vous demander, avertit la journaliste en coupant un instant le son, si le fait d'être une femme dans une profession traditionnellement masculine est un inconvénient ou un avantage. Vous êtes déjà venue, Agatha, donc vous savez comment ça se passe. »

Claire était une présentatrice pleine d'expérience et de doigté, un de ces oiseaux rares qui savent mettre leurs interlocuteurs à l'aise et en valeur. Agatha expliqua que l'intuition féminine était pour elle un outil précieux, puisqu'elle ne bénéficiait ni des rapports d'autopsie ni des analyses ADN ou autres expertises médico-légales.

« Donc il s'agit d'observer et de deviner », conclut-elle.

Claire interrompit l'entretien pour faire un point sur la circulation puis passer un deuxième disque. Agatha en profita pour solliciter l'autorisation de lancer un appel au public à propos de l'assassinat de lord Bellington. Claire l'y encouragea chaudement et annonça, en reprenant le micro : « Agatha va vous demander votre aide à vous tous qui nous écoutez. Allez-y, Agatha. »

Agatha exposa succinctement toutes les informations dont elle disposait sur le crime.

« Il y a quelqu'un qui sait, conclut-elle. Je le sens. L'un d'entre vous connaît le meurtrier, et s'il ne se manifeste pas, je crains que l'assassin ne frappe à nouveau. Le coupable, homme ou femme, est sans pitié. La pauvre Mrs Bull, précipitée au fond d'un puits, a frôlé la mort. Si vous détenez le moindre renseignement, aussi mince soit-il, appelez un de ces numéros. »

Elle indiqua les trois numéros de son bureau, ainsi que son adresse de messagerie.

« Songez-y bien, insista-t-elle. Si un nouveau meurtre est commis et que vous n'avez rien fait pour l'arrêter, alors que vous saviez, vous devrez assumer une part de responsabilité ! »

Tout en manœuvrant pour quitter le parking, Agatha commença à se tourmenter. Pourvu que cela touche quelqu'un, pensa-t-elle. Oh, et puis je n'ai vraiment pas envie d'aller au bureau pour y tomber sur Jake et sa libido galopante. Pourquoi est-ce que je fais tant la dégoûtée ? Un tas de femmes de mon âge seraient tout émoustillées. Il n'y a qu'à voir ces pauvres frustrées qui lisent *Cinquante nuances de Grey* ! C'est peut-être vieux jeu et dépassé, mais je rêve d'un peu de romantisme. Et quelle femme n'en rêve pas ? Sinon, à quoi rimeraient tous ces poèmes, toutes ces complaintes, ces aspirations à l'amour ? Je ne suis sûrement pas la seule.

Elle entendit soudain la sonnerie de son téléphone, activa le dispositif mains libres et répondit :

« Oui ?

– Ici Nigel Farraday. J'ai besoin de vous voir. J'ai peut-être quelque chose pour vous.

– Vous avez encore perdu votre portefeuille ? Je suis assez occupée.

– Non ! Écoutez, c'est important. Ne venez pas chez moi. Vous connaissez le Green Man à Ossbury ?

– Non, mais je trouverai. Je suis à Gloucester. Est-ce qu'Ossbury est près de chez vous ?

– Traversez Chipping Norton, continuez comme pour Oxford, tournez dans Glympton Road et le pub est à quelques centaines de mètres sur votre gauche.

– D'accord. Donnez-moi environ une heure », acquiesça Agatha avant de raccrocher et d'appeler Toni pour lui dire où elle allait.

Le jour s'assombrissait et des gouttes de pluie commençaient à étoiler le pare-brise. Le vent se leva. Des essaims de feuilles multicolores tourbillonnèrent autour de la voiture. Agatha se sentit soudain affamée. Elle pouvait bien se permettre quelques minutes de retard. Elle s'arrêta à la supérette d'une station-service, acheta un sandwich aux œufs durs et deux canettes de Red Bull, mais se reprocha aussitôt de ne pas avoir choisi plutôt un jus de fruits sain.

« Depuis quelque temps, déclara-t-elle à son pare-brise, sur le parking, ma vie ressemble à un perpétuel exercice d'autoflagellation. Au diable la mauvaise conscience ! »

Elle ouvrit l'une des canettes et la vida d'un trait. Quand elle eut terminé son en-cas, elle inspecta son visage. Elle savait que les sandwichs aux œufs vous jouent facilement de sales tours en vous décorant le pourtour de la bouche de fragments de jaune sans qu'on s'en doute. Et ça, était-ce une ride ?

« J'ai cinquante-trois ans, c'est tout, dit-elle au miroir. De nos jours, c'est comme avoir quarante ans. »

Un homme toqua à la vitre et Agatha l'abaissa.

« Désolé de vous déranger, lui dit-il, mais ma femme et moi ne sommes pas d'accord. Elle prétend que vous parlez toute seule, et moi, je soutiens que vous téléphonez avec le système mains libres. Qui a raison ? »

Agatha le dévisagea avec stupéfaction.

« Il fait froid et il pleut, rétorqua-t-elle. Vous n'avez rien de mieux à faire ? »

Elle remonta sa glace et démarra.

9

Jake était d'humeur maussade. À la réunion du matin au bureau, tous l'avaient traité comme un paria. Il s'était ragaillardi en apprenant qu'il accompagnerait Toni. Celle-ci lui avait demandé de faire croire à Charles, s'il revenait, qu'ils avaient simplement voulu rire à ses dépens et que jamais Jake n'avait couché avec Agatha. Sur le point de partir avec la jeune fille, il reçut un appel de la police, qui l'obligeait à se présenter à Scotland Yard à quatorze heures pour y être interrogé sur le meurtre de Toby Cross. Au moment où il s'excusait et quittait l'agence, il surprit un échange de coups d'œil soulagés. Il s'arrêta dans l'escalier, le temps d'entendre Simon dire : « Si seulement la police pouvait découvrir qu'il a tué Toby et nous débarrasser de ce sale petit obsédé une bonne fois pour toutes ! »

On croirait que j'ai couché avec Miss Marple, rumina Jake, furieux, au lieu d'une femme séduisante d'à peine… quoi ? Cinquante ans ? Il fallait qu'il trouve un moyen de redresser la situation. Il ne s'agissait pas seulement de Toni. Le travail lui plaisait énormément et il avait l'impression qu'il pourrait y réussir. Son visage s'éclaira : peut-être que s'il se montrait très coopératif avec les policiers, ils lui glisseraient un ou deux tuyaux sur l'affaire Bellington.

Nigel Farraday attendait Agatha en se demandant quels bobards il pourrait lui faire avaler. Il brûlait de se venger. Le coup de téléphone qu'elle avait passé à la police avait conduit à son arrestation, assortie d'un retrait de permis d'un mois.

« Tu devrais oublier cette histoire, lui avait conseillé sa femme. Je pars donner un coup de main à la vente de charité de Harby. Ça m'assomme, mais j'ai des trucs dont je veux me débarrasser et les vieilles chouettes du village achètent tout et n'importe quoi.

– Donne-moi plutôt des idées ! Qu'est-ce que je vais bien pouvoir lui faire gober pour l'envoyer droit sur une fausse piste ? Et je veux la faire boire au-delà du taux limite. À mon tour de la dénoncer, et on verra si elle trouve ça drôle. Un de mes copains flics du commissariat de Mircester m'a dit qu'un pote à lui l'a aperçue dans la cabine téléphonique quand j'ai repris la voiture ce soir-là.

– Tout le monde va se demander pourquoi tu n'as pas ouvert la kermesse cette année. Damian a refusé, si bien qu'ils se retrouvent avec lady Bellington, qu'ils ne peuvent pas voir en peinture.

– Eh bien, raconte-leur que je sais qui a assassiné Bellington et que je me suis rendu dans le plus grand secret à un rendez-vous avec Agatha au Green Man, sur la route de Glympton, pour le lui révéler. Autant exciter un peu tous ces péquenauds. Et peut-être que quelqu'un me fera le plaisir de la liquider.

– Que de temps perdu pour une petite vengeance minable, s'irrita sa femme. Oh, ces hommes ! De vrais gamins ! »

Agatha n'arrivait pas à trouver le Green Man et commençait à soupçonner Nigel de lui avoir joué un mauvais tour. Après avoir frappé à plusieurs portes, elle tomba sur un vieillard qui l'informa que le café avait été rebaptisé quelques années auparavant The Hen and Basket. Enfin parvenue à destination, elle se gara devant l'établissement, mais éprouva une brusque réticence à rejoindre Nigel. Elle quitta sa voiture sans aucun empressement. Sur le parking le vent faisait grincer deux des branches d'un grand arbre l'une contre l'autre, avec un son sépulcral qui évoquait irrésistiblement la lente ouverture de la porte du château de Dracula.

Elle se dirigea vers un panneau qui indiquait « LOUNGE BAR », descendit quelques marches et franchit le seuil. Le pub avait gardé son décor à l'ancienne, avec un bon feu de bois et des banquettes à haut dossier, qui formaient des box autour des tables. Elle se prit soudain à penser à Charles. Elle avait presque l'impression qu'il était debout à côté d'elle. Elle écarta cette idée et passa en revue les différentes tables. Quatre hommes occupaient l'une d'entre elles, un couple d'un certain âge était assis à une autre, et c'était là toute la clientèle.

« J'avais rendez-vous ici avec un certain Mr Farraday. Je m'appelle Agatha Raisin. Personne ne m'a réclamée ? demanda-t-elle au patron, qui tenait le bar.

– Non, personne de ce nom.

– Donnez-moi un gin tonic.

– Je suis désolé, nous n'avons pas de glace, notre congélateur est en panne, mais le tonic sort du réfrigérateur.

– C'est parfait. »

Agatha emporta son verre et s'installa près du feu. Dehors, le vent forcissait. Des faines de hêtres, balayées par une rafale, cinglèrent soudain la vitre. Agatha tressaillit. Elle jeta un coup d'œil à sa montre. Il ne lui avait fallu qu'un peu plus d'une heure pour venir de Gloucester. La banquette, très ancienne, était aussi très dure. Peut-être provenait-elle d'une église : les pécheurs, le dimanche, n'étaient pas censés s'y reposer confortablement. Comme s'il lisait dans ses pensées, le barman lui apporta un coussin.

« J'ai oublié de vous le donner. Les habitués m'en réclament toujours un. Un autre gin ? »

Agatha en avait fort envie, mais elle se demanda tout à coup si ce n'était pas le but du jeu. Peut-être Nigel comptait-il la rejoindre quand elle aurait dépassé la limite afin de la signaler à la police ?

« Un café noir, plutôt.

– Voulez-vous déjeuner ? Nous avons de la tourte à l'agneau et aux poireaux, et ça part très vite.

– Mettez-m'en une part de côté. »

Agatha commençait à se détendre. Elle se pencha sur le problème de Jake. Après tout, Charles n'avait aucune preuve. Elle allait prendre Jake entre quatre-z-yeux, et leur dire à tous que ce n'était qu'une plaisanterie, du genre « si vous aviez vu vos têtes » et tout le discours habituel. Mais ce n'est vraiment pas juste, maugréa-t-elle intérieurement. Quand un type de mon âge couche avec une petite jeune, tout le monde l'envie. Dans le cas contraire, une femme fait figure de chienne en chaleur. Et l'émancipation des femmes, alors ? Encore une de ces belles idées, comme l'Union européenne, qui ne cesse de se déliter par tous les bouts.

Et ce fichu bonhomme, que fabriquait-il donc ? Elle appela Toni pour lui indiquer où elle se trouvait, et lui communiqua le nouveau nom du pub. Elle fut soulagée d'apprendre par Toni qu'ils avaient tous conclu qu'elle n'avait pas passé la nuit avec Jake et qu'ils le diraient à Charles.

Charles, quant à lui, était à Mircester quand il

entendit sur la BBC l'émission d'Agatha. Il se rendit à l'agence, où Toni lui apprit qu'Agatha attendait Farraday dans un pub de Glympton, The Hen and Basket.

« Excusez-nous, ajouta-t-elle gauchement. Nous n'aurions pas dû vous laisser croire que Jake avait passé la nuit avec Agatha. Ce n'était pas vrai.

– Mieux vaut que j'aille faire un tour à ce pub, déclara Charles après avoir scruté un instant le visage de la jeune fille. Dieu sait ce qu'elle a encore mis en branle. La route de Glympton n'est qu'à une demi-heure d'ici. »

Nigel Farraday n'ignorait pas qu'il était en retard. Un de ses pneus avait crevé et, faute de savoir le changer, il avait dû attendre une dépanneuse. Il appela Agatha pour la prier de patienter encore. Et avec un peu de chance, avec un petit coup de trop dans le nez maintenant, songea-t-il en ricanant.

Il fut très contrarié de découvrir que le pub avait changé de nom. Il avait bien connu l'ancien propriétaire du Green Man, qui, moyennant une bonne gratification, se serait fait un plaisir de servir à Agatha des boissons très corsées. Comme la plupart des gens un peu trop portés sur la bouteille, Nigel se figurait qu'Agatha aurait autant de mal que lui à s'arrêter une fois qu'elle aurait commencé. Il se gara sur le parking et descendit. Ce fut alors qu'il aperçut un visage familier.

« Que diable faites-vous ici ? s'exclama-t-il.
– Remontez en voiture. J'ai quelque chose à vous dire. Ça ne prendra pas plus d'une minute. »

Avec un froncement de sourcils, Charles repéra la grosse Bentley noire sitôt qu'il pénétra dans le parc de stationnement. Farraday avait dû arriver à l'instant, il était encore assis derrière son volant.

Une violente bourrasque fit tourbillonner dans les airs un nuage de feuilles multicolores. L'arbre aux branches torturées émit un gémissement d'outre-tombe. Charles, en gagnant l'entrée du pub, jeta soudain un regard en arrière. Farraday ne s'était tout de même pas endormi ? Il alla frapper à la vitre du conducteur. Nigel, les yeux fermés, reposait contre le dossier. D'un geste impatient, Charles ouvrit brusquement la portière. Un corps sans vie s'effondra à ses pieds.

Les forces de l'ordre, déclara Charles plus tard, sont pareilles aux meules divines, qui, d'après Euripide, tournent lentement et produisent une mouture extrêmement fine. Et Agatha, qui détestait les citations littéraires avec toute l'ardeur des gens peu éduqués, lui ordonna de cesser ses divagations. Ils étaient assis côte à côte dans la salle d'attente du commissariat central de Mircester, après avoir subi d'interminables interrogatoires préliminaires à Chipping Norton.

« Je voudrais bien qu'ils découvrent comment il

a été tué, gémit Agatha. Cela fait des heures qu'ils gardent sa femme.

– Ils ont horreur de nous donner des informations, remarqua Charles sombrement. Les journalistes se sont massés sur le parking. Je me demande si l'un d'eux a pu s'entretenir avec sa femme. Après tout, personne ne nous a défendu de leur parler. Écoute, je vais me faufiler dehors. Tu prétendras que je suis aux toilettes. »

« Ils ne savent rien de rien, annonça-t-il en rentrant au bout de dix minutes. Il faudra que tu demandes à Patrick s'il peut glaner quelques tuyaux après l'autopsie. »

Agatha ne supportait plus l'humeur noire de Charles.

« Tu m'as accusée d'avoir passé la nuit avec Jake, lança-t-elle soudain. Ce n'est pas vrai !

– Si tu le dis. Ça n'est pas mon affaire.

– Dans ce cas, pourquoi t'es-tu pointé au bureau pour me le reprocher ?

– Écoute, Aggie, regardons les choses en face : il y a toujours eu un peu plus que de l'amitié entre nous, n'est-ce pas ?

– Oui, murmura Agatha, le souffle court.

– Vois-tu, poursuivit-il avec un petit rire gêné, le plus drôle, c'est que je fréquente depuis quelque temps quelqu'un dont je suis terriblement amoureux et du coup, je me sens déloyal envers toi. C'est fou, non ?

– Complètement. Changeons de sujet.

– Alors, ça ne t'ennuie pas ?

– Pourquoi cela m'ennuierait-il ? Tu as eu des amourettes ces dernières années et moi aussi. »

Mais Agatha avait l'impression d'avoir subi une brutale descente dans un ascenseur trop rapide. Pour Jake, elle ne représentait rien de plus que quelques galipettes en passant ; pour Charles, une compagne de lit occasionnelle. Personne ne tenait véritablement à elle. La gorge serrée, elle fut prise d'un accès de tristesse et elle eut peur de ne pas pouvoir retenir ses larmes. Elle accueillit avec soulagement l'arrivée de Bill Wong.

« Vous pouvez y aller, leur annonça-t-il, mais il y aura sans doute de nouveaux interrogatoires prochainement. Et Wilkes vous défend de parler à la presse. Je dois vous faire sortir par-derrière.

– Mais nos voitures sont devant, sur le parking, protesta Charles.

– Donnez-moi vos clés et je vais vous les faire amener par deux agents. »

Ils lui remirent leurs clés de mauvaise grâce. Patrick pénétra dans la pièce juste au moment où Bill la quittait.

« Retrouvez-moi au Jolly Farmer de l'autre côté de la place, leur glissa-t-il. Il y a du neuf. »

Bill aurait bien dû se douter que les journalistes suivraient tout simplement les voitures derrière le commissariat. Agatha tint donc une conférence de presse sous le regard furibond de Wilkes, posté à une fenêtre de l'étage. Quand Agatha eut fini, ils semèrent leur auditoire en rentrant dans le commissariat, qu'ils retraversèrent au pas de course, avant de gagner le Jolly Farmer par de petites rues. Patrick les attendait, en tête à tête avec une pinte de bière. Il aura toujours l'air d'un flic, songea Agatha, et pourtant cela fait un moment qu'il travaille comme détective. De son visage aux pores dilatés jusqu'à ses chaussettes sombres et ses chaussures noires admirablement cirées, tout en lui trahissait l'ex-policier.

« Alors, qu'avez-vous appris ? demanda vivement Agatha, sitôt qu'ils furent attablés devant leurs consommations.

– Ce que j'ai appris, c'est la raison pour laquelle il a été tué. Il avait l'intention de vous rejoindre au pub à Glympton, de vous pousser à boire et ensuite de vous faire arrêter pour conduite en état d'ébriété.

– C'est bizarre, cette formule "boire ou conduire", commenta Agatha. Ça devrait être "boire de l'alcool ou conduire". J'aurais très bien pu prendre une limonade, par exemple, et…

– Oh, ferme-la une minute, Agatha, coupa Charles. Qu'avez-vous découvert, Patrick ?

– Sa femme était invitée à ouvrir la vente de charité à Harby. Elle n'a pas dit qu'il était allé à Ossbury pour essayer de vous faire arrêter, Agatha. Elle a raconté à tout le monde qu'il était parti vous révéler le nom du meurtrier. Il avait dit à sa femme que ça exciterait un peu tous ces manants. C'est curieux, plus les gens sont bas dans l'échelle sociale, plus ils sont snobs, conclut vertueusement Patrick.

– La police s'est donc trompée en imputant sa mort à une crise cardiaque, constata Agatha. Qui assistait à la vente de charité ?

– Tout le village de Harby et une bonne partie des gens du château. »

Agatha étouffa un bâillement.

« Je suis fatiguée. Je rentre chez moi réfléchir à tout ça. »

Quand Charles et Agatha eurent rejoint leurs véhicules respectifs, Charles se retourna et la serra quelques secondes dans ses bras. Immobile à côté de sa voiture, Agatha le regarda démarrer et s'éloigner en se demandant pourquoi elle se sentait tellement esseulée, et brûla soudain d'envie de voir la femme qui avait ensorcelé Charles. Elle décida de prendre un jour de congé le lendemain pour tenter de l'apercevoir.

Jake l'attendait sur le seuil de sa porte.

« Oh, pour l'amour du ciel, espèce d'obsédé..., s'écria-t-elle.

– Ce n'est pas ce que vous croyez, l'interrompit-il. J'ai passé la majeure partie de la journée à Scotland Yard.

– L'affaire des diamants ?

– Oui.

– Entrez, mais essayez d'être rapide. Je suis fatiguée. »

Une fois Jake installé devant la table de la cuisine, il expliqua :

« C'est top secret. L'ambassade de Malimbie a sorti un assassin de sa manche, mais prétend l'avoir transféré en Malimbie pour le faire juger par les tribunaux locaux.

– La police britannique ne va sûrement pas permettre ça ?

– Les Malimbiens disent que Toby se servait de leurs meubles pour convoyer les diamants au contrebandier de l'ambassade.

– Je ne pige toujours pas.

– On a trouvé du pétrole en Malimbie.

– Je commence à comprendre. Mais pourquoi vous ont-ils convoqué ?

– Ça n'a rien de flatteur. Nous sommes tous tenus au secret, mais vu mon âge et la réputation que mon père m'a faite, ils me considèrent comme un individu complètement irresponsable, et ils m'ont menacé des pires représailles si jamais j'ouvrais la bouche.

– Bon, merci de m'avoir mise au courant. J'ai passé une journée épouvantable. »

Elle lui narra les derniers développements.

« Mais ça va aller, n'est-ce pas ? s'inquiéta Jake.

– Je survivrai, assura Agatha avec un haussement d'épaules. Il y a un détail d'importance : j'ai dit à Charles qu'il ne s'était rien passé entre nous, tout le monde pense qu'il ne s'est rien passé, donc maintenant, l'épisode est clos.

– Parce que je ne suis qu'un épisode ?

– Oui, et j'y ai mis le point final. Et maintenant, ouste. »

« Quelle excuse invoquer pour m'offrir un jour de congé ? » soliloqua Agatha après le départ du jeune homme, assise à même le sol, en caressant la fourrure soyeuse de ses deux chats qui s'étaient lovés sur ses genoux. « L'ennui, c'est que si je raconte que j'ai un rhume, je suis sûre d'en attraper un. La poisse habituelle. Oh, je n'ai qu'à dire tout simplement que je veux prendre ma journée. Pas besoin de prétexte. »

Quand vint le matin, Agatha commençait à penser qu'espionner Charles manquait franchement d'élégance, mais la curiosité l'emporta. Toute la difficulté était de procéder sans se faire repérer par un tiers. En ville, on pouvait filer autrui sans attirer l'attention, mais à la campagne, où la circulation était beaucoup moins dense, on n'était que trop visible.

L'entrée de sa propriété se trouvait à l'embranchement de deux routes, dont l'une menait vers l'est et l'autre vers l'ouest. De la fumée montait de la cheminée de la maison du gardien. Agatha se souvint que Charles n'avait pas de gardien, mais louait le pavillon à un couple. Elle se sentit trop exposée, et poursuivit son chemin. Quand elle se fut suffisamment éloignée, elle se rangea sur le bas-côté et composa le numéro de Charles. Par chance, ce fut lui qui répondit : d'ordinaire, il laissait ce soin à Gustav, son valet.

« Je vais faire quelques courses à Stratford vers midi, annonça-t-elle. Ça te dirait de déjeuner avec moi ?

– En fait, j'ai rendez-vous avec Olivia, tu sais, la fille dont je suis fou. Nous serons au Golden Gander à une heure. Tu pourrais nous y rejoindre.

– Oui, parfait, merci », acquiesça Agatha d'un ton morne. Jamais encore Charles ne lui avait paru si animé ou si heureux. Mais à quoi diable joues-tu ? fulmina la petite voix intérieure. Il n'est pas à toi et ne l'a jamais été. Agatha ne voulait pas reconnaître que, tout au fond d'elle-même, elle caressait le rêve de finir sa vie aux côtés de Charles.

Son téléphone sonna. C'était de nouveau Charles.

« James est rentré, lui dit-il, alors je l'ai invité aussi. Comme ça, Olivia fera connaissance avec mes deux plus vieux amis. À tout à l'heure. »

Je ne savais même pas que James était de retour, songea Agatha. Quand je pense à l'époque où je languissais et me consumais de désir pour lui… Il me laisse de marbre à présent. Je ne ressens pas le moindre frisson érotique. Elle consulta sa montre. Il n'était encore que dix heures. Elle avait le temps de fourbir ses armes pour la bataille.

Agatha arriva au restaurant maquillée par la meilleure esthéticienne de la ville. Fraîchement lavée, sa chevelure brillait. Elle portait un long manteau de fausse fourrure écarlate sur un tailleur-pantalon de cachemire vert foncé et des bottes de daim noir à talons hauts.

James et Charles, déjà installés, se levèrent tous les deux pour l'accueillir.

« Tu es resplendissante, Agatha, complimenta James en lui faisant la bise. Alors, est-ce que les ragots du village disent vrai, tu as été séduite par un jeune Adonis ?

– J'aimerais bien. Charles, où est la belle Olivia ?

– En retard comme d'habitude, je pense. Ah, la voilà. »

Les deux hommes se levèrent. Charles avança une chaise pour Olivia qui prit place en face d'Agatha. La jeune fille était abasourdie. Elle s'était toujours figuré Agatha, en écoutant les récits de Charles, comme une femme boulotte au visage dur. Elle ne s'était nullement attendue à cette créature brillante et sophistiquée.

Olivia avait vingt-huit ans. Elle avait fait ses débuts lors de la dernière saison mondaine, ce qui lui avait beaucoup plu. Ses parents avaient déboursé près de cent vingt mille livres pour cela. Naturellement, il ne s'agissait plus d'y trouver un mari. Travailler était bien vu. Les œuvres caritatives extrêmement prisées. Elle avait fait du secrétariat pour un magazine de mode, mais avait démissionné la semaine précédente, parce que la rédactrice en chef s'était permis de lui crier dessus. Olivia ne considérait peut-être pas la saison mondaine comme une chasse au mari, mais ce n'était nullement l'avis de ses parents, Jeremy et Beverley Huntington, des gens vieux jeu qui se plaignaient déjà de ne pas avoir de petits-enfants. Charles était un don du ciel. Certes, il avait la quarantaine bien sonnée, mais il possédait un domaine florissant. Quant aux Huntington, ils étaient extrêmement riches et ils avaient fait fortune dans le commerce du thé, ce qui était tout à fait convenable, le négoce du thé et de la bière ayant toujours été de bon ton. Le grand regret de Jeremy Huntington était que son grand-père n'eût pas jugé utile de graisser la patte de Lloyd Georges, le Premier ministre de l'époque, pour se faire anoblir. Mais Olivia, une fois les noces célébrées, serait lady Fraith, ce qui lui mettait du baume au cœur.

Malheureusement Olivia était enrhumée. Elle avait le nez rouge et elle était engoncée dans un gros pull irlandais à torsades, qu'elle portait avec un jean et des bottillons plats. Son visage était encadré de longs cheveux raides décolorés en blond dont elle rejetait parfois une partie dans son dos d'un brusque mouvement de tête, ce qui contraignit James à se garer précipitamment. Elle prononçait tous les mots à l'identique, avec une nonchalance affectée, d'une voix haut perchée et traînante. Naguère, Agatha se serait sentie intimidée et aurait redouté que son taudis originel de

Birmingham ne transparaisse sous son vernis d'élégance. Pourtant, cette fois-ci, elle n'éprouva qu'une soudaine tristesse. Elle voyait bien que Charles n'était attiré que par la fortune d'Olivia, et rien d'autre. Elle avait oublié que Charles était cupide et vouait un profond attachement à sa demeure ainsi qu'à ses terres. Cela l'avait souvent intriguée, car après tout son affreux castel victorien pouvait difficilement passer pour un joyau du patrimoine national.

Agatha avait prévu de rivaliser avec Olivia, de discourir, de fanfaronner et de l'éblouir. Au lieu de quoi, elle lui recommanda un traitement efficace contre le rhume, et offrit de faire jouer une relation bien placée à la rédaction de *Fabflash*, une femme formidable qui pourrait éventuellement embaucher Olivia si celle-ci souhaitait un nouveau poste dans un magazine de mode. Seul Charles, qui les observait toutes deux d'un œil perspicace, devina qu'Agatha avait percé à jour ses motifs, et qu'elle avait en fait pitié de la pauvre fille.

Le téléphone d'Agatha sonna au milieu du déjeuner. James, tout heureux, était en train d'évoquer ses souvenirs militaires, car le père d'Olivia avait servi dans la garde royale. Agatha s'excusa et s'éloigna un moment. C'était Toni.

« Mrs Freedman est malade, elle a attrapé un zona, la pauvre. Est-ce qu'il faut recruter une intérimaire ?

– Oui, répondit Agatha. Quoique… non. J'aurais peut-être quelqu'un. Je vous rappelle. »

« Ma secrétaire est absente, elle a un zona, expliqua-t-elle à Olivia en se rasseyant.

– Oh, quelle horreur, vraiment, répondit celle-ci. Ma grand-mère en a eu un, sur tout un côté du visage.

– Si vous ne vous sentez pas trop mal, pourriez-vous éventuellement me dépanner ?

– Quelle chance ! s'exclama Olivia. Charles, c'est merveilleux, n'est-ce pas ? J'adorerais voir les coulisses d'une agence de détectives ! »

James considéra avec perplexité son ex-épouse. Pourquoi Agatha adoptait-elle littéralement cette fille ? Et pas une once de jalousie chez elle.

Après le déjeuner, qu'à la grande surprise de tous, sauf d'Olivia, Charles régla de ses deniers, Agatha convia sa protégée à l'accompagner à Mircester. Une fois dans le parking, elle la fit monter dans sa voiture, sortit une trousse à maquillage ainsi qu'un miroir grossissant et lui assura qu'elle se sentirait mieux avec un peu de fond de teint et de rouge à lèvres.

Olivia pénétra dans l'agence à la suite d'Agatha. La toute première personne qu'elle aperçut fut Jake, assis à son bureau. Elle en resta une seconde bouche bée, puis lança, sans laisser à Agatha le temps de faire les présentations : « Bonjour, je suis Olivia, la secrétaire intérimaire. »

C'est exactement ce que tu avais escompté, fit sardoniquement la conscience d'Agatha.

« Fiche-moi la paix pour une fois ! » aboya Agatha qui s'empourpra en découvrant qu'elle avait parlé tout fort.

« Désolée, s'excusa-t-elle en enlevant son manteau. Je pensais à autre chose. Patrick, y a-t-il du neuf à propos de la mort de Farraday ?

– Rien encore. Mais on m'a dit que le médecin légiste avait trouvé la marque d'une piqûre sur son bras.

– Il n'aurait certainement pas laissé n'importe qui monter à côté de lui dans sa voiture et lui planter une seringue dans le bras, non ? Ce devait être quelqu'un qu'il connaissait. Toni, cherchez des renseignements sur sa femme. Jake, pourriez-vous installer Olivia au bureau de Mrs Freedman ? Le contrôleur des impôts s'est annoncé. Vous avez des notions de comptabilité, Olivia ?

– J'ai mon diplôme d'expert-comptable.

– Alors pourquoi faisiez-vous la bonniche dans un magazine de mode ?

– Ça paraissait ultra-séduisant vu de l'extérieur, mais en réalité c'était l'enfer. »

Avec un léger sentiment de culpabilité, Agatha se réjouit d'avoir eu la main si heureuse. La pauvre Mrs Freedman était perpétuellement dépassée par toutes les questions fiscales. Agatha avait certes recours à un cabinet d'experts-comptables chevronnés, mais Mrs Freedman ralentissait toujours tout en voulant s'en mêler, ce qui valait à Agatha bon nombre de pénalités de retard. En fait, pensa Agatha, Mrs Freedman ne servait pas à grand-chose comme secrétaire, mais comme disait Phil avec sa gentillesse habituelle : « C'est la cinquième roue du carrosse, mais c'est *notre* roue. »

Jake retrouvait en Olivia un type de fille bien connu et rassurant. Il avait pris part à de nombreux événements mondains de la saison londonienne, et le style d'Olivia – longs cheveux blonds et raidis par les brushings et belle carrure de cavalière – lui était familier. De plus, il venait d'essuyer une cuisante rebuffade de la part de Toni et en était encore profondément vexé. Ils avaient retrouvé une enfant disparue qu'ils avaient ramenée à ses parents éplorés, lesquels en avaient pleuré de reconnaissance. Avec son efficacité coutumière, Toni avait veillé à ce que les retrouvailles se déroulent devant la presse locale. Jake avait profité de ce moment d'euphorie pour empoigner Toni et l'embrasser. Il aurait pu à la rigueur s'en tirer sans dommage s'il n'avait pas jugé nécessaire de lui plonger sa langue jusque dans la gorge. Et Toni, devant les parents et la presse, l'avait repoussé avec fureur.

Le principal problème de Jake – et son père en était bien conscient – était qu'il s'enthousiasmait pour chacun de ses nouveaux postes, puis s'en lassait brusquement. Il savait que sa famille était très riche, qu'il n'avait pas réellement besoin de gagner sa vie, et il n'aimait rien tant que flâner à

Londres. Il eut soudain la nostalgie de la capitale. Il avait pris part à bon nombre d'événements mondains de la saison, car son père espérait qu'il rencontrerait une fille convenable qui lui mettrait un peu de plomb dans la cervelle. Il n'avait réussi qu'à rouler sous la table à toutes les réceptions et à faire chavirer une embarcation aux Régates de Henley.

À la fin de la journée, il proposa à Olivia de la raccompagner chez elle. Elle avoua à regret qu'elle avait sa propre voiture. Encore humilié d'avoir été rabroué par Toni et en manque d'adoration féminine, Jake l'invita à dîner. Olivia accepta. Elle aurait donné cher pour se trouver à Londres où elle aurait pu parader devant ses amies escortée par cet adonis. Jake choisit un restaurant chinois. Il aurait préféré l'emmener au George, mais il n'en avait pas les moyens. Au fil de la conversation, ils s'aperçurent que Londres leur manquait à tous les deux, et Olivia expliqua qu'elle y avait son propre appartement, dans Pont Street.

« Mais alors pourquoi vous enterrer ici ? demanda Jake.

– Mes parents ont découvert que notre voisin, Charles Fraith, était célibataire. Je pense qu'ils sont en train d'arranger un mariage.

– Quoi ! Et vous vous laissez faire ? Une fille sublime comme vous ? » s'exclama Jake.

Olivia sentit son rhume battre en retraite tandis qu'une douce chaleur envahissait tout son corps.

Personne ne l'avait jamais qualifiée de « fille sublime ».

« Oh, vous savez bien ce que c'est, répondit-elle. Il n'y avait pas d'autre candidat, et mes parents ne cessent de ressasser qu'ils n'ont toujours pas de petits-enfants et que notre lignée va s'éteindre. Charles est mignon. D'accord, il est bien plus vieux que moi et son château est vraiment hideux. En plus, il a une espèce de majordome, un certain Gustav, qui a vraiment de quoi vous donner la chair de poule. Une espèce de Suisse tout droit sorti de *La Famille Addams*.

– Mais vous n'êtes pas fiancés ?

– Non… Peut-être que je devrais laisser tomber Agatha et retourner à Londres pour réfléchir sérieusement. Quand je suis loin de ma famille, j'y vois plus clair.

– Ce que j'aimerais venir avec vous !

– Pourquoi pas ? J'ai une chambre d'amis. Ça alors, c'est trop drôle ! Mais qu'est-ce qu'on va dire à Agatha ?

– Rien du tout. J'ai les clés de l'agence. On n'a qu'à retourner les déposer sur son bureau avec un petit mot. Je dirai que je retourne chez papa, et vous, que votre rhume s'est aggravé et que vous êtes trop malade pour travailler.

– On se retrouve à Londres. Voilà mon adresse. La tête que vont faire mes amies ! »

Agatha trouva le message de Jake le lendemain matin et se félicita de lui avoir pris seulement un appartement à la semaine dans une résidence-service. Elle ne penserait désormais plus à Jake que comme une Perte de Temps Suprême. De toutes les pistes sur lesquelles elle s'était fourvoyée, Jake remportait la palme. Tous les meurtres étaient plus ou moins liés, au départ. Celui de Toby Cross n'avait aucun rapport.

Agatha découvrit ensuite le petit mot d'Olivia, lâcha un juron et appela l'agence d'intérim. Après quoi, elle s'assit, avec une horrible grimace. Seraient-ils partis ensemble ? Elle fut soudain prise d'un vif remords. Il fallait absolument qu'elle cesse de s'immiscer dans la vie de Charles. Elle avait beau être sûre, connaissant sa cupidité, qu'il était seulement appâté par la fortune familiale d'Olivia, il lui avait paru sincère.

Elle soupira. Elle allait retourner chez Jenny Coulter, puis à Harby. Tout ce qu'elle pouvait faire, c'était continuer à fureter en tous sens. Mrs Bull, toujours à l'hôpital, soutenait sans faiblir qu'elle n'avait pas le moindre souvenir de son agresseur.

Agatha fut tentée de demander à un de ses collaborateurs de l'accompagner, car elle mourait d'envie d'avoir de la compagnie, mais il y avait beaucoup de travail à l'agence. Elle chargea donc Toni de répartir les missions à sa place et partit seule rendre visite à Jenny Coulter.

10

Jenny était chez elle. Les femmes de son genre agaçaient étrangement Agatha. Pourquoi fallait-il qu'elle, Agatha, enchaîne les régimes et dépense une fortune chez les esthéticiennes pour tenir les années en respect, alors qu'une femme comme Jenny, qui lui ouvrait la porte en survêtement et pantoufles, rebondie comme une brioche, ne s'en souciait aucunement ?

« Oh, c'est encore vous ! fit Jenny. Faites vite, s'il vous plaît. Mon dernier en date ne va pas tarder.

– Vous voulez dire…

– Oui, mon petit, alors dépêchez-vous.

– Vous n'auriez pas une idée qui puisse m'aider ? implora Agatha. La moindre suggestion à me faire ? Au fait, vous savez que Farraday a été assassiné ?

– Ce n'est pas une grosse perte. Et en plus il avait épousé une vraie garce. D'après les informations de ce matin, il lui avait dit où il allait…

– Oui, mais on l'a vue à la vente de charité toute la journée.

– Vérifiez s'il avait une assurance-vie, et si oui, de quel montant. Quant à Bellington, écoutez, il n'y avait vraiment rien en lui qui puisse susciter un crime passionnel. C'est une histoire d'argent. À qui profite le crime ? À Damian. Ou bien éventuellement à son ex-femme, qui peut retourner vivre avec son fils bien-aimé. Il y a quelque chose d'œdipien dans leurs rapports, à ces deux-là. »

Agatha avait nombre de lacunes sur la Grèce antique, mais possédait quelques notions sur le complexe d'Œdipe.

« Ne vous laissez pas impressionner, conseilla Jenny. Retournez à cet abominable château, demandez qu'on mette une pièce à votre disposition pour réfléchir sur vos notes, et tâchez de flairer l'atmosphère des lieux. »

Agatha perçut brusquement ce qui faisait le charme de Jenny. Elle se souciait réellement d'autrui et avait un côté très maternel. De la cuisine sortait une délicieuse odeur de café frais et de pâtisserie chaude.

En partant, Agatha croisa un homme d'âge mûr, d'allure soignée, coûteusement et élégamment vêtu. Il avait un visage sympathique, des cheveux qui commençaient à peine à se clairsemer, un soupçon d'embonpoint, et il tenait un bouquet de douze roses rouges.

Quand un homme m'a-t-il offert des roses pour

la dernière fois ? songea Agatha, avant de s'interdire énergiquement de s'apitoyer sur son propre sort.

Sur le tableau de bord de sa voiture, à portée de main, se trouvait une provision de cartouches pour cigarettes électroniques. Si elle ne pouvait pas s'arrêter de fumer, autant essayer de réduire les doses. En se contentant de cigarettes artificielles lorsqu'elle était au volant, peut-être en viendrait-elle à les préférer.

11

C'est à la Nouvelle-Angleterre et non aux îles Britanniques que l'on associe généralement les couleurs flamboyantes de l'automne. Pourtant, arbres et haies chatoyaient de teintes écarlates, or, pourpres et vertes, car les chênes étaient les derniers à dépouiller leur livrée d'été. Agatha pensa mélancoliquement que cette splendeur avait presque un caractère angoissant. Les gens se diraient-ils un jour : « Vous souvenez-vous de l'automne magnifique qui a précédé la Troisième Guerre mondiale ? »

Ses réflexions se firent plus sinistres encore. Que se passe-t-il après la mort ? Sommes-nous recyclés ? Et si c'était comme dans *Un jour sans fin*, et que sur le point de renaître on apprenait que l'on allait ressusciter dans la peau du même individu, placé dans le même contexte, histoire de voir si on se tirerait mieux d'affaire ce coup-ci ?

J'aurais moins d'ambition, songea-t-elle. Je me trouverais un type bien et j'aurais des enfants. Ah, vraiment ? murmura une petite voix dans sa tête. Avec ton brillant palmarès, tu serais incapable de le reconnaître, ton type bien, même s'il jaillissait de ton assiette de potage et te sautait au nez en criant : « Coucou, c'est moi ! »

Agatha vit approcher le poteau indicateur de Harby. Elle souhaita du fond du cœur que Damian résilie leur contrat. Pour la première fois de sa carrière, elle sentait passer le vent de la défaite. Ce serait merveilleux d'abandonner l'enquête à la police. Avec un grand soupir, elle franchit les grilles et s'engagea dans l'allée qui menait au château.

Sa tenue trahissait son état d'esprit. Elle était habillée tout en noir – épais mi-bas, bottillons plats, pantalon et pull-over – sous une veste Barbour vert sombre. Elle se gara devant la maison et hésita un instant. Que faisaient-ils de leurs journées, les uns et les autres ? Damian, habituellement, semblait parfaitement oisif. Andrea, lorsqu'elle n'était pas occupée à immerger son corps velu dans la piscine, était quelque part dans la nature, en train de randonner. Quant à leur mère, elle errait de-ci de-là, tel un feu follet, l'air très affairé, mais sans rien faire en réalité.

Agatha se décida enfin à sonner. Ce fut Damian qui vint lui ouvrir.

« Vous avez du nouveau ?

– Non, j'aurais juste voulu m'installer un moment ici pour revoir mes notes, de façon à vous avoir tous sous la main si jamais j'ai à vous interroger sur un point qui m'avait échappé. Je sais que vous avez des quantités de pièces vides où la poussière repose en paix.

– Oui, et la plupart sont fermées à clé. Tâchons d'en trouver une où le chauffage fonctionne encore... Il y en a une au bout du corridor ouest, elle sert de débarras. Allons, ne vous renfrognez pas comme ça. Il y fait chaud et il y a de quoi s'asseoir. »

Le vent sifflait autour de la maison. Par la croisée, Agatha vit s'envoler les feuilles multicolores, arrachées aux branches par la bourrasque. Damian poussa une porte et appuya sur l'interrupteur.

« Vous y voilà. Amusez-vous bien », lança-t-il avant de s'éloigner en sifflotant.

La pièce n'était éclairée que par une ampoule nue et poussiéreuse, qu'un courant d'air venant d'une fenêtre mal ajustée faisait osciller. Un vieux fauteuil de cuir qui avait connu des jours meilleurs trônait au milieu de toute une ménagerie empaillée dans des vitrines. Des toiles aux cadres moulurés s'entassaient le long d'un des murs. Comme la plupart des téléspectateurs réguliers d'*Affaire conclue*, Agatha était persuadée qu'elle était capable d'identifier un véritable tableau de maître au premier coup d'œil. Elle en examina quelques-uns. Mais il ne s'agissait apparemment que de mauvais portraits de famille, tous ternis, qui ne ressemblaient pas à un seul des Bellington. Agatha en déduisit qu'ils avaient dû être abandonnés là par les précédents propriétaires, comme les autres éléments de décor victorien, tels que ces bestioles sous verre.

Elle alluma son iPad et commença à consulter ses notes. Dehors, le vent soufflait de plus belle. La lumière clignota mais ne s'éteignit pas. Agatha frissonna, bien qu'il fît assez chaud dans la pièce. Le regard fixe de tous ces yeux artificiels, dans leurs prisons vitrées, créait à la longue une atmosphère oppressante. Elle s'apprêtait à se replonger dans ses notes quand elle perçut un mouvement sur le mur derrière les amoncellements de tableaux. Les nombreuses ombres le lui avaient masqué jusqu'alors. C'était un rideau du même blanc grisâtre que les cloisons, qui ondulait lentement dans le courant d'air. Comme un enfant qui cherche des prétextes pour ne pas faire ses devoirs, Agatha se leva et se mit à déplacer les toiles, puis tenta de faire coulisser le rideau, avant de constater qu'il avait simplement été cloué sur une baguette de bois. Elle le souleva. L'alcôve ne recelait qu'un très vieux fauteuil roulant comme elle en avait observé sur des gravures anciennes de Bath, où l'on voyait des invalides aller prendre les eaux. C'était un long siège d'osier, recouvert d'une soie prune fanée qui tombait en lambeaux ; on pouvait soit le tirer par une grande poignée, à l'avant, à laquelle le malade pouvait aussi se tenir, soit le pousser par une autre, à l'arrière. Agatha haussa les épaules. Tout cela ne la menait nulle part. Elle retourna à ses notes. *Hououou !* Le hurlement du vent la fit sursauter.

Elle regagna son propre fauteuil et se remit à lire. La voix de son ex-mari résonnait dans sa tête. « Le problème avec toi, Agatha, croyait-elle l'entendre dire, c'est que tu finis par résoudre tes affaires en te transformant toi-même en appât. Le meurtrier s'aperçoit que tu es à deux doigts de le pincer et il décide de te liquider. »

Comment font les autres détectives privés ? se demanda Agatha. Ils laissent probablement les meurtres à la police et se cantonnent aux divorces, aux disparitions – de personnes, de chiens, de chats –, ce qui leur évite de se retrouver coincés dans un château plein de courants d'air avec un sentiment d'échec.

Quand elle en arriva au passage concernant l'agression de Mrs Bull, elle se retourna brusquement et contempla pensivement l'alcôve. Et si l'assassin n'était pas un colosse, mais un individu de taille normale ? Ce fauteuil roulant, ou un objet similaire, avait pu servir à transporter un corps inanimé. Elle se leva, déplaça méthodiquement les tableaux qui bloquaient l'accès au réduit de l'autre côté de la pièce, enfila une paire de gants de latex et sortit le fauteuil. Inutile de chercher des traces de sang, Mrs Bull avait été droguée. Il serait bon de téléphoner à Bill pour qu'une équipe médico-légale vienne examiner l'objet. Mais Bill serait obligé d'en référer à Wilkes qui l'accuserait de divaguer : ce snob invétéré refusait de croire que les gens de la haute société puissent commettre des meurtres.

« Qu'est-ce que vous fichez là ? »

Agatha sursauta et se redressa, abandonnant son examen du fauteuil. Lady Bellington se tenait dans l'embrasure de la porte, une main appuyée sur le montant, au-dessus de sa tête, comme si elle posait pour une aquarelle de Russel Flint[1].

« Je jetais un coup d'œil à ce vieux fauteuil.

– Ce vieux fauteuil va partir avec tout ce qu'il y a dans ce débarras pour une vente aux enchères la semaine prochaine. Qu'est-ce que ça peut bien vous faire ?

– Je pensais à Mrs Bull. On pourrait avoir utilisé ce fauteuil pour la transporter jusqu'au puits. Damian a mis cette pièce à ma disposition pour…

– Décampez, je ne veux plus vous voir chez moi !

– Qu'y a-t-il ? »

La voix de Damian résonna derrière sa mère.

« Cette créature fourre son nez partout.

– Je paye précisément cette créature pour fourrer son nez partout. Laisse-la tranquille. Mais attendez ! Qu'est-ce que vous fabriquez avec ce fauteuil roulant, Agatha ? Vous pensez déjà à vos vieux jours ?

– Il a pu servir à véhiculer Mrs Bull jusqu'au puits.

1. William Russell Flint (1880-1969) est un peintre, illustrateur et graveur écossais, célèbre pour ses aquarelles représentant des femmes.

– Quelle imagination ! Mais ma confiance en votre réputation commence à faiblir. Je vous laisse encore une semaine.

– Franchement, chéri, ricana lady Bellington, tu parles comme dans une série télévisée, sauf qu'à la télévision on n'accorde que vingt-quatre heures au détective. Avec une semaine, elle va nous résoudre cette affaire, à coup sûr ! On peut toujours rêver ! »

Elle s'éloigna, suivie par l'écho de son rire cristallin. Je hais les femmes qui ont ce genre de rire, pensa Agatha.

« Je vous laisse. »

Damian s'esquiva avec la légèreté d'une ombre.

« Est-ce que je peux emporter ce fauteuil ?

– Votre voiture est assez grande ?

– Je peux le fixer sur le toit.

– C'est un objet de valeur et il pleut à torrents.

– D'accord, je vais louer un utilitaire. Je veux le confier à un laboratoire pour une recherche de l'ADN de Mrs Bull.

– Si vous y tenez. »

Agatha retourna à Mircester où elle loua une fourgonnette. Elle téléphona à Toni pour la mettre au courant, et la chargea de vérifier si Mrs Bull était toujours à l'hôpital, de lui rendre visite et de lui subtiliser un échantillon d'ADN. Ce ne fut qu'après avoir raccroché qu'elle mesura combien Toni lui était précieuse.

Elle aurait dû se renseigner sur les systèmes

électroniques du véhicule et leur fonctionnement avant de prendre le volant. Alors qu'elle suivait une étroite ruelle à sens unique de Mircester, elle voulut allumer les feux de position, car la journée était orageuse et sombre, mais actionna par erreur le lave-glace automatique, au milieu des vociférations des passants qui circulaient sur les trottoirs.

De retour aux abords de Harby, elle commença à vraiment se sentir la détective amateure à laquelle Wilkes voulait absolument la réduire. *Si* le fauteuil roulant était une précieuse pièce à conviction, et *si* les meurtres avaient été commis par quelqu'un du château, alors peut-être l'assassin l'y attendait-il. Des feux d'artifice embrasèrent soudain le ciel nocturne. Elle se souvint qu'on était le 5 novembre et que l'on commémorait le jour où Guy Fawkes avait tenté de faire sauter le Parlement.

Quand elle atteignit la grille de Harby Hall, le gardien sortit de sa loge et lui tendit un bout de papier.

« Voilà mon numéro, grommela-t-il. La prochaine fois que vous comptez venir, vous m'appelez et vous me dites à quelle heure. Je peux pas passer mon temps à courir ouvrir aux gens comme vous.

– C'est fou ce que vous pouvez être charmant, mon vieux », rétorqua Agatha, qui n'en prit pas moins le papier avant de repartir.

Elle approchait de la maison quand une fusée jaillit au-dessus du bâtiment dans un geyser d'étoiles écarlates qui illumina le ciel. Le parking était plein. Agatha proféra un juron. On donnait sûrement une réception. Elle sonna en vain. Tout le monde devait être au jardin. Elle tourna la poignée : la porte n'était pas fermée à clé. Parfait, pensa Agatha, je récupère ce fauteuil et je m'éclipse. Mais elle ne parvenait pas à retrouver le chemin de la pièce où se trouvait l'engin et parcourut frénétiquement les corridors, ouvrant et refermant porte après porte tout en se demandant pourquoi diable il y avait tant de petites salles au rez-de-chaussée. Ayant enfin retrouvé le débarras, elle alluma, se rua vers l'alcôve, écarta le rideau et laissa échapper une exclamation consternée : elle était vide.

Avec une sombre détermination, Agatha prit le couloir qui menait au jardin et déboucha sur la terrasse, parmi les sifflements des fusées et les cris de joie. Elle ne distingua d'abord qu'une rangée de dos qui se détachaient sur un fond lumineux. Puis elle sentit l'odeur de la fumée. Elle eut un terrible pressentiment. Sans se soucier des protestations, elle se fraya un chemin jusqu'à la balustrade. Un grand feu de joie flambait allègrement dans le parc. Juchée au sommet du bûcher, l'effigie de Guy Fawkes trônait dans le fauteuil roulant.

« Non, cria-t-elle, Damian, éteignez ce feu, il me faut ce fauteuil ! »

Elle courut vers le brasier, mais la chaleur intense qui s'en dégageait l'arrêta. Elle leva les yeux. Le mannequin brûlait et l'osier du siège se couvrait de flammèches.

Damian la tira en arrière.

« Qui a mis ce fauteuil là-haut ? haleta Agatha.

– Je n'en ai pas la moindre idée. Avant de vous entendre crier, je n'avais même pas remarqué qu'il s'agissait du vieux fauteuil qui vous intéressait.

– Essayez de savoir, le pria Agatha avec lassitude.

– Je vais vous apporter du vin chaud, espèce de rabat-joie. Trouvez-vous un endroit où vous asseoir. »

Les invités s'installaient sur des bottes de paille disposées en cercle autour du feu. Agatha battit piteusement en retraite vers le fond de la terrasse.

« Je vais interroger Giles Bennet, l'intendant, promit Damian en lui tendant un gobelet de vin chaud. C'est lui qui organise la fête tous les ans. »

Sitôt qu'il eut disparu, Agatha flaira prudemment le breuvage. Puis elle aperçut un percolateur sur une table couverte d'une nappe blanche. Elle vida son verre dans un pot de fleurs et décida de se rabattre sur une tasse de café. Elle sortit sa cigarette électronique de sa poche, aspira, jura, la remit dans sa poche, tira un paquet de Benson et en alluma une. Ô bonheur ! Bonheur impénitent et sacrilège ! songea-t-elle.

Damian réapparut avec Giles.

« Giles soutient qu'il a laissé le mannequin sur une vieille chaise de cuisine derrière le bûcher et demandé au jardinier d'aller chercher une échelle pour le placer au sommet. Selon le jardinier, à son arrivée il n'y avait pas de chaise. Le fauteuil roulant était dans le vestibule et Dinky l'a autorisé à le prendre. Il dit que ça n'a pas été commode du tout de le hisser tout là-haut et qu'il a fallu que l'aide-jardinier apporte une deuxième échelle pour qu'ils puissent le monter à deux. C'était un objet ancien qui avait de la valeur.

– Vous et votre mère étiez les seuls à savoir que j'allais passer le chercher et à en connaître la raison.

– Voilà Mère. Demandons-lui. C'est toi qui as donné ce fauteuil roulant pour le feu ?

– Non. Mon Dieu, encore cette assommante créature !

– En avez-vous parlé à quelqu'un d'autre ?

– Seulement à la femme de chambre. Je lui ai recommandé de le laisser devant la porte d'entrée pour que vous puissiez le récupérer.

– J'aimerais lui parler. »

Damian repartit. Agatha fut saisie d'une violente quinte de toux. Elle écrasa sa cigarette. Mais non, ça ne pouvait pas être dû à la cigarette. La fumée du feu de joie, sûrement.

Damian lui amena une petite femme d'un certain âge à l'air agressif.

« J'ai rien fait de mal, Milord », geignit-elle.

Ah, oui, c'est vrai, pensa Agatha. Damian a hérité du titre.

« Racontez à cette gentille dame ce qui s'est passé, Dinky, répondit Damian, et finissons-en. Nous sommes en train de manquer la fête.

– Eh bien, Milady a dit d'laisser le fauteuil dehors sur le perron parce qu'une dame viendrait le prendre. Et voilà Fred, le jardinier, qui arrive et qui cherche une vieille chaise. "Et celle-là qu'est sur le perron ?" qu'il fait. "Y a une dame qui doit l'emporter", je lui dis. "Vaut mieux la laisser", qu'il dit. »

Agatha se tourna vers Damian.

« Damian, il faut absolument que je parle à votre jardinier.

– D'accord, mais dépêchez-vous. »

Agatha alluma une autre cigarette et se remit immédiatement à tousser. Le spectre du cancer du poumon s'insinua dans son esprit. Quelle blague, pesta-t-elle intérieurement. Le vieux Mr Dent en a fumé vingt par jour pendant une éternité et il est mort à quatre-vingt-dix ans. Mais elle n'en éteignit pas moins sa cigarette.

Damian revint avec Fred le jardinier, un Écossais renfrogné vêtu d'un costume bleu à l'étoffe lustrée.

« Comme je l'ai dit à Milord, madame, il y avait un papier sur ce fauteuil roulant, "à donner". Alors j'ai toqué à la porte et Dinky m'a ouvert, et j'ai demandé si je pouvais prendre ce vieux fauteuil tout sale parce que le papier disait : "à donner", et comme j'ai dit, charité bien ordonnée commence par soi-même. »

Son propre trait d'esprit le fit glousser de rire et Agatha attendit avec impatience qu'il s'arrête.

« Alors la gouvernante, elle a dit que c'était probablement pour Oxfam ou quelque chose comme ça, mais qu'il se faisait tard, alors j'avais qu'à emporter ce fichu machin. C'est ce que j'ai fait.

– Vous avez encore le mot ?

– Non, je l'ai jeté au feu.

– Il y a quelqu'un dans cette maison qui ne voulait pas que je prenne ce fauteuil, conclut Agatha.

– Soit vous restez pour la fête, soit vous rentrez chez vous, décréta Damian. Il faut que je m'occupe de mes invités, maintenant.

– Je m'en vais. »

Elle jeta un dernier regard derrière elle. Un homme coiffé d'une toque de cuisinier distribuait des assiettes de viande grillée aux hôtes assis autour du brasier. Une flamme plus haute que les autres bondit au même moment, éclairant les visages de l'assistance. Presque hors de vue, de l'autre côté du feu, se trouvaient Jenny Coulter et son nouvel amant. Agatha faillit demander à Damian pourquoi il avait invité l'ancienne maîtresse de son père, mais décida de lui poser la question plutôt par téléphone le lendemain.

Elle ramena la fourgonnette à Mircester, régla la facture, en la conservant pour se faire défrayer. Puis elle reprit sa voiture et rentra chez elle. Il y avait de la lumière au salon et la voiture de Charles était garée devant la maison. Elle réprima un élan de joie.

Charles s'était, comme de coutume, endormi sur le canapé, en compagnie des deux chats. Il s'éveilla en entendant Agatha se servir un grand gin.

« Tu deviens accro ? »

Agatha fit volte-face.

« J'en ai par-dessus la tête de tous ces gens qui vous font la morale à tout bout de champ. J'ai déjà du mal à arrêter de fumer et voilà que des scientifiques viennent me raconter qu'il ne faut pas consommer de bacon, de boissons gazeuses ou de gâteau, ni faire du feu de bois à cause du monoxyde de carbone, et à la longue, je finis par me dire : qu'est-ce que ça peut bien faire ? Mettez sur ma tombe : "Ci-gît Agatha Raisin, habitante de cette paroisse, morte d'une indigestion de sermons."

– Désolé. Sers-moi un whisky.

– Ta petite amie m'a laissée tomber.

– Si j'ai bien compris, elle est partie à Londres avec Jake. Tu ne l'aurais pas un peu manipulée, par hasard ?

– Si elle avait vraiment eu envie de t'épouser, elle serait encore là. Mais tu sais, si tu tiens toujours à elle, rien n'est perdu, parce qu'elle va revenir. OK, elle est riche, tandis que Jake n'a que l'argent que son père veut bien lui donner, mais à mon avis ce garçon est un vrai cœur d'artichaut. Il se lasse aussi vite qu'il s'enthousiasme.

– Parlons d'autre chose. Mon whisky ? Merci. Des avancées ? »

Agatha lui narra l'épisode du fauteuil roulant.

« Voyons, dit Charles. Concentrons-nous sur la famille et l'ancienne maîtresse. Peut-être que mémé Bull avait raison et que lady Bellington se promenait bien dans les caves avec une seringue. Damian t'embauche pour se couvrir. Andrea se figurait qu'elle aurait de l'argent quand papa casserait sa pipe et découvre après coup que c'est Damian qui rafle la mise. »

Agatha vint s'asseoir lentement près de lui sur le canapé : « Elle a accusé son frère d'être l'assassin. Mais il y a autre chose. »

Elle sortit son iPad de son vaste sac à main, l'alluma et commença à faire défiler ses notes.

« J'y suis. Elle a la passion des animaux et de la nature. Elle voulait ouvrir un refuge pour ânes et Damian a refusé de le financer. On dirait qu'elle a été échangée à la naissance : Damian est beau, avec une sorte de grâce langoureuse, la mère, malgré son allure ravagée, a de la distinction, tandis que la malheureuse Andrea ressemble à un troll poilu.

– Elle tient probablement de son père.

– J'avais oublié ça. »

Elle fixait Charles, qui remarqua qu'à chaque éclair d'intuition une lueur dorée étincelait dans ses yeux.

« Certains de ces militants de la cause animale peuvent se comporter comme des sauvages. Je ne la vois pas dorloter ses ânes en solo. Imaginons qu'elle ait fait équipe avec l'un des plus farouches animalistes. J'ai toujours eu le sentiment qu'il y avait deux personnes dans cette histoire.

– Alors Damian pourrait être le prochain à y passer. Comment Farraday est-il mort ?

– Attends, je me renseigne. »

Agatha appela Patrick et lui demanda si l'on en savait davantage sur le décès du député.

« Il vient d'apprendre qu'on lui a injecté de l'Oblivon, rapporta-t-elle à Charles en reposant le combiné. Je me souviens de ce produit, on s'en était servi dans le deuxième assassinat sur lequel j'ai enquêté. Les vétérinaires l'utilisent comme tranquillisant pour les chevaux. Pour les humains, c'est un poison foudroyant. Donc cet imbécile de Nigel Farraday a réussi à se faire tuer en essayant de se venger de moi.

– Tu vas suivre Andrea ?

– Quelque chose me dit qu'elle me repérerait sous n'importe quel déguisement. J'ai une idée : je vais charger Simon de se mêler aux groupes de militants anti-chasse. C'est la bonne période.

– Envoie-le jeter un œil aux panneaux d'affichage à l'université de Mircester. Ils offraient aux étudiants quarante livres, plus un pique-nique et le transport. Ça n'a pas dû changer.

– Elle ne participera peut-être pas à cela, mais voilà quelques photos d'elle que nous avons récupérées dans la presse people. Si elle n'y est pas, nous trouverons une autre solution. »

Simon accepta avec empressement. Il n'était pas très fier de lui. Il avait le sentiment que Toni le méprisait de courir ainsi après Alice, et bien qu'aveuglé par son obsession, il avait bien dû admettre qu'Alice était profondément attachée à Bill Wong.

Le lendemain, il se rendit à l'université, se mêla aux étudiants et examina les panneaux. L'affichette de « Chassez les chasseurs » y était placardée. Son regard survola le paragraphe qui expliquait combien il était cruel de tuer les renards et s'arrêta sur celui qui offrait cinquante livres, avec pique-nique et transport gratuits, à tous ceux qui étaient prêts à lutter pour la bonne cause le samedi suivant au manoir de Mirton Wold, point de départ de la chasse. Le bus démarrerait du parking de l'abbaye à huit heures du matin. Pour s'inscrire, contacter le 03334000691.

Sitôt remonté en voiture, Simon composa le numéro. La jeune femme qui décrocha n'était pas Andrea. Elle avait l'accent local et se présenta comme Tanya. Simon déclara qu'il s'appelait Simon Andrews et travaillait comme caissier dans un supermarché. Elle l'interrogea sur ses motivations. Il répondit qu'il avait besoin d'argent et envie de s'aérer un peu. Et aussi qu'un peu de bagarre ne serait pas pour lui déplaire. Elle éclata de rire et lui donna rendez-vous au bus le samedi.

Au fait, samedi, c'est demain, s'avisa Simon.

À huit heures, vêtu d'un pull-over et d'un pantalon noirs avec une veste de camouflage, il grimpa dans le bus. Tanya, une petite rouquine joufflue avec des taches de rousseur, l'accueillit avec un sourire amusé : « Ils viennent presque tous pour se faire des sous, lui confia-t-elle, mais tu es le seul à le reconnaître. »

Simon alla s'asseoir près d'une jeune fille pâle au long visage anémique, manifestement accoutumée à se ronger les ongles.

« Pauvres renards, c'est affreux, n'est-ce pas, fit-elle.

– Oh, moi, je suis là pour le fric. »

Quand Simon n'était pas en proie à une de ses obsessions, c'était un bon détective. Il avait deviné que la plupart des participants venaient pour l'argent, de plus il n'avait aucune envie de se retrouver pris dans une échauffourée. Mais sa voisine eut l'air scandalisée.

« Quelle honte ! Je vais avertir Tanya.

– Elle le sait. Mais il lui faut du monde. L'un d'entre vous filme tout, je suppose.

– C'est Jerry qui s'en occupe. Il a une voiture. »

Et sur ces mots, écœurée, elle se détourna pour contempler le paysage par la fenêtre.

Quand ils atteignirent le manoir, ils s'arrêtèrent devant les grilles d'entrée et descendirent tous.

Tanya prit une photo du groupe. Tout au bout de la courte avenue se dessinaient les cavaliers assemblés sur la pelouse. Simon se fraya un chemin jusqu'au portail, sortit son appareil photo et zooma sur les chasseurs. Il ne savait pas si Charles en était, mais ne voulait pas risquer de se faire repérer. Il lui sembla tout à coup reconnaître la petite silhouette d'Andrea perchée sur un grand cheval. Il s'écarta de ses compagnons pour étudier en cachette les clichés qu'il avait apportés, et pour mieux voir, il se hissa sur la crête du mur.

Elle arborait une tenue de vénerie traditionnelle. Il s'était demandé un jour pourquoi on appelait ces vestes écarlates des « habits roses » et avait découvert que cela était dû à un tailleur dénommé Rose qui, ayant acheté trop de drap rouge pour confectionner des uniformes militaires, avait créé ce vêtement avec le surplus. On offrait à boire aux cavaliers le coup de l'étrier. Andrea refusa avec une grimace.

« Descendez de là ! » cria une voix au-dessous de Simon. Il se retourna. Un policier de haute stature, accompagné de toute une escouade, venait d'arriver. Simon dégringola de son perchoir et rejoignit le groupe, non sans regretter de ne pas s'être muni d'une cagoule pour dissimuler son visage, comme certains de ses camarades. Il pria pour qu'aucun des agents ne le reconnaisse.

Deux hommes ouvrirent les grilles en grand. Les chiens s'élancèrent, suivis par les chasseurs.

« Je me sens mal. Appelez une ambulance ! » s'exclama à cet instant le maître d'équipage, les mains crispées sur la poitrine. Certains de ses compagnons sautèrent à bas de leurs montures pour lui porter secours. D'autres cavaliers ne tardèrent pas à mettre pied à terre pour vomir. Puis Simon vit Bill Wong qui donnait des instructions. Bill fronça les sourcils en l'apercevant ; un doigt sur les lèvres, Simon lui indiqua par signes qu'il avait à lui parler. Bill envoya deux policiers avec la consigne de traîner Simon derrière l'un de leurs véhicules. « Tâchez que ce soit convaincant ! » leur ordonna-t-il.

« Andrea Bellington vient de Harby Hall, lui glissa alors Simon, c'est une militante de la cause animale. Elle a refusé le coup de l'étrier, et c'est pour cela qu'elle est à peu près la seule à ne pas être malade. Récupérez les bouteilles qu'ils ont utilisées et faites-les analyser.

– Bien vu. Merci Simon. Maintenant, filez. » Puis à l'adresse des deux agents : « Réexpédiez-le parmi ses copains ! »

Les membres de Chassez les chasseurs assistèrent avec sympathie au retour de Simon, transporté par deux policiers qui le jetèrent au sol parmi eux. Ils se mirent tous à huer les violences policières, à l'exception de Tanya qui téléphonait. « Bon, disait-elle, si la chasse est annulée, ils peuvent avoir le pique-nique, mais pas l'argent. »

Simon entendit le hululement des sirènes qui

approchaient. Il parvint à se faufiler jusqu'à la grille pour jeter un coup d'œil dans l'allée. Debout près de son cheval, Andrea parlait précipitamment sur son portable. Elle coupa la communication et regarda, surprise, Bill Wong qui se dirigeait vers elle avec deux de ses hommes. Les trois policiers disparurent ensuite à l'intérieur du manoir.

Ce fut une rude journée pour Simon. Tous les membres du groupe anti-chasse furent interrogés, leurs identités notées et leurs empreintes digitales relevées. Prévenu par Bill Wong, le policier inscrivit sans broncher le faux nom et l'adresse imaginaire que lui donna Simon. Ce dernier s'employa à découvrir si ses compagnons connaissaient Andrea. Il n'aborda pas de front le sujet, mais se demanda tout haut si Chassez les chasseurs avait un complice parmi les chasseurs. Certains parurent déconcertés, d'autres se souvinrent d'avoir vu de nombreux enfants courir dans le parc du manoir et avancèrent que l'un d'entre eux avait voulu faire une farce. Tanya proclama qu'ils allaient reprendre la route en quête d'autres chasseurs. La jeune fille anémique qui avait voyagé à côté de Simon lui confia qu'elle s'appelait Flossie. Simon l'identifia comme une des rares militantes authentiques.

« Est-ce qu'il y a une taupe à Chassez les chasseurs ?

– Tu veux dire quelqu'un d'infiltré ? demanda Flossie

– Oui.

– 'scuse-moi.

– Où vas-tu ? s'étonna Simon en se levant pour la laisser passer.

– Pisser. Je peux ?

– Bien sûr. »

Ce fut alors que Simon remarqua qu'il n'y avait pas de toilettes dans le bus et que Flossie, courbée vers Tanya assise à l'arrière, lui parlait avec insistance. Puis Tanya se pencha par-dessus la coursive et murmura quelques mots à deux individus à la mine patibulaire, crâne rasé et piercings sur le visage. Les choses prenaient mauvaise tournure… Simon se mit à hoqueter bruyamment et cria au conducteur : « Arrêtez-vous, je vais être malade ! »

Le chauffeur freina net ; Simon jaillit du bus, se précipita dans la forêt environnante et s'enfuit à toutes jambes en entendant des bruits de poursuite. Au bout d'un certain temps, il se laissa rouler dans un trou, s'enfouit sous des brassées de feuilles mortes et attendit avec angoisse. Il distingua une multitude de voix et en déduisit que tous les passagers étaient à ses trousses. Quelques cris de « À mort le salaud ! » fusèrent. Simon frémit. S'ils ne toléraient pas la cruauté envers les animaux, constata-t-il, ils ne voyaient manifestement aucun inconvénient à la cruauté envers les humains.

Il dut probablement son salut au fait que la plupart ne désiraient somme toute qu'une excursion tous frais payés. Il les entendit enfin regagner le bus et annoncer à Tanya qu'il avait pris le large.

Le car démarra bientôt. Simon se redressa avec précaution, et se trouva face à un grand renard mâle, qui le considéra solennellement, puis s'évanouit dans la nature.

Les yeux d'Agatha scintillèrent quand Simon lui fit le compte rendu de sa journée.

« Ah, voilà qui est vraiment intéressant. On commence à y voir clair, se réjouit-elle.

– Mais quel rapport entre les meurtres et Andrea ?

– Vous ne voyez pas ? Farraday a été tué avec de l'Oblivon. Donc, si on découvre que l'émétique administré aux chasseurs est aussi un produit pour animaux, cela signifie que nous pouvons nous mettre en quête d'un vétérinaire. Patrick, tâchez de savoir rapidement ce qu'il y avait dans le coup de l'étrier.

– On n'est pas dans *Les Experts*, grommela Patrick. Ça peut prendre une semaine.

– Eh bien, vérifiez si elle a bien été la seule à refuser de boire.

– J'en doute. On dirait que la moitié de la planète sort de cure de désintoxication.

– Oh, Patrick ! s'exclama Agatha. Arrêtez donc de discuter, et faites ce que je vous demande ! »

Le lendemain, Patrick avait appris que trois autres chasseurs avaient décliné le coup de l'étrier. L'un avait déclaré que le porto qu'on leur offrait était un infâme tord-boyaux. Les deux autres étaient des alcooliques repentis. Quant à Andrea, elle avait affirmé qu'elle ne buvait pas d'alcool bas de gamme, le seul selon elle que servaient les gens du manoir.

« Patrick et Phil, vous allez filer Andrea. Patrick, ces chaussettes et ces chaussures noires sentent le flic à cent mètres. Vous ne pourriez pas en changer ? Et essayez d'identifier son vétérinaire. Elle en a forcément un, puisqu'elle a un cheval. »

Une fois les deux détectives partis, Agatha s'apprêtait à examiner le dossier d'une enquête entamée plus tôt par Patrick, quand la porte s'ouvrit sur Damian.

« Qu'est-ce qui se passe ? » demanda Agatha.

Damian prit une chaise de l'autre côté de son bureau. Il va la retourner pour pouvoir s'accouder sur le dossier, devina Agatha. Ce que fit Damian.

« Je suis venu solder les comptes.

– Mais nous sommes en train de travailler sur l'affaire !

– Je ne voudrais pas être grossier, chère madame, mais j'ai eu le temps de constater votre inefficacité. Combien vous dois-je ?

– Commencerions-nous à devenir dangereux, par hasard ?

– Taisez-vous, et présentez-moi la note. »

Agatha se réjouit soudain de la présence de l'intérimaire, une dame d'âge mûr qui occupait un bureau dans un angle. Mrs Freedman était encore en arrêt maladie et Agatha avait prié l'agence de lui envoyer leur plus ancienne secrétaire. C'était une certaine Harriet Teller, qui arborait cheveux gris, grosses lunettes et tailleur de tweed.

« Harriet, demanda-t-elle, faites la somme de tous nos frais et présentez la facture à lord Bellington.

– Ce sera prêt dans quelques minutes. »

Agatha jaugea Damian. Malgré son visage efféminé, sa voix grave et son corps vigoureux ne manquaient pas de virilité.

« Cessez de me dévisager, protesta Damian, languissamment. C'est mal élevé.

– Je me demande pourquoi vous voulez que j'arrête l'enquête.

– Parce que vous êtes totalement inefficace. Ça vous va ?

– Absolument pas. J'ai suffisamment de succès à mon actif. Mais peut-être m'avez-vous engagée parce que vous pensiez que j'étais inefficace ?

– Vous m'assommez. Donnez-moi donc cette satanée facture. »

Harriet la lui apporta. Il jeta un coup d'œil dessus, tira son chéquier et paya, puis se leva.

« Et maintenant, n'approchez plus de la maison ou de ma famille », asséna-t-il.

Une fois Damian parti, Agatha demanda à la secrétaire :

« Quel effet vous a-t-il fait, Harriet ?

– Il m'a paru inquiet et effrayé.

– Très bien vu. Je pense que cela a quelque chose à voir avec sa sœur. »

« C'est désespéré, soupira Phil. Nous voilà à Harby, visibles comme le nez au milieu de la figure. Nous ne pouvons pas rôder aux abords du château, le gardien nous signalerait. Et il n'y a pas un seul bistrot dans ce village.

– Cherchons le plus proche, proposa Patrick. Les gens du coin ont sûrement un endroit où se retrouver. Je vais demander à ce vieux bonhomme. »

Il descendit de la voiture et revint une minute plus tard.

« Le Prince of Wales, un peu plus loin sur cette route à gauche.

– Dans un autre village ?

– Non, c'est juste un de ces établissements en rase campagne. »

Ils trouvèrent le café et remarquèrent que le parking était bien rempli.

« Difficile d'entrer et de questionner d'emblée les gens, objecta Phil.

– Nous pouvons toujours recueillir les commérages. Tous les journaux ont parlé de l'affaire. Nous n'aurons qu'à prétendre que nous avons lu des articles. Et nous pouvons aussi nous renseigner sur les vétérinaires. On croisera bien quelqu'un d'un peu bavard.

– Et si on nous demande ce que nous faisons là ?

– On pourrait se faire passer pour des voyageurs de commerce.

– Ah non ! Ça nous obligerait à inventer quelque chose à vendre dans ce trou perdu au fond des bois. Disons tout simplement que nous sommes deux vieux copains à la retraite. »

Ils entrèrent et allèrent se faire servir au bar. Deux personnes venaient de quitter une banquette près du feu. Ils s'y installèrent et regardèrent avec espoir deux vieillards qui leur faisaient face.

« Y a-t-il un vétérinaire par ici ? » lança Phil.

Deux visages usés le fixèrent, impassibles. Phil se demanda s'ils étaient frères. Tous deux portaient des bonnets de laine, avaient une barbe de trois jours grisonnante et des yeux bleus larmoyants.

Ce que c'est que d'être détective, songea Patrick. Au lieu de les envoyer au diable, me voilà obligé de m'écrier : « Oh ! Mais vos verres sont vides. Puis-je vous offrir quelque chose ?

– Oh, ben ça, c'est bien aimable, répondit l'un des deux. Ça sera deux pintes. »

Patrick s'en fut les chercher.

« Moi, c'est Cedric, et lui, c'est mon frère Tom. Alors comme ça, vous avez besoin d'un vétérinaire. Merci bien », ajouta-t-il à l'intention de Patrick, qui venait de poser les deux pintes de bière sur la table devant eux. « Faudrait que vous alliez chez le jeune Henry Jessop à Orlington Sudbury. Vous avez un problème ?

– Ma chatte, Daisy, elle est malade, mentit Phil. Je l'ai laissée dans ma voiture.

– Si vous prenez sur la gauche en sortant, vous tomberez sur un carrefour et vous verrez le panneau Orlington Sudbury. Le vétérinaire, il est sur la place du village, dit Tom.

– Une autre pinte ?

– Pour sûr. C'est très sympa de votre part. »

Ce fut au tour de Phil de se déranger. Lui et Patrick s'en tenaient au jus de fruit.

« Dans notre coin, reprit Patrick, on a eu une fois un vétérinaire qui tournait la tête à toutes les dames. »

Les deux frères se mirent à glousser en se poussant du coude.

« Qu'est-ce qu'il y a de si drôle ? demanda Patrick

– Ben, vous voyez, Henry, le véto, il fait la cour à miss Andrea du château, expliqua Tom.

– Et qu'est-ce que ça a de si drôle ? » interrogea Patrick.

Phil revenait avec les verres. Patrick lui répéta les propos de Tom.

« Miss Andrea, c'est un sacré caractère. Henry bavardait avec une jeune demoiselle devant son cabinet, et voilà Andrea qui déboule comme la colère de Dieu et baffe la pauvre fille, qui s'est sauvée en courant, dit Cedric. C'était mieux qu'un feuilleton télé.

– Ils vont se marier ? demanda Patrick.

– Nan, répondit Cedric. C'est-à-dire, Henry, il a pas envie, mais elle lui laissera pas le choix, pour sûr. C'est la sœur à lord Bellington, vous voyez, alors elle pense que ça lui donne le droit d'faire la loi ici. »

Patrick et Phil décidèrent de poursuivre leurs investigations. Phil s'ébahit de la contenance de la vessie des deux frères.

« Je ne pourrais jamais absorber une telle quantité de bière sans me précipiter illico aux toilettes, commenta-t-il.

– Cherchons donc Orlington Sudbury, proposa Patrick. S'il y a un pub, je ne dirai pas non à un demi de bière et une part de tourte au bœuf et aux rognons. Tu as une photo de cette Andrea ?

– Seulement celles des magazines, prises aux bals de la saison des chasses et autres mondanités. Mais c'est une petite bonne femme à l'air hargneux. Je pense que je pourrais la reconnaître. »

Orlington Sudbury s'avéra être une grosse bourgade, jouxtée par un vaste lotissement de logements sociaux. La route serpentait à travers le village, décrivant mille tours et détours. Patrick crut y reconnaître le tracé d'une vieille route jadis empruntée par les troupeaux. Mais elle menait bien à la place du village, avec son café aux fenêtres coquettement fleuries. Il était baptisé The Living End.

« Quel drôle de nom pour un pub ! s'étonna Patrick

– Avec un nom pareil, répondit Phil, il est probablement tenu par un retraité qui s'imagine qu'il sait gérer un pub et qui n'est bon qu'à boire tout ce qu'il gagne. La carte doit tenir sur un timbre-poste. »

Deux surprises les attendaient. Pour commencer, le maître des lieux était un Chinois fort distingué, en chemise blanche et complet noir. Et à une table dans un coin, se trouvait une femme qui ressemblait en tout point à Andrea, en compagnie d'un assez bel homme.

Ou qui aurait été beau, se dit Phil en l'observant à la dérobée, s'il n'avait pas eu une bouche si molle. Ils furent dérangés par un soudain afflux de clientèle, et bientôt certains consommateurs, qui restaient debout, leur masquèrent Andrea et son interlocuteur, qui n'était autre, selon toutes probabilités, que le vétérinaire.

« Je vais jeter un coup d'œil », dit Patrick en se levant.

Comme il était grand, il put apercevoir Andrea qui partait avec son compagnon. Les deux étaient en train de se disputer. Patrick se fraya un chemin jusqu'à la fenêtre et vit Andrea monter en voiture, puis démarrer. Le jeune homme disparut de l'autre côté de la place, derrière une porte munie d'une plaque de cuivre.

« J'ai commandé deux portions de tourte au bœuf et aux rognons et le patron m'a dit que le cabinet vétérinaire était juste de l'autre côté de la place, annonça Phil quand Patrick regagna son siège.

– C'est précisément là que le type d'Andrea vient d'entrer, répondit Patrick.

– Bon, et maintenant, qu'est-ce qu'on fait ? On y fonce et on l'accuse de fournir du poison à Andrea ?

– Je raisonnerai mieux l'estomac plein. »

La tourte était la plus succulente qu'ils aient jamais mangée.

« À mon avis, dit enfin Patrick, il vaudrait mieux mettre Agatha au courant. Réglons l'addition et sortons, ce sera plus calme dehors et personne ne nous entendra. »

Au centre de la place se trouvait un petit étang où nageait un gros canard colvert, qui traçait un sillage en V.

« Un parking pour le pub, ce ne serait pas du luxe, remarqua Patrick devant leur voiture, que plusieurs véhicules bloquaient complètement. Allons nous asseoir sur le banc de l'autre côté de l'étang et réfléchissons.

– Je téléphone à Agatha », décida Phil.

Patrick l'écouta évoquer le vétérinaire, perçut les couinements d'excitation d'Agatha, mais ne put distinguer un mot de ce qu'elle disait. Phil raccrocha.

« Elle arrive !

– Quoi ! Mais Andrea la connaît ! S'il lui reste de l'Oblivon, il lui suffira d'une goutte pour liquider Agatha !

– D'autant qu'elle veut que nous levions le camp !

– Je crois qu'elle ne mesure pas vraiment ce qu'elle est en train de faire. Elle déprimait passablement ces derniers temps, et dans ces cas-là, elle se fait tout un cinéma. Maintenant elle imagine sans doute déjà les gros titres annonçant qu'elle a résolu le mystère !

– Eh bien, voici ce qu'on va faire. Le temps qu'elle arrive, il fera nuit. Dès que nous pourrons récupérer notre voiture, nous irons nous planquer au bord de la route pour la guetter. Après ça, nous n'aurons plus qu'à la suivre. »

12

En sortant précipitamment de son agence, Agatha se heurta à Charles qui lui demanda si elle avait vu Olivia.

« Elle a disparu le même jour que Jake. Tires-en tes propres conclusions, lança-t-elle sèchement.

– C'est ce que tu avais prévu. Où vas-tu comme ça ?

– Occupe-toi de tes affaires, cria Agatha. Je travaille. Je suis sur le point de résoudre ces meurtres. Alors, dégage ! Tu n'as qu'à te trouver une autre débutante avec une famille pleine aux as ! »

Le fait que Charles déboule pour prendre des nouvelles d'Olivia avait replongé Agatha dans une profonde déprime. Ses yeux brillaient de larmes contenues. Elle les essuya d'un revers de main, planta là Charles et se dirigea vers sa voiture. Charles entra dans l'agence et y trouva Toni, qui l'informa qu'Agatha était partie pour Orlington Sudbury. Il envisagea un instant d'aller l'y rejoindre, puis décida de la laisser se débrouiller toute seule.

Au diable Agatha, rumina-t-il amèrement. Pourquoi était-elle redevenue aussi agressive ?

Agatha ne s'était pas interrogée une minute sur la sagesse de sa démarche. Elle rageait de penser que Damian ne l'avait peut-être engagée que parce qu'il la jugeait incompétente et espérait couvrir la culpabilité de sa sœur. Et elle était encore meurtrie par l'épisode Jake.

Elle n'atteignit Orlington Sudbury que tard dans la soirée, mais le café était toujours ouvert, et la lueur accueillante de ses fenêtres se mirait dans l'étang. De l'autre côté de la place, chez le vétérinaire, tout était noir. Agatha avait repéré le cabinet. Elle regretta soudain de ne pas avoir prié Patrick et Phil de l'attendre. Elle ignorait qu'ils avaient assisté à son arrivée, garés derrière un bosquet à l'entrée du village.

Elle décida de glaner quelques cancans au pub. L'heure du dîner était passée. Seuls quelques consommateurs s'attardaient sous les lumières tamisées. Ce fut alors qu'elle reconnut Gerald Devere installé près de la fenêtre, d'où il observait le cabinet du vétérinaire.

« Oh, c'est vous, constata-t-il peu gracieusement. Fichez le camp. J'ai invité le vétérinaire à venir prendre un verre et je ne veux pas que vous l'effarouchiez.

– Pas question que je m'en aille. J'ai tout com pris et vous aussi visiblement.

– Vous n'allez pas vous incruster à ma table. Du vent !

– Pourquoi n'avez-vous pas appelé la police ?

– Parce qu'il est grand temps que les péquenauds dans votre genre constatent ce que vaut un détective digne de ce nom. Allez, ouste ! »

Agatha n'hésita pas longtemps. Elle sortit du pub, fila droit au cabinet et sonna. La plaque de cuivre près de la porte indiquait : HENRY JESSOP, VÉTÉRINAIRE.

Si Gerald avait continué de surveiller les lieux, il se serait certainement lancé à sa poursuite, mais il fut distrait par une vieille femme qui le tirait par la manche : « De la bruyère blanche, monsieur ? » chevrota-t-elle. Elle empestait atrocement. « Débarrassez-moi d'elle ! » cria Gerald au patron qui se précipita pour expulser la vieille. Quand Gerald reprit sa faction, il n'y avait plus trace d'Agatha. Il ne pouvait pas deviner qu'après avoir sonné en vain, elle avait discerné une lumière à l'intérieur de la maison, et décidé d'aller en explorer l'arrière. Il était tout fier d'avoir fait le rapprochement entre l'Oblivon, le vétérinaire et l'amour d'Andrea pour les animaux, et cela le contrariait au plus haut point qu'Agatha soit parvenue à la même conclusion.

Il avala une gorgée de sa boisson. Il lui vint à l'esprit qu'Agatha avait dû courir chez le vétérinaire pour le devancer. Il voulut se mettre debout, mais ses jambes ne le portaient plus. Il glissa lentement au sol et sombra dans l'inconscience.

Le patron appela une ambulance.

Dans les ténèbres qui régnaient derrière la maison, Agatha sentit son téléphone vibrer. Elle jeta un coup d'œil sur l'écran : Patrick. Elle répondit en murmurant : « Je suis sur la propriété du vétérinaire, mais ne me rejoignez pas tout de suite. Gerald Devere est au pub. Essayez de détourner son attention. »

Elle tourna la poignée de la porte de derrière. Fermée à clé. Et si jamais il gisait mort à l'intérieur ? Qui sait si Andrea n'avait pas eu vent de son rendez-vous avec Gerald et décidé de le supprimer ? Agatha regretta un instant de ne pas être dans la police : elle n'aurait eu qu'à briser l'une des vitres de la porte-fenêtre sous prétexte qu'elle avait cru entendre un cri. Mais en tant que vétérinaire, Jessop détenait des médicaments et disposait sans doute d'un système d'alarme très perfectionné contre les cambrioleurs. Mais… Ce n'était sûrement pas là qu'il logeait ! Où pouvait-il donc bien vivre, alors ?

Elle revint devant la maison et sursauta en s'entendant demander : « Vous cherchez Mr Jessop ? »

Agatha se retourna et se trouva face à un grand monsieur maigre appuyé sur une canne.

« Oui. Savez-vous où il habite ?

– Oui, mais il n'est pas de garde ce soir. Pour tout vous dire, il accompagne ma fille Penny en discothèque à Mircester.

– Savez-vous laquelle ?

– Vous devez vraiment être aux cent coups. Mais il vous faudra patienter jusqu'à demain matin. Je ne vais pas gâcher la soirée de ma fille. »

Il s'éloigna au moment où le portable d'Agatha se remettait à vibrer.

« Oui, Patrick ? chuchota-t-elle.

– Gerald a été évacué en ambulance.

– Je n'ai pas entendu de sirène.

– Ils ne l'avaient pas allumée. Les ambulanciers ont dû croire qu'ils avaient affaire à un ivrogne.

– Tâchez de savoir ce qui lui est arrivé. Notre vétérinaire est à Mircester. J'y vais. »

En arrivant à Mircester, Agatha contacta Toni pour lui demander si elle voyait de quelle discothèque il pouvait s'agir.

« Il n'y en a que deux. La plus populaire est le Rooba sur Abbey Lane. Vous voulez que je vous accompagne ?

– Non. Enfin, peut-être que si. »

« Je viens, trancha Toni sitôt qu'Agatha l'eut mise au courant. Si quelqu'un de votre âge débarque en posant des questions, cela risque de l'alerter. »

Agatha se crispa légèrement.

« J'appelle Simon et nous vous y rejoignons. À quoi ressemble ce vétérinaire ?

– Sais pas. Je ne l'ai jamais vu.

– Comment s'appelle-t-il ?

– Henry Jessop.

– Je vais voir si je trouve quelque chose sur lui sur Internet avant de partir. Et qu'est-ce que nous lui voulons ?

– Demandez-lui s'il connaît Andrea Bellington

et observez sa réaction. À partir de là, vous improviserez.

– Où serez-vous ?

– Téléphonez-moi quand vous serez à la bonne discothèque. J'attendrai devant dans ma voiture. »

Agatha raccrocha et pianota sur son iPad, à la recherche d'une photo de Henry. Néant. Elle entra le nom d'Andrea et en trouva quelques-unes. Sur l'une d'elles, elle était aux côtés d'un assez bel homme. Elle appela Patrick et le pria de lui décrire Henry.

« Plutôt beau, mais un menton assez mou. Les cheveux bruns, de taille moyenne, les oreilles pointues comme le Dr Spock.

– Bien. Et que devient Gerald ?

– Je vais activer mes sources dans la police. »

Agatha rappela Toni pour lui transmettre ce portrait.

« Je crois que je l'ai, répondit Toni. Une photo prise au bal de la société de chasse, l'an dernier, avec Andrea. »

Toni et Simon essayèrent d'abord le Rooba. Ils virevoltèrent tout autour de la piste de danse tout en examinant les visages qui luisaient à la lueur d'une boule à facettes suspendue au plafond. La musique s'arrêta.

« Penny, il faut que je réponde », dit une voix juste derrière Toni.

Elle entraîna Simon à l'écart.

« C'est lui. Il va aux toilettes, il est au téléphone. »

Simon se précipita et manqua de percuter Henry

qui se tenait juste derrière la porte et parlait dans son portable. Je ferais bien d'avoir une bonne raison d'être aux toilettes, pensa Simon, ou de faire semblant car je n'en ai pas du tout envie.

« Je crois que nous ne devrions plus nous montrer ensemble pendant quelque temps, disait Henry. D'ailleurs, j'ai des congés à prendre. Je vais partir à l'étranger. Quoi ? Pas de menaces, veux-tu. Quoi ? Avec ce satané boucan, je n'entends rien du tout. »

La musique avait recommencé et les enceintes pulsaient jusque dans les toilettes.

Perchée sur un tabouret, Toni était au bar avec Penny, qu'elle avait invitée à prendre un verre sous prétexte d'avoir soif. Penny l'avait grossièrement dévisagée, en affectant un air interloqué, avant de lui tourner le dos. Toni s'était donc installée seule au bar. À sa grande surprise, la jeune fille était venue l'y retrouver cinq minutes plus tard.

« Désolée, dit-elle. Mon cavalier semble s'être évaporé.

– Qu'est-ce que ce sera pour vous ?

– Un rhum Coca. »

Toni passa la commande. Simon émergea des toilettes, les vit et les rejoignit. Henry avait disparu dans l'une des cabines. Simon ne douta pas qu'il viendrait ensuite retrouver sa cavalière. En s'approchant, il se demanda pourquoi Henry, qui était assez beau garçon, avait choisi de sortir avec cette Penny. Elle était visiblement très jeune, dix-huit ou dix-neuf ans au plus. Un pull-over scintillant accentuait sa lourde poitrine, et sa chevelure d'un blond artificiel bariolé de rayures roses faisait plus Halloween que chic. Elle avait une voix criarde et haut perchée, ce qui arrangeait Toni, car la musique retentissait de nouveau. Elle s'exprimait sur un ton arrogant et prétentieux.

« Naturellement, si nous nous marions, papa sera ravi. On a plusieurs milliers de têtes de bétail dans notre ferme en Belgique, et ça serait pratique d'avoir un vétérinaire dans la famille. Où est-il passé ?

– Aux toilettes ? suggéra Simon d'un air innocent.

– Oh, je vous présente Simon, expliqua Toni.

– Oui, ça fait un moment qu'il y est.

– Je vais aller voir », décida Simon, soudain mal à l'aise.

Il contourna rapidement la piste de danse. Les urinoirs étaient tous occupés, mais les deux cabines étaient vides.

Phil et Patrick avaient rejoint Agatha quand Simon l'appela pour l'avertir que Henry avait disparu du night-club à la suite d'un coup de téléphone.

« Bon, répondit Agatha. Vous pouvez rentrer chez vous maintenant, Simon, et Toni aussi. »

Elle se tourna vers ses assistants :

« Prenons la voiture de Phil, c'est la plus discrète, et allons nous planquer près de l'entrée de Harby Hall.

– Peut-être vaudrait-il mieux que je reste à surveiller ici, proposa Patrick.

– D'accord. Nous vous téléphonerons s'il refait surface au château. »

Phil se gara à l'abri d'un épais bosquet dont l'ombre leur offrait un camouflage suffisant, bien que la plupart des feuilles soient tombées.

« Il sera obligé de réveiller le gardien, constata Phil.

– Oui. Si ce n'est pas bizarre, à notre époque ! Mais, nom d'un salopard à sonnettes, nous aurions dû prendre deux voitures ! Il doit y avoir un autre accès, pour les fournisseurs par exemple. Ce vieux grincheux de gardien ne passe certainement pas son temps à jaillir de sa loge comme un coucou suisse. En fait, si j'étais Henry, je ne passerais pas par là à une heure pareille. J'appelle Patrick pour qu'il vienne nous remplacer ici juste au cas où... »

Phil redémarra et ils longèrent lentement le mur d'enceinte du domaine.

« Là ! » s'exclama Agatha : une ouverture se dessinait à la lueur des phares.

Mais la route, toute d'ornières et de bosses, menait aux écuries.

« Flûte ! grogna-t-elle.

– L'écurie jouxte la maison, fit remarquer Phil, et c'est bien à l'écurie qu'irait un vétérinaire venu pour une consultation.

– C'est vrai, acquiesça Agatha en examinant les lieux d'un œil morose à travers le pare-brise. Mais pour y arriver, il va falloir nous risquer à découvert à travers la prairie.

– Il n'y a aucune lumière allumée. Personne ne nous verra. Il suffit de bien rester sur le côté. Il y a un gros nuage qui va masquer la lune. C'est le bon moment. »

Agatha gémit intérieurement, mais se félicita d'avoir aux pieds les souliers plats qu'elle portait pour conduire.

« Qu'est-ce qu'on fera quand on y sera ? demanda Phil.

– On guette Henry, et s'il arrive, on les espionne lorsqu'ils seront tous ensemble.

– Ne vous approchez pas. Il y a peut-être des caméras de surveillance.

– Non, aucune, on a vérifié pendant l'enquête. »

Ils avancèrent sur la pointe des pieds. Un cheval hennit et piaffa. Ils tressaillirent et s'agrippèrent nerveusement l'un à l'autre. Enfin, ils dépassèrent les écuries et s'aventurèrent vers le corps d'habitation.

« Depuis combien de temps sommes-nous à Harby ? demanda Agatha. Je veux dire, depuis combien de temps avons-nous quitté Patrick ?

– Ça doit faire trois bons quarts d'heure.

– Si Henry vient bien par ici, il ne devrait plus tarder. S'il a emprunté la grille principale, il pourrait même déjà être là. L'ennui, c'est qu'il y a tellement de pièces dans cette baraque, tellement de petits recoins. C'est drôle, on dirait qu'un fou a fait compartimenter toutes les grandes salles d'autrefois.

– Peut-être un habitué des cottages qui se sentait complètement perdu dans toutes ces vastes pièces... Nous sommes tout près de la maison, il vaudrait mieux parler tout bas.

– Il y a de la lumière à l'arrière. Cela donne sur une terrasse qui domine l'étang. J'ai oublié mon magnétophone. Vous avez le vôtre ? Au cas où quelqu'un prononcerait des propos compromettants. »

Ce quelqu'un pourrait bien ne pas se montrer, pensa Phil sombrement. Agatha prend ses désirs pour des réalités.

Mais alors que, sur la terrasse, ils se faufilaient à pas de loup vers les grandes fenêtres dont l'une était entrouverte, ils entendirent une voix d'homme haletante prononcer : « Je suis venu aussi vite que possible. »

Phil enclencha son magnétophone.

« Qu'y a-t-il donc de si urgent ? reprit la même voix.

– Mon cher frère ici présent, répliqua celle d'Andrea, menace de nous dénoncer à la police si nous ne quittons pas au plus vite le pays. Tout ça, c'est la faute de papa, Damian. Il n'avait qu'à me donner l'argent pour mon refuge à ânes.

– Et moi aussi, j'ai refusé, rétorqua Damian. Étais-je le prochain sur la liste ?

– Comment l'as-tu découvert ?

– L'un des palefreniers m'a prévenu que tu utilisais une des pièces désaffectées au-dessus des écuries. Il aurait souhaité la louer. J'ai répondu que j'allais y jeter un coup d'œil. J'ai trouvé de l'Oblivon. J'ai trouvé les plans de ce fameux refuge. J'ai trouvé les restes de l'antigel. Et comme si cela ne suffisait pas, espèce d'idiote, tu avais tout consigné sur un ordinateur. Là-dessus, j'ai viré la détective. Je te donne une dernière chance. Je ne veux pas de scandale. File à l'étranger et n'oublie pas d'embarquer ton cher vétérinaire.

– Elle a agi seule, entièrement seule ! protesta furieusement Henry.

– Ah vraiment ? Et qui lui a fourni l'Oblivon ? »

Silence.

À cet instant précis, Agatha fut prise d'une crampe. Son mollet l'élança violemment. Elle voulut se redresser, vacilla et s'agrippa au mur. Mais son pied cogna le gravier et délogea un caillou. Il se mit à rouler, en produisant un fracas qui leur parut sans commune mesure avec sa taille.

« Il y a quelqu'un à l'extérieur ! » s'exclama Damian.

Agatha et Phil prirent leurs jambes à leur cou. Avec une force surprenante pour un homme de son âge, Phil projeta soudain Agatha dans des buissons et la plaqua au sol.

« Nous ne pourrons jamais les distancer, murmura-t-il. Ne bougez pas !

– D'accord, mais poussez-vous, vous m'écrasez, chuchota Agatha. Si jamais nous parvenons à nous sortir de là, nous nous rendrons tout droit au commissariat. Wilkes sera fou furieux. Les enregistrements sont considérés comme irrecevables au tribunal. Il ne nous reste plus qu'à prier pour que Damian n'ait pas détruit les preuves.

– Ne vous inquiétez pas, quelque chose me dit que Henry ne résistera pas longtemps. Chut ! Les voilà. »

Ils entendirent Damian ordonner : « Allez au village chercher les chiens de Tolly. Ils auront vite fait de nous débusquer ce fouineur. »

Agatha, recroquevillée sur elle-même, frissonna de peur. Les voix s'éloignèrent.

« Je ne vais pas attendre gentiment que le chien des Baskerville vienne me réduire en confettis. Gagnons l'allée principale et voyons si Patrick peut appeler la police. »

Patrick leur apprit que la grille était ouverte. S'ils pouvaient atteindre l'allée principale, il foncerait les récupérer. « La police ne va pas tarder, assura-t-il. Cela grouillait d'agents autour du pub quand je suis parti, ils essayaient de tirer au clair ce qui était arrivé à Gerald. »

Mais Patrick dut laisser passer plusieurs voitures du village qui s'engouffrèrent dans l'allée dans un vrombissement de moteurs. Il s'engagea à leur suite en comptant qu'on le prendrait pour un de ces villageois qui venaient participer à la traque.

Les ténèbres s'étaient épaissies. Agatha et Phil progressaient furtivement dans la direction qu'ils espéraient être la bonne, quand les cieux s'ouvrirent. Un torrent de pluie glacée les transperça. Ils se tapirent près de la grande allée. Des véhicules défilèrent à vive allure.

« Comment allons-nous reconnaître celle de Patrick ? s'inquiéta Agatha. On ne distingue que les phares dans ce déluge. Et on dirait que ce salaud a ameuté tout le village pour nous donner la chasse ! »

Ils aperçurent enfin des appels de phares.

« Risquons le tout pour le tout ! » s'exclama Agatha en s'élançant au milieu de la route.

Elle craignit tout d'abord d'avoir fait une terrible erreur, car l'automobiliste accéléra. Elle se rabattit promptement sur le côté, dans les buissons. Mais la voiture freina et la voix de Patrick les pressa de monter. Trempés jusqu'aux os, ils bondirent à l'intérieur. Patrick fit demi-tour et repartit à fond de train. Ils entrevirent au passage la figure livide du gardien.

« Il ne manquait plus que ça ! s'écria Patrick. On les aura bientôt tous aux trousses.

– Pour l'amour du ciel, mon vieux, appuyez sur le champignon ! » cria Agatha.

Mais Patrick fit la sourde oreille et roula paisiblement jusqu'à l'entrée d'un petit chemin de terre, où il bifurqua pour aller se garer à l'abri d'un bosquet.

« Là ! dit-il. Dans les films, je me demande toujours pourquoi le héros ne se contente pas de quitter la route quand le méchant lui donne la chasse. Agatha, je suis désolé, je ne peux pas mettre le chauffage, on risquerait d'attirer l'attention.

– Ça ne fait rien. Et maintenant, Phil, puisque c'est vous qui avez le magnétophone, à vous l'honneur d'appeler le commissariat de Mircester. À la seule idée d'entendre la voix de Wilkes, je défaille.

– La police est déjà au village à cause de Gerald, répondit Patrick. Et ce n'est qu'un début. »

Phil dut répondre à plusieurs interlocuteurs avant d'être mis en relation avec l'inspecteur Wilkes. Il fut prié de rester exactement où il était, de même que ses compagnons.

Agatha frissonna. Un peu mélodramatique, comme dénouement, mais pas tragique. Et cette fois, pas de Charles pour voler à sa rescousse.

De la grand-route leur parvint le hurlement des sirènes.

« Ce sont les policiers du village. Parfait, constata Patrick. Retournons au café, vous pourrez vous sécher.

– Il est onze heures passées, objecta Agatha en jetant un coup d'œil sur le cadran lumineux de sa montre. Ils sont fermés.

– Ils seront restés ouverts pour la police, je pense que nous pouvons y aller. »

Le patron leur fit un excellent accueil. Les policiers venaient de partir, mais il remit du bois sur le feu et leur apporta des boissons chaudes. Phil laissa un message téléphonique pour indiquer où les trouver.

Ils commençaient à peine à sécher et à se réchauffer, quand un coup de téléphone de Wilkes les convoqua immédiatement au château, en leur recommandant de ne pas oublier l'enregistrement. On les introduisit dans le grand salon, où ils retrouvèrent Andrea, Damian et leur mère. Tous trois affichaient un air détendu et amusé. Il n'y avait pas trace de Henry.

« Faites-nous écouter la bande sonore », ordonna Wilkes.

À la stupeur d'Agatha, les Bellington semblèrent fort divertis.

« Nous sommes vraiment bons acteurs, n'est-ce pas ? articula Damian d'un ton languissant. Nous savions qu'Agatha était sous la fenêtre à nous espionner et nous avons décidé de lui en donner pour son argent. Vous faisiez une de ces têtes !

– Mais vous avez appelé des renforts pour nous traquer. Vous avez même réclamé des chiens ! cria Agatha.

– Je vous avais virée, ma poulette, et j'ai voulu vous coller la peur de votre vie. J'espère que j'ai réussi.

– Où est Henry ?

– Rentré chez lui, je suppose. Mon Dieu, inspecteur, vous êtes cramoisi.

– Je vous embarque tous pour interrogatoire, décréta Wilkes. Tous ! Wong, prenez deux de vos hommes avec vous et amenez-moi ce vétérinaire au commissariat. Vous allez tous être interrogés. Y compris vous, Mrs Raisin ! »

Épilogue

Les nuages noirs roulaient vers l'est et un soleil d'un rouge sanglant dorait les vieux toits disparates de Mircester quand Agatha put enfin quitter le commissariat.

Elle ne pouvait toujours pas y croire. Wilkes était persuadé que Damian disait la vérité. Mais où était Henry ? Sa disparition n'était-elle pas un aveu de culpabilité ? Les traits tirés, Bill Wong sortit à son tour. Elle alla le rejoindre.

« Rien à faire, lui dit-il. Damian s'est même débrouillé pour que les villageois qui ont participé à la chasse prétendent qu'il s'agissait d'une farce. Mais vous aurez quand même droit à une petite consolation.

– Laquelle ?

– On a lancé un avis de recherche pour Henry. S'il n'a pas directement commis de meurtre, il est sûrement le maillon faible.

– S'il est toujours vivant, répondit lugubrement

Agatha. J'ai le très désagréable pressentiment que nous ne le reverrons jamais. »

Exténuée et gelée jusqu'à la moelle, Agatha regagna son cottage à petite vitesse. Même avec le chauffage à fond dans la voiture, elle avait l'impression que le froid qui l'avait envahie ne la quitterait plus jamais.

En arrivant, elle caressa ses chats et les fit sortir dans le jardin, avant de monter jeter un coup d'œil dans la chambre d'amis. Elle avait espéré y trouver Charles…

Elle alla se coucher après une douche brûlante, et se prit à penser à Jake. Qu'était-il donc devenu ?

Jake se sentait piégé. Toute la joie qu'il avait éprouvée en retrouvant Londres s'était évanouie. Le père d'Olivia s'était renseigné sur la famille Lisle et avait découvert que Jake était le fils d'un homme aussi riche que respectable. Il avait par conséquent invité Mr Lisle à son club, où tous deux avaient décidé que Jake allait reprendre des études pour devenir courtier en banque. Jake n'avait pas même encore demandé la main d'Olivia, mais les deux pères ne s'en souciaient aucunement. À en croire Olivia, ils s'entendaient très bien et ils s'aimaient : cela leur suffisait. Quant à Jake, s'il était une chose qu'il désirait passionnément, c'était bien de *ne pas* devenir courtier, mais son père lui versait une généreuse pension, qu'il lui supprimerait sans hésiter si Jake ruait dans les brancards.

Or Olivia avait une prédilection pour les restaurants les plus coûteux. Par-dessus le marché, elle escomptait bien qu'il paierait la moitié du montant de l'appartement de Pont Street, dont il l'avait supposée propriétaire. En outre elle s'était avérée une compagne de lit des plus décevantes. Un vrai sac d'os : elle se raidissait tellement au moment stratégique que Jake avait l'impression de faire l'amour à une planche. Il songeait parfois à Agatha, tout en rondeurs, passion et parfums français, et regrettait d'avoir quitté l'agence. Comment s'échapper ?

Un soir de solitude bénie – Olivia était à l'enterrement de vie de jeune fille d'une de ses amies – il s'allongea voluptueusement sur le canapé devant la télévision. Il tomba sur l'émission policière *Crime Watch* et nota que l'on recherchait toujours le fameux vétérinaire. Mais sa carrière de détective était désormais derrière lui ; il passa à un reportage sur Madère. Le vent glacé hurlait dans la rue tandis que Jake contemplait d'un œil rêveur les paysages ensoleillés. Il aurait donné cher pour s'y évader. Impossible, je n'ai pas assez d'argent, déplora-t-il. Si j'étais un vulgaire délinquant, je n'aurais qu'à dépouiller les passants… Il se rappela soudain qu'il détenait encore les clés de l'atelier d'ébénisterie. Or dans le bureau se trouvait un coffre-fort où Mr Bonlieu conservait des liasses de billets, peut-être destinées à des paiements non déclarés. Jake l'avait remarqué un jour où Mr Bonlieu, occupé à sermonner Jake pour sa paresse, avait oublié de refermer le coffre. Mais sans doute avaient-ils changé les serrures après le meurtre – quoique… Sur un coup de tête, Jake décida brusquement d'aller vérifier.

La dernière fois qu'il avait emprunté la porte de derrière, elle n'était pas équipée d'une alarme. Il constata que sa clé fonctionnait toujours et souriait déjà quand une sonnerie se déclencha au-dessus de sa tête. Il se hâta de taper 1066 dans la boîte de contrôle et le signal strident s'arrêta net. C'était le même code que pour l'entrée principale. Personne ne s'était donc aperçu, s'étonna Jake, que 1066 était probablement l'un des codes de sécurité les plus courants dans les îles Britanniques : la bataille de Hastings était l'un des rares événements historiques qui demeuraient gravés dans les mémoires même une fois oublié tout ce qu'on avait appris à l'école.

Il traversa l'atelier jusqu'au bureau, qui n'était, dans son souvenir, jamais fermé. Restait à trouver le code du coffre. Il fouilla les tiroirs et s'avisa un peu tard qu'il avait omis de garder ses gants. Tant pis ! Il poursuivit ses recherches. Ça ne pouvait tout de même pas être encore la bataille de Hastings ? Il composa 1066 sur le cadran… et, avec un large sourire, vit la porte s'ouvrir. Les coupures de vingt livres étaient rangées en deux piles bien nettes. Il en préleva une et referma le coffre, sans même se fatiguer à effacer ses empreintes : Bonlieu ne signalerait pas le vol à la police de crainte qu'un agent consciencieux ne l'interroge sur sa déclaration d'impôts.

Plus qu'une nuit à passer avec Olivia !

De bonne heure le lendemain, Jake téléphona à une agence de voyages et réserva une place sur un vol pour Funchal, ainsi qu'une chambre au célèbre palace Reid.

Le père de Jake avait souvent constaté avec amertume que son fils était doté d'un cerveau de premier ordre dont il ne tirait aucun parti. Tandis que Jake faisait la queue devant le comptoir d'enregistrement, le jeune homme barbu qui le précédait se retourna pour inspecter nerveusement ses arrières. Jake frémit, soudain en alerte. C'était le visage qu'il avait vu au cours de l'émission *Crime Watch*. Sans réfléchir une seconde, il ceintura vigoureusement l'homme, et, le maintenant dans un véritable étau, s'écria : « Henry Jessop ! Au nom de la loi, je vous arrête ! »

Le vétérinaire se débattit, parvint à s'échapper, mais tel un rugbyman Jake le plaqua au sol. L'équipe de sécurité de l'aéroport accourut.

Agatha, qui regardait les nouvelles à la télévision tout en buvant son café, se pétrifia de stupeur en voyant le beau visage de Jake apparaître sur l'écran. Jake était un héros ! Il avait interpellé à Heathrow un homme que la police recherchait. Au moment des faits, Mr Jake Lisle était sur le point de s'envoler pour Madère, précisait le présentateur. Puis, dans un de ses éclairs d'intuition, elle compris que Henry fuyait probablement l'avis de recherche diffusé par *Crime Watch*.

La police allait cuisiner Henry, et Henry passerait sans doute aux aveux. On saurait enfin si Andrea avait vraiment tué son propre père.

Le lendemain, avant de gagner son agence, Agatha entra d'un pas décidé au commissariat et demanda Bill Wong, pour s'entendre répondre que c'était son jour de congé. Parfait, se dit-elle. Il n'habite plus chez ses parents, je vais aller le voir chez lui.

Bill lui ouvrit la porte en pyjama, encore tout ensommeillé.

« Entrez, Agatha, mais ne me posez pas de questions à propos de l'affaire. Vous savez que je suis tenu au silence. »

Agatha s'assit sur le canapé du petit salon de Bill et le fusilla du regard.

« Sans moi, il n'y aurait pas d'affaire du tout. Alors juste une chose. Est-ce que Henry a parlé ?

– Bon, d'accord, mais je ne vous ai rien dit, soupira Bill en se laissant tomber à côté d'Agatha. Oui, Henry a craché le morceau. Si on lit entre les lignes, il semble qu'il n'était pas heureux dans son métier. Il est sorti avec Andrea, qui lui a confié son rêve d'ouvrir un refuge pour ânes en Écosse, dans les Highlands. Ils auraient un cottage et mèneraient une existence idyllique, tels des bergers d'Arcadie, parmi les chers petits ânes. Elle était complètement obsédée par ses fantasmes.

Papa ne voulait pas financer, donc il fallait que papa disparaisse. Quand elle a découvert, à la lecture du testament, que Damian héritait de tout et qu'elle n'aurait droit qu'à une pension, elle a été anéantie. Mais Mrs Bull l'avait entendue parler du meurtre à Henry et a voulu la faire chanter. Il a donc fallu se débarrasser d'elle. On a fait remarquer à Henry qu'Andrea n'aurait jamais pu poser la dalle sur le puits ni y balancer Mrs Bull sans aide, mais Henry a maintenu qu'elle avait agi seule.

» Il a ensuite fallu éliminer Farraday, parce que Andrea le croyait au courant de quelque chose, vu ce que sa femme avait prétendu à la vente de charité. Les seuls éléments qui semblent à peu près vrais, c'est que Henry détestait son travail, avait une vision anthropomorphique des animaux et avait été hospitalisé quelques années auparavant pour dépression aiguë. Wilkes va s'attaquer à Andrea aujourd'hui. Je pense que, quand elle saura à quel point il la charge, elle pourrait bien nous éclairer sur la responsabilité réelle de Henry. »

Mais un peu plus tard le même jour, Patrick annonça à Agatha qu'Andrea s'était pendue dans sa cellule.

« Si on n'avait pas mis la main sur Henry, elle aurait pu s'en sortir, constata Agatha. Nous avions l'enregistrement qui l'incriminait, mais il n'est pas recevable au tribunal. Un avocat compétent aurait sans doute pu la tirer d'affaire. Ils n'ont rien trouvé dans la pièce au-dessus des écuries, je suppose ?

– Rien du tout. Damian a été inculpé d'entrave à l'exercice de la justice, d'avoir hébergé des criminels et je ne sais quoi encore. Mais je suis bien certain qu'il suffira d'un bon plaidoyer de la défense pour le faire libérer. »

Une semaine plus tard, Agatha passa au presbytère.

« Je m'apprêtais à vous rendre visite, lui dit Mrs Bloxby. Voilà une éternité que je ne vous ai pas vue. Vous avez manqué la soirée d'adieu de Gerald Devere.

– Je l'ai manquée parce que je n'étais pas invitée et que personne n'a pensé à m'en informer, répondit Agatha aigrement.

– Ça, ce n'est vraiment pas correct de sa part. Il avait convié tout le village. Ça s'est déroulé dans la salle paroissiale, la semaine dernière.

– Et où est-il parti ?

– Il est retourné à Londres.

– Je suis contente de voir que vous n'avez pas renoncé à votre nouveau style », remarqua Agatha, car l'épouse du pasteur avait conservé sa teinture châtain et arborait un pull-over de cachemire d'un rouge lumineux.

« Toute cette histoire ressemble à un de ces rêves qu'on fait quand on a de la fièvre, conclut Mrs Bloxby. Que devient lord Charles ?

– Il a complètement disparu de la circulation. Je pense qu'il a pigé que j'avais couché avec Jake et qu'il ne me pardonnera jamais cette petite escapade. Je ne comprends vraiment pas pourquoi.

– Peut-être devenez-vous pour lui plus qu'une simple amie ? suggéra Mrs Bloxby.

– En tout cas, j'en ai par-dessus la tête de cette affaire, grogna Agatha. Pas de dénouement en fanfare. Tout a fini en queue de poisson et ce sont Jake et la police qui raflent tous les lauriers. Savez-vous comment l'illustre détective a passé la journée ? Elle a cherché un chat fugueur du nom de Tiddles. J'ai fait le tour de la maison, levé le nez : le matou était sur le toit.

– Alors vous avez prévenu l'heureuse propriétaire ?

– Que non ! J'ai attendu que la bestiole redescende dans le jardin, je l'ai cueillie, fourrée dans une cage et j'ai sonné. J'en ai assez de ces amis des animaux qui préfèrent leurs protégés aux hommes parce qu'ils veulent qu'on leur voue un amour inconditionnel sans avoir à se donner trop de mal pour l'obtenir. »

De retour chez elle, Agatha se mit à cajoler ses chats, tout en leur déclarant : « En fait, vous ne m'aimez pas inconditionnellement, vous, hein ? Vous avez juste la reconnaissance du ventre.

– Quel cynisme ! fit Charles, qui passa soudain la tête au-dessus du dossier du canapé en se frottant les yeux : je dormais à poings fermés. »

Un élan de joie pure envahit Agatha.

« Qu'est-ce qui t'amène ? Quelque chose de particulier ?

– Oui. Viens t'asseoir et je vais t'expliquer. Mais donne-moi d'abord un whisky avec de l'eau minérale. »

Agatha s'exécuta.

« Ça te plairait de venir passer quelques jours de vacances avec moi à Madère ? lança-t-il après avoir avalé une gorgée du verre qu'Agatha lui avait apporté.

– Ça me tente bien. Mais pourquoi Madère ?

– C'était la destination de Jake, c'est cela qui m'en a donné l'idée.

– Quand ?

– La semaine prochaine ?

– Je ne sais pas. Oh, qu'est-ce que je raconte ? Bien sûr que je peux me libérer.

– Lundi prochain. Juste pour une semaine. Le vol de sept heures vingt pour Funchal. Je te retrouverai à Gatwick. Arrange-toi pour être à l'heure. Je file. »

Charles parti, une douce allégresse s'empara d'Agatha. Non seulement Charles avait réapparu dans sa vie, mais il allait jusqu'à lui offrir des vacances !

À sa grande surprise, elle découvrit qu'ils volaient en classe affaires. Charles était placé à côté du hublot, Agatha au milieu, et un enfant très jeune près de la coursive avec ses parents sur les deux sièges de l'autre côté.

« J'ai essayé d'avoir les deux fauteuils, murmura Charles, mais tout était déjà pris. On aurait pourtant pensé que des parents auraient préféré garder leur mouflet avec eux. »

Pendant le vol, les parents passèrent au petit un iPad pour qu'il puisse regarder les *Ruggies*. Agatha se souvint qu'il s'agissait d'une émission pour enfants qui mettait en scène des paillassons animés. Leurs voix piaillardes commençaient à l'exaspérer sérieusement, quand tout à coup un timbre familier prononça : « Vilaines Ruggies, on ne se chamaille pas ! »

Elle loucha sur l'écran et reconnut les traits de Jake.

« Je viens de voir Jake, annonça-t-elle à Charles. Il travaille à la télévision.

– J'ai lu quelque chose là-dessus. Après l'arrestation, un chasseur de têtes l'a recruté pour des émissions enfantines.

– Pourquoi ne me l'as-tu pas dit ?

– Parce que je n'ai pas envie de parler de cette espèce d'ordure. D'accord ? »

Charles s'exprimait avec une véhémence inhabituelle, et Agatha en fut tout attristée. Il devait avoir vraiment aimé Olivia pour en vouloir autant à Jake.

Mais sitôt débarquée, Agatha, caressée par un doux soleil, sentit remonter en flèche son moral en découvrant qu'ils séjournaient au célèbre hôtel Reid. On leur attribua deux chambres contiguës, agrémentées de balcons bien exposés qui donnaient sur la mer. Elle ouvrit la porte de communication et lança à Charles :

« Je vais prendre une douche !

– Entendu. On se retrouve au bar. »

Agatha se doucha, revêtit une robe légère en coton et se préparait à quitter la pièce quand elle se demanda soudain si la chambre de Charles jouissait exactement de la même vue que la sienne. C'était le cas, et elle se détournait déjà lorsqu'elle aperçut, gisant sur le lit, une pochette de documents frappée du nom d'une agence de voyages. Elle voulut y jeter un coup d'œil, curieuse de savoir si Charles avait organisé une promenade en bateau ou quelque autre excursion. Une lettre attira son attention. Elle n'y aurait pas touché si la lettre n'avait pas commencé par : « Mon cher Charles, je suis absolument navré... »

Elle s'assit sur le lit. La missive était du père d'Olivia, et le cœur d'Agatha s'alourdit au fur et à mesure de sa lecture. On avait apparemment pardonné toutes ses frasques à Jake lorsqu'il avait obtenu un poste à la télévision. Comme il avait déclaré qu'il adorait Olivia, le père de celle-ci avait jugé que passer un peu de temps en tête à tête leur serait profitable et leur avait offert une semaine de vacances à Madère. C'est alors que Jake avait quitté l'appartement d'Olivia et trouvé à se loger ailleurs. Il refusait depuis lors de répondre aux appels ou aux messages. « Je pense que vous êtes celui qui a le plus souffert des agissements de ce jeune vaurien, concluait le père. C'est pourquoi, au lieu d'annuler le séjour, je vous envoie toutes les réservations. »

Agatha se mordit les lèvres de dépit. Si Charles lui avait dit la vérité, elle n'aurait pas espéré… Mais son esprit lui interdit fermement d'aller jusqu'au bout de son idée. Elle sortit pour monter au bar – l'hôtel Reid est construit sur une falaise, de sorte que l'on doit descendre pour gagner les chambres. Elle se trouva seule dans l'ascenseur avec une petite vieille courbée sur deux cannes.

« Chienne de vie ! lança Agatha qui rougit aussitôt en constatant qu'elle avait parlé tout haut.

– Ça, c'est bien vrai », acquiesça la vieille dame.

DU MÊME AUTEUR

AUX ÉDITIONS ALBIN MICHEL

Agatha Raisin enquête

1. LA QUICHE FATALE
2. REMÈDE DE CHEVAL
3. PAS DE POT POUR LA JARDINIÈRE
4. RANDONNÉE MORTELLE
5. POUR LE MEILLEUR ET POUR LE PIRE
6. VACANCES TOUS RISQUES
7. À LA CLAIRE FONTAINE
8. COIFFEUR POUR DAMES
9. SALE TEMPS POUR LES SORCIÈRES
10. PANIQUE AU MANOIR
11. L'ENFER DE L'AMOUR
12. CRIME ET DÉLUGE
13. CHANTAGE AU PRESBYTÈRE
14. GARE AUX FANTÔMES
15. BAL FATAL
16. JAMAIS DEUX SANS TROIS
17. CACHE-CACHE À L'HÔTEL
18. UN NOËL PRESQUE PARFAIT
19. LA KERMESSE FATALE
20. VOICI VENIR LA MARIÉE

21. TROUBLE-FÊTE
22. DU LARD OU DU COCHON
23. SERPENT ET SÉDUCTION
24. GARE AUX EMPOISONNEUSES
25. AU THÉÂTRE CE SOIR
26. SECRETS SUR CANAPÉ
27. LES PISSENLITS PAR LA RACINE

Les enquêtes de Hamish Macbeth

1. QUI PREND LA MOUCHE
2. QUI VA À LA CHASSE
3. QUI S'Y FROTTE S'Y PIQUE
4. QUI A UNE TAILLE DE GUÊPE
5. QUI FRANCHIT LA LIGNE JAUNE
6. QUI SÈME LE VENT
7. RIRA BIEN QUI RIRA LE DERNIER
8. LES FLÈCHES DE CUPIDON

Composition Nord Compo
Impression CPI Bussière en février 2021
Éditions Albin Michel
22, rue Huyghens, 75014 Paris
www.albin.michel.fr
ISBN : 978-2-226-44422-6
N° d'édition : 23658/01 – N° d'impression : 2054440
Dépôt légal : mars 2021
Imprimé en France